虚构的现艺

黄德海 著

GUANGXI NORMAL UNIVERSITY PRESS

广西师范大学出版社

·桂林·

虚构的现艺
XUGOU DE XIANYI

图书在版编目（CIP）数据

虚构的现艺 / 黄德海著. --桂林：广西师范大学出版社，2022.4

ISBN 978-7-5598-4776-8

Ⅰ．①虚… Ⅱ．①黄… Ⅲ．①中国文学－现代文学－文学评论－文集 Ⅳ．①I206.6-53

中国版本图书馆 CIP 数据核字（2022）第 031987 号

广西师范大学出版社出版发行

（广西桂林市五里店路 9 号　邮政编码：541004）

（网址：http://www.bbtpress.com）

出版人：黄轩庄

全国新华书店经销

广西民族印刷包装集团有限公司印刷

（南宁市高新区高新三路 1 号　邮政编码：530007）

开本：880 mm × 1 240 mm　1/32

印张：11.25　　字数：210 千

2022 年 4 月第 1 版　　2022 年 4 月第 1 次印刷

定价：60.00 元

如发现印装质量问题，影响阅读，请与出版社发行部门联系调换。

幼年时期的童姿，

初学时期的技艺，

盛年时期的做派，

老年时期的姿态等，

将这些在各时期自然掌握之技艺，

都保存在自己的现艺之中。

——《风姿花传》

目 录

白手不许持寸铁（代序）

——可能的文学评论写作

在讨论这个话题之前，或许应该事先声明，文学批评不是文学作品的意义解释，不是文学作品杰出的后置证明，更不是判决一部作品优劣的定谳，而是一种特殊的写作方式，一次尝试探索新世界的努力。

一

你们看水边的鸟，一边快跑一边扇翅膀，之后双翅放平，飞起来了。将飞，是双翅扇动开始放平，双爪还在地上跑；飞而未翔，是身体刚刚离开地面，之后才是翔。这个转换的临界状态最动人。

进入大学文科，接受了系统理论训练的学生，是不是

1

一方面对自己暗暗怀抱的文学梦息心绝念，一方面想着在枝权横生的理论森林有所建树呢？是不是会花很大的功夫集中攻读佶屈聱牙的西方经典，了解了一个又一个不同的理论观点，觉得自己有整把整把可以打出去的好观点，手触肩倚间就能让面前的文学作品谳然而解，无所遁形？是不是根本没有意识到，如此方式不过是用旧已知对待新混沌，七日而混沌将死，只留下理论操练的枯燥文字，在曾经生机满眼的纸上尸横遍野？

等离开理论本身，准备好面对具体文学作品的时候，我们或许很快会意识到，各类经典著作中提供的完美理论框架和精妙文学见解，根本无法照搬照抄，当然也就不能提供给我们一直渴求的理论依据——除非削足适履，让文学作品对某些理论委曲求全；或者削履适足，让理论对某些作品迁就忍让。习惯了理论框架作为依仗的文学评论写作，差不多会一直处于顾此失彼的状态，不是流于感性的泛滥，就是陷入理性的疏阔，更多时候是两方面都搭不上，落到宋代常语所谓"半间不架"的困局里。

这个困局让我们认识到，理论并非文学创作的指导，也不是要为此后的文学评论提供某种"合法"的理论支撑，而应该恰当地理解为一种有益的写作尝试，用与此前创作不同的方式，表达写作者对这个世界的独特认识。与文学创作类似，文学批评要表达的，也是写作者的独特发现。这个发现一旦被完整地表述出来，就确立了其在认知史上的地位，应该以独立的姿态存在，不需要简单地重复使用。因此，有关文学的结论，在起始意义上就几乎杜绝了被挪用的可能。

为了避免这份尴尬，文学评论应该回到我们置身的当下，与批评对象共同成长，在深入、细致阅读具体作品的基础上，获得具体的感受，回应具体的现象，得出具体的结论——即使因此形成了较为系统的理论陈述，也应该是在当前的具体文学现状中生成的。这个生成虽与具体的文学作品相关，根柢却是写作者在阅读时凭借自身的知识和经验储备，有了发现的惊喜，并用一种与作品不同的方式把这个惊喜有效传达出来。

诺斯洛普·弗莱说："批评的公理必须是，并非诗人不知道他在说些什么，而是他不能够直说他所知道的东西。"在这个意义上，文学创作和文学批评写作是有益的协作。一个文学作品朦朦胧胧地传达出对某一陌生领域的感知，文学批评的写作者在阅读时，凭借自身的知识和经验储备，有了"发现的惊喜"，并用属己的方式把这陌生领域有效传达出来。

这发现跟阅读的作品有关，却绝不是简单的依赖。说得确切一点，好的文学批评应该是一次协作性朝向未知的探索之旅，寻找的是作品中那个作者似意识而未完全意识到的隐秘世界。评论者与作者一起，弄清楚了某个陌生的领域，从而照亮社会或人心中某一处未被道及的地方——新的世界徐徐展开。一个有意味的悖论是，评论越贴近作品的具体，这个价值就越容易彰显出其生动的独特；脱离了作品跑野马，这个发现的价值就仿佛失了灵魂，即使再奇异，也免不了气息奄奄。就像上面引的阿城解"若将飞而未翔"，那个看似乍离具体作品，却又不是真的脱开的临界状态，最富韵致。

认识到这一点，文学评论的写作并不会就此变得轻松起来，或许会更糟，自此变得更加困难了。因为每个作品都有具体的语境，没办法用同样的方法处理不同的具体，故此每当面对一个新的作品的时候，必须试着去摸清这个作品自身的肌理，并用适合这个作品的方式将其表达出来。在这种情形下，几乎每次写作累积的经验，在面对下一部作品时都会完全失效，从开头到结尾，需要重新摸索。不断地摸索既迫使我们不断回到作品本身，反复体味其中的微妙，却也在很多时候让人三鼓而竭，失去了写作的乐趣。或许正是在这里，文学评论才真正开始脱离用已知凿破混沌的习作阶段，进入了自觉的尝试过程。

二

此外，还应懂得作为"能"演员虽然掌握十体很重要，但更重要的是不可忘记"年年岁岁之花"。例如，十体是指模拟表演的各种类型，而"年年岁岁之花"，则是指幼年时期的童姿，初学时期的技艺，盛年时期的做派，老年时期的姿态等，是说将这些在各时期自然掌握之技艺，都保存在自己的现艺之中。

人们很容易把败坏的赞扬当成赞扬的文学评论的典型，从而忽视了赞扬更为优异的品性，就像为了抵制假古董而忘记了古代艺术品的美。败坏的赞扬不外两路，一是把陈陈相因的滥调作为郑重的发现，一是假想一种作品实际上并不具备的美德。前一路败坏是乡愿作怪，后一路败坏是以紫夺朱。无论是以上的哪种赞扬，都虚伪而不能反映真实价值。长此以往，写作者的内在品质就逐渐"学会了搔首弄姿、跳舞，以及如何使用化妆品，学会了'用抽象术语的恰当思考'来表达自己，并逐渐失去了它自己"。如此情景之下，又怎么可能期许一种有意义的赞扬？

在古代，"颂"是一种高贵的文体，因为它通向神明。按《诗大序》的说法，《诗经》里的"颂"，就是"美盛德之形容，以其成功告于神明者也"。在思想中把具备盛大之德的人的形象恢复出来，通过仪式与伟大的亡灵沟通，以此纯净自己的思想。屈原的《九歌》，也明明确确是愉神之作。王逸："昔楚南郢之邑，沅、湘之间，其俗信鬼而好祀。其祀，必作乐鼓舞以乐诸神。"（洪兴祖，《楚辞补注》）在古希腊，人应效仿的典范是神，照希罗多德的说法，是"赫西俄德与荷马……把诸神的家世交给希腊人，把诸神的一些名字、尊荣和技艺交给所有人，还说出了诸神的外貌"。在这个写作的序列里，因为对象是高于人的存在，人要把最好的自己和自己最好的所有展现给神看，写出自己的勇敢、节制和虔诚，写出世上的美好和庄严。

以上文字的主题不是神明，而是敬畏，对那些高于自己的一切的敬畏。对文学批评来说，跟任何写作一样，"敬畏是从一个伟大的心灵所写下的伟大作品中学到教益的必备条件"。就像阿兰·布鲁姆说的那样："最后一次对莎士比亚的解读，其结果对我来说就是我再一次确信，任何我所想和所感的东西，不管是高是低，他没有不比我想得、感受得和表达得更好的。"面对那些最伟大的心灵，我们只有一种爱的方式，那就是敬畏，以及练习表达这种敬畏。质实说，文学批评中的赞扬被败坏，很大程度上，正是因为敬畏的缺失——无法感知那些高于我们的心灵，因而把属于更高级别的赞词送给了拙劣的作品。

建立在敬畏基础上的赞扬，即便最终无法达至跟那些伟大的心灵一致的程度，写作者毕竟是在用那些更好的东西来校正自己，并一直在往一个更高的方向进步。甚至，这种敬畏会让一个评论写作者拥有一种特殊的预言能力："如果批评家要承认具有预言性的作品，他本身就必须具备预言家的素质：供他仿效的典范便是施洗者约翰，当年最伟大的先知，他的关键作用在于承认一种比他自身更大的力量。"这么说吧，当懂得敬畏、属于创造的赞扬开始出现的时候，它就最好地表达了与世界上最好的头脑竞争的愿望。

上引能剧宗师世阿弥《风姿花传》中的一段话，大约可以说明如上的问题。"十体"可以看成文学批评写作的各项具体技艺，所谓"年年岁岁之花"，则是复合了过往诸种理论探索和一己直观在内的可贵"现艺"。在不得不跟经典生活在一起的今天，文学批评的上出之路，要"执今之道，以御今之有"，从各类典籍中辨识出什么是有益的，什么是最有生机的，把古代和西方的经典读到现在沉潜往复、从容含玩之后，那些经典背后的人，面目和神态会在我们面前慢慢清晰，他们处理和对待世界的方式，会有效地校正我们，甚至他们的讨论和思考方式，也不时加入我们的日常决断。

保持跟那些优秀的头脑打交道，持续不断地砥砺自我，当那些在具体、直觉和现艺中建造起来的理论航船驶进新的河道时，这样的文学批评将确立自己在人类认知史上的独特地位——这样一来，那些古旧的书方能一点点跟我们的生活处境建立联系，经典也才算是读到了自己身上的"现艺"。当然，这条跟经典有关的道路永远不会是现成的，而是需要敬畏者学习过往卓越的精神成果，用适合自己时代的形式表达出来——那个新世界筚路蓝缕的创始者，只能靠自己从洪荒中开辟出道路。

三

我因想起欧阳修守滁州时与宾佐赋雪诗，不许用鹅毛、柳絮、银海、瑶花、玉宇字样。后来苏轼守徐州时，亦与宾佐追摹欧公韵事，曰："当时号令君记取，白手不许持寸铁。"我特为说这故事给你听，是要你注意，学圣贤之学亦要有本领，能白手不持寸铁，举凡"仁义""和谐""真善美""超越"诸如此类明儒学案或什么学案常用的字样一概不用，看你还能写得出圣贤之道么？又，你能于圣贤之道，有似犯冲犯斗，相反又相成么？又，你能不以书解释书，而从人事生出新的言语文字么？[1]

在对文学批评的接受中，有一个经常见到的误解，仿佛文学批评的写作者不过是等因奉此的传令官，早就拥有了一把事先造好的文学标尺，只要根据这标尺指点江山即可。很多人想当然地以为，这把标尺要不是天然形成的，就是自然地来源于新老经典，诸如经典形象，经典腔调，经典句式，

1.此处引用胡兰成致黎华标的信。苏轼原诗为"白战不许持寸铁。"——编者注

经典遣词……我们在谈论这些经典的时候，很容易陷入一个误区，即认为经典是固有的，早就立好了各类标杆尺度，只要在使用时顺手拿过来就是。

T.S. 艾略特在《传统与个人才能》中说道："现存的不朽作品联合起来形成一个完美的体系。由于新的（真正新的）艺术品加入到它们的行列中，这个完美体系就会发生一些修改……在同样程度上，过去决定现在，现在也会修改过去。"与艺术品的体系形成一样，标尺的生成，也是一个后能改前的过程，是无数人竭尽心智努力的结果。在经典被创造和创造性辨认（这恰好是文学批评的责任之一）之前，根本就不存在任何天然或自然的标准。以固定标尺批评新作品，只能算是对过往的维护，不能说是对未来的敞开。

随经典而来的标尺极有说服力，也会对一个时段文学趣味的保持起到良好的作用，但如果认识不到此标尺是生成的，需要不断跟新作品互动，文学评论写作者就会产生某种莫名的优越感，用标尺来比照新作品时显得游刃有余，写作者自身也会在指责中获得胜券在握的快感。过于依赖经典的评论标尺一旦形成，会反过来要求作家的新作品以不同的方式来适应标尺，否则就冒犯了文学的纯正趣味。一位按固定标尺衡量作品的评论者，会对饱含异质的新作品失去判断力，甚至在不经意间变为成见的牺牲品。

这样的写作，多的是批评，正像余华当年谈莫言的《欢乐》时说的那样，"虚构作品在不断地被创造出来的同时，也确立了自身的教条和真理，成为阅读者检验一部作品是否可以被接受的重要标准，它们凌驾在叙述之上，对叙述者来自内心的声音充耳不闻，对叙述自身的发展漠不关心。它们就是标准，就是一把尺或一个圆规，所有的叙述必须在它们认可的范围内进行，一旦越出了它们规定的界限，就是亵渎……就是它们所能够进行指责的词语"。质实言之，经典和标尺，本质上是一种创造，如果真有一把衡量文学的标尺，这标尺也处于不断变化中，而不会自然产生，因而文学评论的写作一直不会处在安全的边际，而是无数次可能失败的尝试。

一旦意识到标尺不断变化，文学批评写作差不多就类似于上面所引的白战，即空手作战。文学评论写作到一定程度，很多时候是白手不持寸铁，与作品素面相对，从其本身发现秀异之处，即有引用，也属点染。如此一来，文学评论写作就在某种意义上脱离了传令官的身份，创造了属于自己的标尺，其创造出的评论标准，改变了我们对过去的认知，并将在一定意义上作用于现在，从而可以期许一个更好的现在和未来。长此以往，一个人的性情、趋向，以至于才华、品味，尤其是判断力，都会在文学批评中显现出来，文学批评也来到了它跟任何一种写作同样的位置——一种文体，一种用于尝试（essai，"随笔"一词的原义）的文体。

走这条路的人，要有"先进于礼乐"的气魄，相信只有人走过，一条路才出现，所谓"道，行之而成"。或许只有这样，我们才不会被此前所有优秀的思想资源困住，不会对自己置身的环境牢骚不断，而是把这些资源有效地转化为自己的前行资粮，始终以特有的小心与那些世界上最好的头脑交谈，并生机勃勃地与其竞争。当文学批评通过陌生而精微的写作形式表达出来的时候，新文体已经呼之欲出。文学评论写作者应该清楚，为自己只千古而无对的体悟寻找独特的表达形式，以特有的小心尝试适合自己的文体，本就是一个人确认一己天赋的独特标志——现在，属于创造的时间开始了。

物质性时代的贫乏

——奥吉亚斯牛圈之一

谁敢伸手进它的上下牙齿之间？

经由无数聪明者的辛勤劳作，在有关文学的谈论中出现了"时代"这一庞然大物。虽然没有像霍布斯的利维坦那样有具体的指向，但时代却在不断的演变之中变成了一个不需要所指的存在，像是一台由人的技艺和智慧锻造而成的骇人怪兽，吞噬着文学最细微复杂的部分，也就是文学作品最动人的所在——尤其在当代的文学书写当中。

对大部分当代文学作品，尤其是叙事性作品来说，似乎确实存在这样一个骇人的、被称为时代的怪物。这个怪物会撕咬人的每个具体感受，并粗鲁地把一切具体装进它的外衣。丢失了具体感的人们，只要敢把手伸进这时代怪兽的上下牙齿之间，他们具体感就会被毫不犹豫地吞没，并进而逼迫人对时代产生客观性的错觉。

近百年的中国历史变动太过剧烈，也太戏剧化了，历史本身的巨变，仿佛就足以成为文学作品的情节，只要选好了时间节点，一台好戏差不多已蓄势待发。戊戌变法，辛亥革命，国共合作，大革命，抗日战争，解放战争，新中国成立，反右，"文革"，改革开放……这些时代界划甚至已经客观到了条分缕析的程度，一个阶段连着一个阶段，一个时期挨着一个时期，一个巨浪续上一个巨浪……近代以来有识之士面对的复杂局面，那困扰人的、至今尚未结束的"三千年未有之大变局"，在当代文学写作中，几乎变成了固定时代公式的背书。人们大概忘记了，对时代怪兽的客观性确认，几乎是灾难制造者的特权。他们往往是把不同时期发生的事情调换编年，赋予统一的历史顺序，纳入一个话语权拥有者后置设定的历史分期。

早就有人提醒过："讲求实际的人们，自信在相当程度上可免受任何学理之影响，可是他们往往是某个已故经济学家的思想奴隶。掌权的疯子，凭空妄想，其狂想只不过来源于若干年前的拙劣学者。"把这句话稍微延展一点，不妨这么说，当代文学中的所谓客观时代，很可能只是一批别有用心或别有会心者的肤廓命名，然后被缺乏反思者在内心制为定谳。很不幸，就是这些人为划定的时代界限，却在大部分当代小说里作为客观因素被接受。写作者往往借用了教科书式的客观时代划分而不自知，还以此为框架填充进了自己的文学材料。这样的被动填充方式，即便作品在某些方面写得再好，也并不是"以个人为基点去进行艺术或文学求索"，仍然未曾进入文学创作的深层，只是一个固有结论的完美证明，从而会极为明显地影响文学作品的品质。

似乎没有必要把当代文学史上的诸多名篇，拿来验证时代的客观性问题，只举知青小说为例吧。大多数知青小说中的人物，仿佛早就知道了（即便隐隐约约）一条厄运结束的红线，跨过这条红线，前途将一片光明，那些在作品里早逝了的亡魂，无非是不幸没有等到厄运结束的一刻而已。循此推演，几乎可以发现，当代大多时间跨度较长的小说，都有那么一条后设先至的命运红线，因而人也就无可逃脱地会撞上时代客观性的铜墙铁壁。

巨大的非人的力量……

除了这头被称为客观性的怪兽，文学中的时代，还几乎是一种被称为必然的、巨大的非人力量，它蛮横地规划了一条被称为时代的河床，所有由人构成的河流，都只能在这固定的河床里流淌。

这个非人的力量，误导写作者相信，近代以来中国历史上发生过的重大事件，是无可避免的线性过程，是这个多难的民族必须经历的。"悲剧的发生都不是偶然的，都是这个民族从衰败走向复兴复壮过程中的必然。"果真如此，那所谓的文学作品，就都不过只是证明时代必然的趁手材料，用不着太过用心；而后来者对过往的思考，包括任何写作，都不免多事——既然都是必然的，那只要等待必然的进一步发展就是了。

不知道是不是被误解的永恒轮回在起作用，时代还经常会被确认为一种必然的回环结构，糟糕的一个时期过后，必有一个相反的时期来补偿。如果真的是这样，人类尽管放纵自己的邪恶和贪婪，社会将遭到怎样的破坏，人会受到怎样的屈辱，根本不用担心，只要有足够的耐心，等待巨大灾难后的历史补偿即可。这样的回环性必然，从根本上取消了反思的必要，当然也就用不着作家来寻找原因，探讨责任，对人物表达必然性的同情。

这个巨大的非人的力量，甚至预先设置了储备系统——经历过一个苦难的时期，这个时期必然会累积足够的文化能量。这样的储备系统挽救了没有信心的写作者的文化自卑，让他们在虚假的必然性中确信，人们经历过的一切，都会转化为必然的精神财富。有作家这样告诉欧洲人："我和你们很不一样，从文化上说，你们的四十岁就是四十年，而我的四十岁则比你们的四十年长出去太多太多了。""这没什么

15

可以自豪的地方，但我们这一代中国人在文化上的丰富性的确是欧洲人不可想象的。"如果文化的丰富性是苦难的堆积，那么有幸生在这个时段的中国人，应该是这个世界上文化最丰富的人。事实提供的，恐怕是相反的证明——与贫薄的物质生活和苦难的世事对应的，是相应的文化贫薄。精神领域的任何问题，都不只是——或者根本不是，数量的堆积。

由非人力量规划的巨流，会被确信能够必然地流入个体之身。不是一直有人慨叹吗，相比于多数人看来苦难、沉重、无奈，或一些人眼中英勇、壮阔、激越的百年历史，华语文学还没有写出一部足以与之匹配的作品。作家们经历了一个风云变幻的时代，居然没有写出一本配得上那个时代的书，实在遗憾。这样的流入性必然设想，隐含了一个怪异的前提，即经历过一个伟大或多难的时代，理应有一本与之强度相配的作品，累积的能量肯定会在作品中体现出来，而一些作家将自然拥有写出一个时代的能力，这样的作品也必然会产生。在这样的假设里，写作者变成了某种特殊的加工机器，只要把伟大的时代原料放进去，这架由人构成的机械装置，自然会生产出伟大的作品。现下之所以一直没有出现伟大的作品，不过是因为写作者不够努力，也就不能有效地承担这个必然，因而作家们需要的是一条驱赶他们的鞭子，鞭子举起，良驹奋蹄，时代的洪流将汹涌至作家笔下。

世上原没有这样的好事——时代的洪流根本不会自然流

入作家笔下，对时代必然性未经反省的深信，早早就吞没了作家的笔。

将常识奉献在物质性的圣坛之上

关于时代的客观和必然性的说法，大多时候只是隐喻或比喻。那个被称为时代的客观性怪兽和必然性的非人力量一起，共同构成了时代的物质性假象——庞大，机械，冷酷。

这个被比喻和隐喻制造出来的假象，就像遵守着某种不可抗拒的规律，"某种宇宙河流的波浪起伏，人类事务的潮起潮落——那样的'兴起'与'衰落'，遵循着自然或超自然的规律；就好像能够发现的规则已被一种显现的神意强加于个体或'超个体'身上"。

在日常语言中，隐喻与比喻是一种需要，但它们永远无法被证实或证伪。一旦忘记比喻和隐喻的跛足本质，原本有助于交流的修辞，很容易被具体化。"这种不合理的'具体化'（reification）的危险，即将词语误当作事物、隐喻误作实在的危险"，已经实实在在地影响了人们对文学中的时代的理解。时代或许拥有某些特征，甚至某种节奏，"但把它们说成是'不可改变的'，则是一个人状况险恶的表现。文化拥有模式，时代拥有精神；但是把人类的行动说成是它们的'不可避免的'后果或表达，则成了误用词语的牺牲品"。

17

对词语的误用牵扯到一种"化约"（reduce）冲动。这种冲动会把一切精神领域的问题简化为社会环境或时代演变的产物，精神领域的内容虽然"具有维持社会秩序与促使历史发展的功能，但它们除了扮演一种角色，本身并无意义"。即便这冲动承认精神的意义，其意义也是依附性的，比如常见的所谓反作用于环境或时代。

"一个逆来顺受、长期隐忍的民族，很容易被人牵着鼻子走"，一旦他们中间出现一股能把曾经发生的事客观化的力量，使他们误认为可以把所有的问题都归于笼统的冰冷词汇，他们就会很快地将自己的健全常识，奉献在物质性的圣坛之上。就是这样，时代一步步板结为坚硬的实体，从而变得越来越贫乏，并表现出强横的物质性。

这强横的物质性给人们提供了趁手的借口，让人可以避免在任何一个需要负责的问题上放弃自己的责任。只要我们把所有的灾难和不幸丢给物质性，自己就可以从中解脱，并能从中获得虚假的复活体验，不用背负历史的包袱——错误是时代和别人的，自己永远是无辜的那一个。说白了，庞大的物质性时代，很大程度上是人们对个人责任感要求的一种不自觉的抵挡——"只要你把自己变得足够小，你几乎可以外部化任何东西。"甚至可以毫不犹豫地确认，人们对物质性时代近乎偏执的热爱，"主要源于一种推卸责任的欲望，在我们自己不被评判，特别是不被强迫去评判别人的情况下停止评判的欲望；源于逃到某种巨大的、与道德无关的、非人的、磐石般的整体——自然、历史、阶级、种族、'我们时代的艰难时世'或社会结构的不可抗拒的演进——的欲望。这个整体将把我们纳入并整合进它那无限的、冷漠的、中性的机体中；对于这种整体，我们的评价与批判是没有意义的；而反抗它，我们无疑是自取灭亡"。

无论是出于无知的推卸，还是出于恐惧的弃绝，写作者就这样丢掉了本该承担的艰巨的责任，落入了贫乏物质性时代的陷阱。

忘乎所以地沉迷于对时代精神的传达之中

在物质性时代的笼罩之下，人们会沉迷于对时代精神的传达。无论怎样漫长的时间段落，最终会被传达得只剩下了几个典型的情景、典型的情节、典型的人物，并且大部分时候，这些典型的指涉都有规范的指向，只要在阅读中看到几个符号，我们就不难判断这些事情发生在哪个时期，有什么灾难正等待着作品中的人。

对时代的典型提取，难免会高度压缩，极度提炼，表现在叙事性作品上，就是社会环境会突出，人物性格会鲜明，情节会集中，调子会高亢。绵延的生活之流即使在极端条件下也自我维持的舒展和从容消失了，时间和情节的节奏会不自觉地进入特定的轨道，删除一切旁逸斜出的部分，剩下的只是意料之中的时代起伏。这样的写作，忘记了人们当时置身的，其实是一个没有确定未来的当下，前途未卜，命运叵测，并不知道他们在此间的生活是否会继续下去，继续下去又会如何。忘记每个人都曾置身当下，小说就难免沉迷于对物质性的时代精神的传达，以致时代坚硬到像挡在人生道路上的一堵堵墙，或者渡河时不停翻卷过来的巨浪，人在这个境况里，差不多只好碰壁或卷入其中。

生存在物质性时代里的人物，也只能在给出的框架里挣扎，他们将在历史的演进中随着一波一波的形势变幻，人物不免一时有被抛上高天的得意，一时又体味沉入地狱的凄惨，一时是过街老鼠似的无奈，一时又显现反抗英雄的悲壮，再忠厚的人也会凶相毕露，再凶狠的角色也会一朝沦为阶下囚……乱云飞渡，进退失据，一不小心，人物就沦为了时代变化的浮标。这生硬的界划，取消了人物的生存弹性，既抚恤不了已死的冤魂，也给不了幸存者安慰。即使某些囿于物质性时代的作品致力写人性，人物也并不具有宽敞的自为空间，往往是时代苦难的判词，或是受难者的证据，难免经受随时代符号起伏的命运。在一些借时代因素深挖人性黑暗的作品中，写作者又往往容易把时代因素设置为测量人心的外部情境，没有与作品对人性的探察结为一体，人物不过在时代的起伏里展露深处的善良或罪恶，以此表达作者对人性深处发掘的惊喜。

在物质性时代决定的作品里，主角永远是风急浪涌的外在时代，人物并不怎么重要，本该是具体而郑重的人物性格，根本不是这些作品首要关心的。即便作品里涉及私密事件，由客观和必然定性的时代，仍然响亮地奏出固定的节奏。锁闭在时代里的人物，落入的是早已被清晰规定的时间起伏框架。如此情形下，人物当然会被挤压得瘦骨伶仃或极度亢奋，鲜明倒是鲜明，却少了些活人的气息。

这样的情形，当然是有理由的："现代以来的中国，也许是时代和社会的力量太强大了，个人与它相比简直太不相称，悬殊之别，要构成有意义的关系，确实困难重重。这样一种长久的困难压抑了建立关系的自觉意识，进而把这个问题掩盖了起来——如果还没有取消的话。"但就是在这样的困境之中，"总会有一些人，以他们的生活和生命，坚持提醒我们这个问题的存在"。这样的能量慢慢累积起来，"你可能会发现，力量之间的对比关系发生了变化，强大的潮流在力量耗尽之后消退了，而弱小的个人从历史中站立起来，走到今天和将来"。所有用文学来证实物质性时代的强横，其实都不必要，因为关键的是，文学中的人物，要从刻板的时代套路中站立起来，拥有独属于自己的生命。

否则，所有的人物都会臣服在物质性的时代之下，不过是时代操弄的、没有真实灵魂的木偶——"木偶也许会意识到这是一个他在其中被分配有角色的不可避免的过程，并愉快地认同于这个过程；但它依然是不可避免的，而他们仍然是牵线木偶。"

飞沙、麦浪、波纹里风的姿态

检讨时代的客观和必然误区，当然并非说时代跟人没有关系。相反，只要时代不再是物质性的，而是作为精神氛围或文化形态，它就恢复了与文学的天然联系，作为写作者，不可能脱离作为精神风气的时代。虽然"豪杰之士，虽无文王犹兴"，不必一定为时代风气所限，但大部分时候，还是像雪莱说的那样，写作者"和哲学家、画家、雕塑家及音乐家一样，在某种意义上是创造者，然而在另一个意义上他们也是时代的产物，最超拔的人也不能逃脱这一从属关系"。即便人们要"推开自己所处的时代，仍然和它接触，而且接触得很着实"。

这样的时代风气是作品里的潜势力，是作品的精神背景，仔细阅读作品，就可能"了解作者周遭的风气究竟是怎么一回事，好比从飞沙、麦浪、波纹里看出了风的姿态"。我们从当代作品够辨认出的时代的风气是，"人物都是陷入各种不同陷阱中的困兽，最后手足被绑任人宰割"。高高在我们之上的时代，而不是运行于我们之间的时代，才是那些强调时代的小说重点所在。

要避免碰上这高高在我们之上的时代，文学写作就必须试着打破时代物质性的铁幕，让生活之流淌进蔓延的日常，从而得以体贴人物在时间之中经历了怎样的生活，这些生活带来了何种复杂的滋味。唯其如此，生活才会从被切割的条块状态变成绵延的时间之流，它不再是什么时代的特征，不再是错误和对错误的纠正，不再是时代起伏的佐证，而是一种常恒的、流动的、你不得不接受的东西，是人们需要日日面对的，每个人都不得不经受的命运。也唯其如此，文学作品中的时代也才不只是社会变迁的写照，而是一段风尘仆仆的光阴，有人世的风光荡漾，即使悲苦，也有属于自己的骄傲自足。

只有写出人世的风光，写出了独特的人物，我们才看到了一个属人的时代，时代也才会从干枯冰冷的符号系统中还原出来，显示出内在的活力和神采。这样的作品，通过人物性格特征的有效持续，会冲破历来以各种革命和运动命名的明确时代界划，展现出一个非中断的线性日常。线性日常并不把人生刻意地分为高光时刻和黯淡岁月，也不再是人物跟随时代被动起伏，而是时代始终跟随着人物的步伐，小说里的人诚恳地接受了生活里发生的一切，显现出一种运行于常人之间的命运。对一直被高高在上的时代主宰的人们来说，这种运行于常人之间的命运，虽然也有悲苦，也有无奈，却是属于他们自己的——还有什么比真正属于自己的命运更值得关心呢？

这样的人物，当然仍置身于强大的社会力量之中，也会受到社会的约束和牵绊，却并不是作者为了证明什么而写。他们只是跟时代生长在一起，互相障碍，也互相适应，反抗也好，适应也罢，都以自己的喜怒哀乐，慢慢地与时代生长在了一起。或者说得更坚决一些，只有在展示了自为能力的人物身上，我们才可能意识到，无论言说一个怎样的时代，这时代都必定是由人构成的，并毫无疑问是属人的。

有位画家教自己的孩子画雨中芭蕉，孩子先仔细画好了芭蕉，然后认真地画雨。画家告诉孩子，不要专门画雨，而是画芭蕉的时候，雨就在里面了。所谓时代，也是如此。没有跟人不相干的时代和生活，在叙事作品里，所有的时代信息，都必须全面地复合在人物身上。"人能弘道，非道弘人"，所有的时代问题，最终都是人的问题，所谓的时代，最终必然是人身上的时代，是飞沙、麦浪和波纹里风的姿态，除此之外，绝没有另外一个被称作时代的东西。

在这样的时刻，我们处于现实与现时之外

所有的写作，本质上都是创造，要创造出新的人物，新

的世界，新的时代。每一个准备进入写作行列的人，都或明或暗地表达了自己野心，用一个人造的世界与造物完成的世界竞争的野心。这个竞争的野心不是没有敬畏，而是作为人的骄傲；就像臣服于物质性的时代不是尊崇，而是荣耀的丢失。

即便真的有一个能够划归物质系统的时代，那也不属于人的创造范畴，而是源于人们对复杂的无能为力，是对抢救充满矛盾的世界的义务的放弃。因为难以把握丰富和复杂，人们断然放弃了努力深入和更上一层的努力。这一放弃说明，写作者早就忘记了写作的创造性本质。一旦进入写作领域，也只有被再次创造出来，所谓的时代才能够证实自己从属于精神领域。作为自然时间的时代，在未经精神性转化之前，根本不是真的写作素材，或者什么都不是。"我们书的内容，我们写出的句子的内涵应该是非物质性的，不是取自现实中的任何东西，我们的句子本身，一些情节，都应以我们最美好的时刻的澄明通透的材料构成。在这样的时刻，我们处于现实与现时之外。"

这个现实和现时之外的世界，是一个卓越的人创造的。文学作品，从最本质的意义上来说，就是这种写出独创性的卓越努力，"是叠加在自我之上的更高的顶点"。如果一个人身上的创造性，受制于中等才能者给出的物质性时代，也就不难想象，那个本来就存在于人身上的平庸的自我，那个

"与他同一世代人中的中等才能的人的自我原本并无二致"的自我，将大面积地覆盖写作者的卓越努力。"当我们在每一页书、人物出现的每一种情境，看到作家没有对之加以深化，没有在他自身对之进行思考，而是运用现成的表现手段，从别人——而且是一些最差的人那里取得的东西作为提示，如果我们没有深潜到那静谧的深处……他就只能满足于粗陋的表象，这种粗陋的表象在我们的生活中时时都把我们每一个人的思想给遮蔽起来。"

奥登在一篇随笔中，描述过一个"知识纨绔子"的形象。这类人既不有意跟人趋同，也不刻意与人立异，他们"身上的共同点就是他们跟其他人绝不相同"。并且，"就定义而言，纨绔子是无弟子可收的：他能带给别人的唯一影响，就是作为如何活出自己的一个榜样"。所谓文学中的时代，根本上是表达一种吁求，一种对独创力的呼唤，一种对写作上的纨绔子的呼唤。他要求写作者成为那个独一无二的人，从而能够作为如何写出自己的一个榜样。

事实上，根本没有一个什么客观或必然的时代，也不是人们经历了一个独特的时代，就必然产生独特的作品，而是有了一部好作品之后，那个此前晦暗的时代才被点亮。意识不到这一问题，人们总能找到合理的方法为自己的无能辩护。但是，辩护毫无意义，因为它从不生产，只引来抱怨。伟大的作家创造了属于他自己的时代，改变了人们对一个时代的陈旧认知，并将作用于将来。说得确切些，时代的独特是在不断的讲述中被发现的，并不天然存在。"一位天才作家必须一切从头开始"，丢掉客观和必然性的幻想，全面创造属于他自己的时代，在创造出属己的时代之前，一个作家并无任何证据来表明自己的伟大。

"志气与修业，都是单衣薄裳被寒风所吹而得成材的。"创造，乃至不世出的天才性创造，标志着一个写作者来到了人迹罕至的地方，在那里，写作者将无中生有，把一个将起未起的时代呈现出来。那里需要耐心和坚韧，需要忍受孤独的勇气，当然也需要明白，要想创造出一个时代，与其相与言笑，就必须走到时代的边际，去到那洪荒的所在，倾听鸿蒙中的歌声。

丧失了名誉的议论

——奥吉亚斯牛圈之二

福音书里"不要议论"一语在艺术中是十分正确的：你叙述，描写，可不要议论。

说完这话不久，一个转身，列夫·托尔斯泰就让议论在自己的小说中公然走私。大概是因为他小说中的议论太多了一点，否则，在小说技艺上自愧弗如的海明威也不会说："我从来没有相信过这位伟大的伯爵的议论。我真希望当初有一个具有足够权威的人忠告他，让他删弃最笨重、最没有说服力的议论，让他得以实现真实的构思。"

汪曾祺也曾对小说里的议论大不以为然。读《阅微草堂笔记》，他觉得纪晓岚太爱发议论，"几乎每记一事，都要议论一番。年轻人爱看故事，尤其是带传奇性的故事，不爱看议论。这些议论叫人头疼"。然而，在《汪曾祺全集》失收的《纪姚安的议论》中，他却看法大变，认为《笔记》中的诸多议论"很有意思"，于是专挑一些议论来看。此一认识转变，可以看作后来汪曾祺文风转为平实，小说时时杂入议论的嚆矢。

如此的自相矛盾或前后相悖，当然可以借用以赛亚·伯林的分类来说明——明明是通晓很多事情的狐狸，却偏偏要扮演知道一件大事的刺猬；年轻时是只有一样看家本领的刺猬，老来却欣羡多才多艺的狐狸。或者更趁手的，用对"相反的自我"的追求和"嗜好矛盾律"来命名。不过，这样的说法只表现了命名者的机智，丧失了名誉的议论在小说中滔滔不绝，仍然没有给出令人信服的解释不是吗？

如此情势下，现代小说以至于文学作品中的议论，即便不是被明确地悬为厉禁，也差不多是个贬义词，是某种丧失了名誉的存在。一件名誉败坏的东西，一种被拒斥的手法，却无论如何没法从艺术品中排除，如果不是因为写作者的无能——从上面的例子来看，显然不能归过于此——就肯定有某种特别的原因。根植于判断力的议论却遭遇如此尴尬，谁为为之？孰令听之？

这里要写下的，是一个或然性的思考，一份对未来的备忘，而不是某种确定性的结论。

在小说提供给我们的东西中……我们越是看到"已经"

29

重新安排的生活，我们就越感到自己正被一种代用品、一种妥协和契约所敷衍。

据说好的叙事，该像唐诗一样懵懂含蓄，给出一个复杂、多样、富有启发性的世界；而不是像宋诗那样凿破混沌，把什么事情都讲得分明，以致散掉小说的精气神，失去动人的魅力。

对议论的担忧，大部分应归罪于议论本身的陈腐浅陋，不能引人入胜。只要叙事者穿插其中的议论具备穿透力，能洞察世界或人生的深处，从而在更高层面上与叙事形成互补，共同烘托出作者的洞见，仍然可以成立。不过，叙事者不能以叙事为借口，对脱离情境和人物的议论降等而求，以叙事中的议论为由降低议论本身的尖锐度和洞察性，变成通俗、机械的说教大全或陈词滥调仓库。如果议论只是一己轻浅经验的总结，或对社会流行思想的改头换面，或教科书如假包换的翻版，或简单而讨巧的表态，给出的就是一个复制后的世界，难免显得故作姿态，甚至有些好笑。

议论不具备思维上的启发性，甚至缺乏起码的诚恳，当然也就不能称为真正的深入思考，差不多只是西方某些并不精微的思想的变相袭取，或者是对传统思想歪曲之后的愤愤然指责，汩汩滔滔的长篇说辞背后，不过是反复声明的思想常识，说不上发现，甚至连准确都做不到。一些喜好思辨的小说作者更喜欢用小巧的机智挑出某一庄重思想的逻辑死角，然后得意地转身而去并自以为是地宣布一个深沉的思考者已被自己击败。

这样的议论，当然不能深化或拓宽叙事的可能性内涵，也切断了读者对叙事多义性的理解，只维护着读者对叙事的理解与作者的一致，确保了作者的意图不会被叙事的含混性打乱。然而，作者过于明确的指导性，也就限制了叙事本身的韵味，破坏了叙事应具的张力。这样一种缺乏内在致密性的议论，久之会形成习惯，让写作者在大部分问题上都用独断的结论代替实质性的探讨，从而越过世界最精微的所在和议论最艰难的部分，抵达一个浅陋浅薄的世界。

基于某种内心的执着追求的事业，应当默默进行不引人注目。一个人如果稍微加以宣扬或夸耀，就会显得很愚蠢，毫无头脑甚至卑鄙。

除了不能领会反讽的少数小说阅读者，或许用不着在这里强调，所谓的议论禁令，不是说小说中的人物不能议论，而是不能有作者跳出来给出单一性发言。可即使作者在小说中有超越叙事之上的明确表态，也只能说他的议论脱离了叙事的场景性要求，并不表明议论本身的品质就绝对出了问题。

议论最容易沦为解释性的——在一段叙事之后对此事的补充性说明。这类议论不但未能对叙事的原有深度有所拓展，也没有溢出叙事的内涵提供不同的内容，当然失去了议论应具的锐气，变成了每段叙事之后的提示性说明。对解释性议论的过分热情，表明作者并不信任他的读者，唯恐读者看不懂他叙事中隐藏的对世界的高明看法，总是迫不及待地跳出来讲解此中的妙处，把本已蕴含在叙事中的内涵在议论中重复一遍，免不了"嚼饭与人，徒增呕秽"的恶谥。

"小说中可以有议论，但这议论不可当真，思辨、思想、论述亦如此，不过是整体中的一种可以运用的元素，就像是一种色彩。这种色彩运用得最好的是卡夫卡，他的议论永远是和小说中的具体情境紧密契合的……他（对议论）从不当真，正理歪说或歪打正着。"而有的议论，"理说得太正，太煞有介事了……是一种涵盖性的或企图涵盖的超越故事之上的正统思想"。因而，经过这种议论，"我们就可以离开了，因为那门通向一个井然有序的房间……门是向内开的，房间是封闭的。而通过卡夫卡这扇门，你将直接来到旷野"。解释性议论仿佛是一扇简陋的通向房间的门，它从不将人导向旷野，还有意把房间的井井有条炫耀地指给你看。这里面，有一种因对读者的不信任而产生的令人厌倦的清晰。

上帝创造了波洛，就表示了要干预的愿望。

作为一个虚构世界的创始者，写作者根本无法完全摆脱对小说世界的介入。提倡文学写作的"非人格化"也好，现代小说追随的客观性也好，无论你准备了怎样的中立、公正与冷漠，到头来，不管写作者隐退到什么地步，介入仍然无可避免。

写作者或许并不能如纳博科夫设想的那样，对一堆杂乱的东西大喝一声"开始"就足够。最起码，你得像上帝一样，花七天时间把整个世界造出来——没错，上帝也需要七天。何况，即便是上帝肇造的世界，也得面临爱智慧者的挑战，像列奥·施特劳斯这样追根究底的人，就会问，光是创世第一天的作品，但太阳是第四天造的，那第一天的光是什么呢？

为了应对虚构世界中的这类疑问，小说中或隐或显的议论就是一种必需。这些议论或者是便于用概述的方式加快叙事速度，或者为了塑造某种尚且不为人知的信念，或者为了明确事件本身的意义，或者为了控制某些思维情绪，最必需、争议最大的是，"读者需要知道，在价值领域中，他应站在哪里——需要知道作者要他站在哪里"。在这个方向上，议论不可避免。

然而，小说同时是"作为一种可以交流思想的东西被

33

创造出来的，而这种交流方法，除非是愚蠢得可怜，绝不是蛮横地把自己的思想强加于人"。精巧的议论应如水中之盐，无往不在而无处可见。过高的创世热情和拙劣的传世技艺，绝难产生优秀的小说，遑论伟大。小说首先是一项技艺，"每种技艺和探究……都以某种好为目的"，一个人在成为伟大的艺术家之前，必须首先是个卓越的工匠。伟大的作者必须已具备了基本的写作技术，把自己的创世线头好好隐藏，尔后才能用高度的创造性来赢得自己在文学封神榜上的地位。或者可以这样说，技艺保证了写作者进入竞争者的行列，而创造性则几乎是不朽的唯一保障。二者结合，才有可能拒绝笨拙者的模仿，聪明人的投机。

世界没有了最高法官，突然出现在一片可怕的模糊之中；唯一的上帝的真理解体为数百个被人们共同分享的相对真理。就这样，诞生了现代的世界，还有小说，以及和它一起的形象和范式。

现代人的危机感大概来源于如下的事实，人们"再也不知道他想要什么——他再也不相信自己能够知道什么是好的，什么是坏的；什么是对的，什么是错的"。当然，大部分人认为这根本不是什么了不起的危机，只是某些迂阔者的杞人忧天，反而自觉地倡导一种被称为"相对主义"的思维和伦理。

在乐观的现代智者看来，古代的智慧"错误地试图发现一种客观幸福或一种至善或最终的善好，并以之作为存在的目标、条件和引导性极点；或者说它们错误地渴望为这些东西的允诺所引导"。现代智慧坚决拒绝上述的引导，它并不要"提供通向人类完美或幸福的路径；它只是提出远远更为有限、更为清醒的主张作为不可或缺的手段，以保护每个个体'追求幸福'的个人自由或私人自由——无论那个幻影般的目标呈现为什么样子——随他或她所愿"。

如果没有看错，现代智者的自负，也正是现代小说的确信——放弃对客观幸福、至善或最终善好的探求，强调"人生的相对性和模糊性"，正是现代小说致力的目标。

在这里，独一无二的情感表达或无根的奇特想象是小说最高的价值标准，因为它们标示了个性，呈现了世界的复杂形态。据说如此便能提供一种"伟大的力量"，这种力量与人生的悖论生长在一起，陪伴人走过因世界的相对性和道德的模糊性带来的虚无之感。"这是小说的永恒真理"，真正的小说就该"对读者说，事情比你想的要复杂"。写有缺陷甚至低端的人性，展示人的进退维谷、首鼠两端，把人放在现实世界中检视其卑劣和一点点闪光，几乎是现代严肃小说写作的"虚构正确"。

适莽苍者，三餐而反，腹犹果然。适百里者，宿舂粮。适千里者，三月聚粮。

小说如果是一次远航，精妙的议论，是为这次远航准备的资粮。在这里，别过于信任自己的天赋，别太依赖自己的直觉，也别以为真的可以轻易地站在巨人的肩膀上——"我们若是侏儒，即使站在巨人肩上仍是侏儒；我们若是天生短视，或对周围的情况不像巨人那么了解，或由于胆小和迟钝在高处感到晕眩，我们就是站在巨人肩上，也比巨人看得少。"

写作者不对自己的议论认真反省，不知悉一个思想的来龙去脉，不深入地思考自己置身其中的世界，不试着谨慎地接近伟大作家思考问题的层面，只把自以为是的经验反套在那些卓越人的身上，那他的大部分议论就难免陈旧乏味，无法深入或拓展，而他所谓的独得之秘，只能是从意识形态、教科书或粗制滥造的思想家那里无意汲取的最易于理解也最陈腐的部分，在厌恶它们的同时不经意间成为它们的同调。

写作的艰难应该逼着作家更深入地勘测自己的内心，检验自己未能留意的空白和涵拟之处，因而更加诚恳地回身认识自己和经历过的时代，意识到自己此前并未意识到的问题。一个作家的任何作品，都不应该是对其已知世界得意扬扬的传达，而是探索未知世界的一次尝试。新的作品为作家创造了把自己带到一块从未踏足的空白之地的契机，这是小说家有效的自我检讨的最佳可能，也是对一个以小说为志业的作家的基本要求。

一个人的性情就是他的神。

多年以前，我听一个小说家说起，他以自己对小说的思考，跟哲学家谈，跟神学家谈，跟历史学家谈，甚至跟各种各样五花八门的种种家交谈，从来不落下风。很长时间过去了，这个小说家大概把他的各种思考写进了小说，我看了，不免失望，觉得不是谈话对手当年让着他，就是采纳了对方的思考成果，并不足以称家。不过，这个意思我仍然觉得很好，"说破源流万法通"，精神世界的所有事情，只要你沿着一个方向走得足够远，当然有能力跟任何思考此类问题的人深入交谈。也是在这个意义上，小说对议论的容纳，简直是它的题中应有之义。

然而，即便小说中的议论脱离了陈旧和浮夸，在精神探索之路上走得足够远，甚至成为某种类型的预言，其中的理趣也筋骨思路俱佳，仍难免有人——甚至是很多人，不喜欢这种类型的小说。写作者如果把能否获得称赞认作衡量一个人才华、品德的标尺，当然遇到类似状况时会极端失望。否则，这种类型的作者，可以从下面的话里得到安慰，甚至是——安顿。

钱锺书曾谓，唐宋诗之不同，如"夫人禀性，各有偏至。发为声诗，高明者近唐，沉潜者近宋，有不期而然者……且又一集之内，一生之中，少年才气发扬，遂为唐体，晚节思虑深沉，乃染宋调"，则诗文之或以丰神情韵擅长，或以筋骨思理见胜，非特因心性之不同，尚有早晚心力之相形。文学写作者的性情不同，当然会或长于感性，或偏于思辨，这原本就如人之面，各不相同。

阅读者也如此。对不同类型的择取，其实是自己性情的写真，用不到怪罪某些长于议论的作品晦涩难懂。当看到一个人风格变化的时候，比如从珠圆玉润转为枯槁疏简，叙事中杂用议论，"并不圆谐，而是充满沟纹，甚至满目疮痍，它们缺乏甘芳，令那些只知选样尝味之辈涩口、扎嘴而走"。[1]这时，用不着急着断定对方江郎才尽，也说不定你看到是更为可贵的"晚期风格"——这些作品有可能意味着"一种新的语法"的生成。

1.阿多诺（Theodor W. Adorno）著、彭淮栋译：《贝多芬：阿多诺的音乐哲学》，联经出版公司，2009年，第225页。

小说原本就是没有苏格拉底的柏拉图对话。

小说的源头之一，是公元 2 世纪的希腊作家郎戈斯的《达夫尼斯和赫洛亚》。在该书的"卷头语"中，郎戈斯表示，他写这作品的目的就是施教，教育人们认识灵魂与爱欲的关系。不早就有人强调过了吗，"要写作成功，判断力是开端和源泉"，一个写作者要能判断什么该写，什么不该写。沿着这个方向的写作，最终呈现的形态必然是一种寓意式作品——崇尚古典传统的人甚至认为，小说的本质就是寓意性的，通过浅显的故事寄寓高深的道理。

在这个意义上，小说与爱智慧的哲学区分已经不是非常严格，议论也就顺理成章地成了小说的天命之一。抛开后世那些以论文形式出现的形而上学作品，西方古代的哲学文献很多不也以叙事或对话的形式存在吗？尼采在《悲剧的诞生》中不是斩钉截铁地说过吗："柏拉图确实给世世代代留下了一种新艺术形式的原理，小说的原型。"

一本意在施教的小说，阅读者并不会因为其所含寓意值得敬佩就放松对其艺术品质的要求，或者反过来说，寓意作品对作者的艺术要求更高而不是更低。如果一个小说准备进入寓意作品的品级，就必须意识到在这个领域里既有充满力量的完美荷马，又有与荷马针锋相对的精妙柏拉图，以及这两者身后无数有意的效仿者，在这个序列的群峰之巅，就有人们熟知的斯威夫特《格列佛游记》、培根《新大西岛》、黑塞《玻璃球游戏》、奥威尔《动物农场》。这些作品的精妙技艺和其间无法弥合的思想矛盾，值得每个追随者认真思考。

幼年时期的童姿，初学时期的技艺，盛年时期的做派，老年时期的姿态等，将这些在各时期自然掌握之技艺，都保存在自己的现艺之中。

现在越来越让人觉得是冷艳高贵的现代"小说"（novel），出身却并不怎么遗世绝俗。其来源之一的"罗曼司"（romance），也并不像人们认为的那样餐风饮露，不食人间烟火，不过是依傍贵人的骚客们的谀辞，用来换取一点残羹冷炙。18世纪小说的兴起，也离不开贵太太们汗津津的体臭，女仆们烟熏火燎的厨房，并非温室里的花朵、无菌房里的幼苗。因而，现代小说的起始阶段，在口味上也不像现在这样苛刻挑剔——经不起推敲的道德裁决，浅白无隐的禁止情欲，怪模怪样的放肆议论，冗长烦闷的景物描写，并不合理的情节设置……都理直气壮地在小说领地里昂首阔步。

或许是因为美学上"无利害性"（disinterestedness）观念的推广，或许是由于"为艺术而艺术"（art for art's sake）的倡导渐成主流，或许是不知什么原因，小说这一体裁变得越来越有洁癖——不能批评情欲，不能写完美的人，不能对人物有道德评判，不能有作者跳出来的议论，不能这样，不许那样……如果把这些不能和不许列个表，大概会发现，有洁癖的现代小说似乎不再剩下什么，或者，只剩下一样东西——"大家当可以看得出：文学是无用的东西。因为我们所说的文学，只是以表达出作者的思想感情为满足的，此外再无目的之可言。里面，没有多大鼓动的力量，也没有教训，只能令人聊以快意。不过，即这使人聊以快意一点，也可以算作一种用处的：它能使作者胸怀中的不平因写出而得以平息——读者虽得不到什么教训，却也不是没有益处。"

小说就这样变成了一种极其娇贵的物种，一面在技艺的探求上愈发精妙，一面却胃口越来越差，发展空间越来越小，仿佛一个脑袋巨大而身形孱弱的畸形儿，显出日薄西山气息奄奄的样子来。如果小说不能恢复对世界的好胃口，不把其兴起时的朝气，发展时的锐气，绵延时的大气，以新的方式在此放进小说现下的技艺之中，恢复更为健康的胃口，而只是沿着一条越规划越窄的航道前进，那差不多就可以断言，"小说已死"的感叹，过段时间就会癫痫性地发作一次，并最终成为事实。

我摆脱了一种修辞，只不过又建立了另一种修辞。

在写作《追寻逝去的时光》之前，普鲁斯特已经写了不少文章，有成千上万的笔记，有一本未完成的小说，但新作品始终找不到满意的形式。造成这一问题的原因，普鲁斯特认为，不是自己缺乏意志力，就是欠缺艺术直觉。他为此苦恼不已："我该写一本小说呢，还是一篇哲学论文？我真的是一个小说家吗？"有理由相信，当一个有天赋的写作者面对这个问题的时候，他就走到了某种新文体的边缘，再进一步，将是一个全新的世界。

"如果他无法迫使自己相信，他灵魂的命运就取决于他在眼前这份草稿的这一段里所做的这个推断是否正确，那么他便同学术无缘了……没有这种被所有局外人所嘲讽的独特的迷狂，没有这份热情，坚信'你生之前悠悠千载已逝，未来还会有千年沉寂的期待'……他也不该再做下去了。"这段关于学术的话，也可以移用到文学写作上。筚路蓝缕的创始者，永远不会有一条现成的路，他只能靠自己从洪荒中开辟出来。或许也只有这样，写作者才不会一直纠缠在议论是否已经丧失了它的名誉，或者其他种种清规戒律上，而是把小说曾经的探索有效地转化为自己的前行资粮，不因为困难而止步，以特有的小心尝试适合自己的文体。

当写作者的才华、品位，以至于性情、感受力和判断力，通过陌生而精微的写作形式表达出来的时候，新文体出现了，新的文学世界也将徐徐展开。甚而言之，新文体是否仍被称为小说，已不再重要。就像普鲁斯特，当《寻找失去的时间》出现的时候，怎样命名已不再重要，记得它是一本伟大的著作就够了。写作者必须清楚，为自己只千古而无对的体悟寻找独特的形式，才是一个有天命的写作者的独特标志。

能被思考的东西必定是虚构的

——奥吉亚斯牛圈之三

艺术从来不觊觎自然的权力，并且断然反对把艺术同自然混为一谈。

大概从开始就应该强调，虚构并非在"实录"中掺入有意的编造，或者在使用历史材料时故意造假，如同某种特殊的"创造性记忆"："我们在创作中，想象力常常贫薄可怜，而一到回忆时，不论是几天还是几十年前、是自己还是旁人的事，想象力忽然丰富得可惊可喜以至可怕。"（钱锺书，《写在人生边上》重印本序）在这样的使用中，写作者既放弃了现实的原则，也损害了虚构的尊严。

虚构作为一个严肃概念的提出，几乎起始意义上就拒绝在前面加上"部分"或"少量"这类形容词，其意义在于用虚构这种特殊的方式来认识我们置身的这个世界。或者也可以在比喻意义上说，我们在其中讲述的现实（自然）是造化的产物，从受造开始就处于"物自体"状态，人能够认识和感知的只是其中的"现象"，从来不会获悉其整体；我们讲述的世界则属于虚构，即用"技艺"（art）再造一个包含着人类复杂而纷乱心思的世界。

虚构如果从属于现实，就永远无法全覆盖地反映或提炼（属于自然的）现实，也永远跟不上瞬息万变的现实，因为从属性的虚构既不可能及时而无损地切割现实，也不能用更多的现实含纳无穷的现实。一旦被现实牵制，虚构就是一种被迫进行的无法获胜的竞争，因而虚构必须另起炉灶，在想象中独立构建时空结构的支点，以此撬开一个先前并不存在的世界，并合理安排其间的秩序，从而媲美造物妙手天成的现实。

虚构，更像是带有原初意味的"秘索思"（mythos）——"内容是虚构的，展开的氛围是假设的，表述的方式是诗意的，指对的接收'机制'是人的想象和宗教热情，而非分析、判断和高精度的抽象"。这是人与世界关联甚至突入世界（现实）的一种特殊方式，让我们有机会探索世界，并认识世界的变化，并在其间安顿自己的命运："如果没有一种至高无上的虚构，或者如果连它的存在的可能性也都没有的话，那么命运就会变得非常严酷。"

一位印度父亲在临终前，嘱咐三个孩子分他的十九头牛，老大得二分之一，老二得四分之一，老三得五分之一。有老人牵牛经过，见三兄弟愁眉不展，便将自己的牛借给他们来分。这样，老大分得十头，老二分得五头，老三分得四头，老人也牵回了自己的那一头。虚构和现实的关系，很像这个故事启发的那样，用那头无中生有的牛分清了那些实际存在的牛，用一个属人的概念分判了那个属于造物的纷繁现实。

这是两个世界之间变动不定但神圣不可侵犯的边界，一个是人们在其中讲述的世界，另一个是人们所讲述的世界。

现实与虚构的边界不可轻易抹除，这一界限提醒我们，虚构是一项属于技艺的界限练习。技艺是练习的产物，一个人在成为艺术家之前，差不多必须首先是个卓越的工匠。一个卓越的写作者，必须已经具备了最为基本的写作技艺，才能保证自己能够清楚地标示虚构的界限——即使有意混淆虚构与现实的界限，仍然属于虚构的一种——虚构必须保持其冰冷的面貌，以便拒绝所有在界限上的含混不清。

现实与虚构那条截然不可跨越的鸿沟，当然无法限制以现实为己任的写作者。对这类作者而言，"不准编造"是绝不能违背的天条。这一天条要求写作者跟随现实，深入对象，不用自己的想象或推断替代无法轻易看到的现实深层，从而保证作品触碰到现实坚硬的内里。或者这么说好了，尊崇现实的写作者受到如现实所示的限制，从而必须比普通观察者更殚精竭虑地对自己的素材下功夫，故此超越已知的现象层面，走入更为内在的现象，更好地写出现实极为深层的微妙关系，甚至触碰那个不可及的"物自体"。有意思的是，现实的限制让写作者更好地从其中汲取了能量，捆绑作品手脚的技艺界限，反过来成了诚恳的写作者走出现实迷宫的阿里阿德涅线团，刺激他们在穷途或歧路结成的困境里用虚构找出一条崎岖的小径。

与此同时，虚构也不是在一片虚拟的空地上凭想象撒野，也不只是简单的"what if"设定——如此设定只是起步，实质性的虚构要复杂也艰难得多。那是一个极为严密、受制于"自洽"（self-consistent）性要求的完整世界。在这个自洽的世界里，逻辑系统越复杂，其间的联系越紧密，人极力摸索的模糊部分越具清晰度，给人的阅读感受就越深。一旦这个虚构的世界出现不合理的裂缝，就会遭到人们的质疑；不合理的面积过大，这个虚构的世界就不再成立。

为了避免在如此重要的事情上可能的僭越，或许有必要强调，那个凭观察和想象塑造出来的虚构世界，与人一样带有先天的局限，并非现实的核心提纲，也不是世界按此运行的命令，只是一种启迪性的猜测。然而，可以让人略微骄傲一点的是，"人对界线的确认和思索，其实正是人对自我生命处境的确认和思索，乃至于是对人的世界基本构成、人的存有的确认和思索，而且，唯其如此才是具体的、稠密充实的"。正是界线上那些将断未断的存亡绝续时刻，那些人置身其间的挣扎和努力，往界线两边拓展的深度和广度，才让人生成了精致微妙的样式，也造就了严密深湛的艺术。

甚至当他颂扬大自然的时候，他也同大自然进行竞争或像克洛岱尔那样毫不掩饰他是与大自然合作并使之完美的。

被严格区分的现实与虚构，有意间提供了一条斩截的界线，也无意中抛出了一条有益的绳索，让虚构在界限内（并因为界限的存在）向更深更远处探求。然而，无论怎样严格地区分，最终必然需要面对的问题是，虚构无法完全避免（甚至必然）使用现实中的材料。在这个变化越来越快，让人感觉越来越生疏的现实世界，每一天生出的新鲜事物和由此形成的新鲜经验，多到无论你准备用怎样的方式捕捉，仿佛都打捞不起全部，只能眼睁睁看着语言对着绝尘而去的它们叹息，内心无比焦虑。

羚羊挂角，善行而无辙迹者或许有吧，但一个写作者要完全让生活现实在小说中"行而无迹，事而无传"，几乎不可能。一旦在虚构作品中引入现实，就不免会遇到如下的悖论——只有经过无比精心的处理，现实自身的信息才会为虚构所用，并成为虚构的能量；一旦现实未经心智的从容含玩，以茅茨不剪的形式进入虚构，浑浊现实自身携带的大量杂质，会肆意扰乱虚构自身的纯度，作品免不了鲁莽灭裂。

一个严肃认真的写作者，当他准备在小说里谈论丰盛、复杂，几乎捕捉不尽的现实的时候，一定在内心里骄傲地决定，要经过再次安排，把这些绝难码放整齐的纷乱，完完整整地对应到某个或某些具体的虚构之中。要在虚构世界中容纳人类社会的形形色色，就必须让虚构的世界足够大，大到可以容纳现实携带的所有沙石；或者，你必须洞察现实更深处的秘密，更准确地对准纷乱芜杂现实的核心——"箭中了目标，离了弦"，准确地命中现实的靶心，不用再在虚构中不停地追赶。

或者打个比方，现实如一张纸上的两个人，这两个人永远不可能走出纸的边框，要走出来，需要高维世界从另一个方向把他们取出来。虚构，除了对准，也可以是在现实三维世界之上伸出一只手来，要从更高的维度把现实从物自体状态解放出来。也就是在这个意义上，虚构仿佛是传说中的如意乾坤袋，在某些精确的点上，进可以容纳更多的内容和更多的现实，退可以卷而怀之。现实中绵延无边的一切，在虚构中恍如进入高一维度的时空，收放随心，不漏不余，如须弥纳于芥子。

尼尔斯·玻尔在回应业余物理学家对量子力学的胡乱

猜测时，说过一句话："我们都同意你的理论是疯狂的。你和我们的分歧在于，它是否疯狂到了足以有机会正确的程度。"对必须使用现实的虚构来说，这句话或许可以改成："我们都同意你的虚构是疯狂的。分歧在于，它是否疯狂到了有机会成为某种现实的程度。"如果一个人立志用虚构方式对应现实，并企图给人心一些切实的安慰，他就必须对虚构有更为疯狂的野心——用准确的虚构命中复杂的现实，或者从更高的维度直抵现实的核心。

　　唯有凭借那些要素，显象才能属于知识，并且一般而言属于我们的意识，从而属于我们自己。

　　对一个以虚构为中心的写作者来说，现实进入他的眼睛，并不是直接的反射，他必须让"灵魂进入想象的体内"，然后让现实按照自己在虚构世界里的样子，重新飞翔。说得坚决一些，"文学形式不可能来自生活，而只能源自文学传统"。即便需要模仿，"一个作家的写作影响另一个作家的写作，如同阳光影响了植物的生长，重要的是植物在接受阳光照耀而生长的时候，并不是以阳光的方式在生长，而始终是以植物自己的方式生长"。

　　所有的虚构，归根到底都是写作者自我的综合选择，一个人的视界决定了书写的基本水准。我们经常谈论作品涉及现实的深度和广度，其实是由写作者眼光的深度和广度决定的。

虚构世界的设定太满、太实，人物在其中的周转空间就难免会过于逼仄，譬如庄子对惠施所言："夫地非不广且大也，人之所用容足耳。然则厕足而垫之致黄泉，人尚有用乎？"把人周围的多余空间全部填满，只让其踏足作者设定的容足之地，那即使人物在小说中再怎样辗转腾挪，空间也显得太过狭窄，气息也过于急促，不过是作者设定的、表明自身睿智的规定性假动作。只有虚构世界中的空间足够开阔，人和事才会有置身其间的余裕和从容，作品也才有庞大而浑然的气息。

"如果一个诗人对社会有任何义务，那就是写好诗。"对一个虚构写作者来说，他关心和谈论现实的最好方式，是写好自己的作品，把那些让自己愤怒、无奈，直至崩溃的现实，丝丝缕缕写进虚构的世界。现实并不与虚构必然同步，现实世界的丰富并不必然会成为虚构世界的丰富，无论怎样丰富的现实都有可能产生贫薄的虚构，同样的，无论怎样贫薄的现实，也有可能在更为艰难的意义上产生丰富的虚构。

也正是在这个方向上，我们应该可以说，现实和虚构的一歧为二，不妨碍虚构与现实是同根之木、并蒂之花——造物所创造的一切，"没有一样是少于或低于他自己的"，现实中一切的根源，也正是人身上一切的根源。或者也可以这样说，"文学的情节与世界的情节之间的相似性就在于两者都是物质的潜能的产物"，只是因为重重的概念或思维约束，才让人与现实看起来背道而驰。也正因人与现实同根同源，人也才有可能不假外求而在虚构中完满具足，凭借对自身的深入认识而发现生活自身的秘密。

除非以虚构的方式，在我们的头脑中或其他任何地方，没有任何东西能够被我们言说或被思考。

如果可以说得更坚决一点，那就不妨说，虚构正是人类思维方式的特征，或者是人之为人的关键之一。不用说，文学与虚构几乎天然相关，"只要这部作品是艺术，它就不是现实的东西"。稍进一步，在历史研究中，"任何写作一个叙事的人都是在进行虚构"。甚而至于，我们也不得不承认，"科学理论基础具有纯粹虚构的特征"。

沿着这个方向可以明白，"人们已不仅仅把文学中的事件当作虚构，而且在表述这些事件时所传达出的'意旨'或'对世界的看法'，也被当作虚构。但是，事情并不到此为止。现在，批评家们又更进一步，他们有时以一种同义反复的形式提出，文学意义也是虚构，因为一切意义都是虚构，甚至非文学性语言，包括批评语言表达的意义也不例外"[1]。

虚构就其本身而言是对偶然性的排除，是用必然构成一个完备的世界，就像"在柏拉图的对话中，没有什么是偶然的；任何东西在其发生的地方都是必然的。在对话之外任何可能是偶然的东西，在对话里都是有其意义的。在所有现实的交谈中，偶然拥有相当重的分量：柏拉图的所有对话［因此］都是彻底虚构的。柏拉图的对话都是以一种基本的虚假、一种美丽的或者魅惑的虚假为基础的，也就是说，对偶然的否定"。

虚构本身容纳偶然，但现实中的偶然不从属于虚构的逻辑，因为虚构中的偶然是必然的安排。在最抽象的意义上，虚构如同科学理论，每一个虚构世界都有被证伪的可能，可也正因被证伪的可能才证实虚构的必要。人类的认知是一个虚构系统，人们在言辞中建立世界，供真实世界中的人们参照，以便有机会认识现实做出一些有益的改变。没错，"在某种意义上，我们所有的真理都是虚构，它们是我们为信念而选择的故事"，而这个为信念而选择的故事必然反过来影响我们在日常中的选择。

被虚构反复影响的日常选择就成了一个共同体的习俗，

1.格拉夫著，陈慧、徐秋红译：《自我作对的文学》，河北人民出版社，2004年，第181页。

并最终决定了这个共同体的具体样貌。"赫西俄德与荷马……把诸神的家世交给希腊人，把诸神的一些名字、尊荣和技艺交给所有人，还说出了诸神的外貌"，署名赫西俄德和荷马的一系列作品，面向当时希腊的过去、当下和未来，让生活于城邦的希腊人有了效仿对象，从而确立了他们特殊的生活方式。不依赖众神的中国则言，"诗者，天地之心，君德之祖，百福之宗，万物之户也"，以上四端是不是也在教人确立自己特殊的生活方式？

每个民族能进入思考序列的虚构，在起点意义上就是那些基本经典。这些经典连同仿佛跟它们长在一起的注疏，让一群自然聚居的人，成长为一个自觉的文明共同体。如同古希腊人在他们的经典教导下形成了独特的 nomos（民俗，宗法，法律），在一个以五经为主的教化序列里，中国也形成了属于自己的特殊"谣俗"——从这 nomos 和谣俗里，大约能看出此一共同体人的性情、生活方式乃至命运的造型。

　　某一观点的虚假性不能成为……反对它的任何理由。重要的是这一观点能在多大程度上发展生命、保护生命、保护物种。

　　"'脱去自然（sauvagerie），远离禽兽，回归自然（nature）！'这句乍看自相矛盾的话出现在松尾芭蕉一部诗集的卷首。在日本人眼里，这样的表述再正常不过，因为在他们的眼中，'自然'不是荒郊乱石，不是一团乱麻，而是一片精心营造的空间，其间亦可生活，亦可沉思。"经典中称述的自然，应该合理地看成人鬼斧神工的造物，并非狰狞残酷的原始状态。人从事虚构以及所有的精神活动，不是一种标示优越的思维练习，而是通过对人类卓越技艺的认知，与喜怒无常的自然保持审慎的距离。

在德语里，作诗就是"dichten"，"这个动词除了具有古希腊的'制作''技艺'的意义之外，在日耳曼语系里还保留了更古朴的形象意义，即'笼罩''覆盖'。这意味着：诗人的使命是用言辞编织一张网，来呵护世人不受自然风雨的吹打"。人很难在没有精神保护的情况下从容生活。精神方面的保护，很多时候如同我们需要物质的食粮。有了那些由虚构编织成的保护系统，人可能会增加些力量去面对黑暗、虚无和灾难，以免不经意间受到精神方面无法挽回的伤害。虽然不是每个人的心都能够被防护到——因此人永远需要发现，但虚构起到的是切切实实的保护作用。

也正是在这里，虚构参与了现实生活世界的循环，成为社会自净行为的一个组成部分。虚构可以是一种禊除，以此肯定人为此世付出的心力和辛劳，祛除逝者因错误、冤屈或躁急而生的戾气，同时安抚生者对逝者的怀念、抱怨、内疚或不满，清洁双方在各种关系中产生的有垢之情，以此清除各种可能的心理和社会问题，给人世清理出足够周旋的开阔空间，让人在身心上有更为充分的转身余地。至此，属于另一个世界的虚构，悄悄来到了这个日常的世界，从而完成了特殊的融合。

文学作品的传奇品质

一

现在几乎被严格定义在浪漫事件或风流韵事、与现实保持着固定距离的 romance（罗曼司），从起源上说，是由拉丁文 romanice 变化而来的，当时欧洲的各种"方言"和"通俗拉丁语"结合起来，形成当时并不受尊重的"罗曼"文字，用这种文字写作的作品称为"罗曼司"。因为与骑士有关，romance 又被称为 romance of chivalry（骑士）。Romance 起初不过是依傍贵人的骚客们的谀辞，用来换取一点残羹冷炙。在现代汉语中，就把这样出身颇微的作品，译为"传奇"，更因其与 chivalry 相关，也被称为"骑士传奇"。

这种写作与现实的强度粘连，一面深自拘束着写作者的身体，一面也把作者的想象力在空间上推向遥远的地方。因此，与宗教信仰、冒险或爱情有关的骑士传奇就必须首先满足主人公的行动速度，于是，骑士的坐骑必然是一匹骏马，这匹幻想中的骏马载着异于常人的主人杀异教徒、降毒龙、斩恶魔，为骑士最尊贵的女主人献上所有这些冒险换来的荣誉。因为要取悦于人，写作者需努力营造异世色彩，甚至把各种不相干的故事搭配在一起，换得在上者一粲。这些内容上不知剪裁、认识上不知局限的写作，把奇怪当成了奇特，终不免招致后人结构散乱、情节离奇、逻辑混乱的恶谥。但是，某种文体一旦流行，天赋异禀的写作者会拿来为自己所用，从而把这种文体从卑污中解脱出来，换上新的灵魂。

骑士传奇经过了漫长的努力，最终由自己的集大成者和终结者《堂吉诃德》完成了其脱胎换骨的过程。塞万提斯写作《堂吉诃德》的目的，"无非要世人厌恶荒诞的骑士小说"，希望主人公"前后两次的出门的故事，已经把一切游侠骑士的荒谬行径挖苦得淋漓尽致"（杨绛译本）。事与愿违，《堂吉诃德》因为终结骑士传奇的努力而给予传奇新的灵魂。

无论从哪个方面看，两次出门的堂吉诃德本质上都是一个骑士，他读传奇，颂骑士，处处模仿传奇主人公的行为。然而，他胯下不是"日行千里，夜行八百"的骐骥，而是走路都趔趄的驽骍难得；他的英雄事迹每以英勇始，以溃败终；他的爱人不是遗世独立的高贵妇人，而是壮硕无朋的粗笨姑娘……然而，即使有这样截然相反的经历，回家之前，堂吉诃德的经历仍算得上一个有异样色彩的骑士传奇，只是落魄置换了无往不利，遭人耻笑置换了受人赞誉。但结尾处堂吉诃德的醒悟改变了整部作品的走向，具备了上述的终结和给予意义，仿佛一个完美的倒置镜像，让我们从中看出了作者的深心。

参孙·加尔拉斯果悼念堂吉诃德的那首曲终奏雅的诗结尾是这样写的：

一生幻惑，
临殁见真。

一生幻惑于骑士传奇的堂吉诃德，临殁见了什么真呢？当别人在堂吉诃德临终时仍按疯狂的骑士幻想安慰他的时候，他说："那些胡扯的故事真是害了我一辈子；但愿天照应，我临死能由受害转为受益。"回光返照的堂吉诃德安详地处置了自己的遗产，"领了种种圣典，痛骂了骑士小说，终于长辞人世了"。堂吉诃德临终认识到了骑士传奇的种种不实，把自己的心智约束到现实层面。可是，这样的堂吉诃德不是又回到与现实的同流合污？塞万提斯勚心劳力，难道就是要劝诫我们遵从这样一种乡愿心态？果真如此，塞万提斯岂不是与贵人厅堂上的文人骚客半斤八两，与现实达成了另外的肮脏协议？

从结尾处回看《堂吉诃德》的构想，我们不难推测出塞万提斯对骑士局限的认识，更进一步，还有对骑士传奇写作的局限的认识。堂吉诃德的临殁见真，实质是他对骑士局限的认识。那些永远奔驰的骏马不过是人对空间突破的期望，从而让远征不受约束。但驽骍难得告诉了堂吉诃德现实，所有的远征都有终点，任何骏马都会劳累，在想象力不受控制的方向，人有着属人的无奈，在层层无尽的空间里，人能踏足的，不过是很小的一方。而作为世俗荣誉的骑士时代一去不返，人永远也回不去。现实的艰难，最终让堂吉诃德认识到了人在时空中的局限。而当人认识到自己的想象与现实的边际的时候，就已经具备了重新开始的可能。这种可贵的对时空局限的自觉，正是我们要说的"传奇品质"的起点。是否具有这样的时空自觉，是我们说一部作品是否具有"传奇品质"的分界线。

二

在中国，作为一种文体出现、被后人称为"唐传奇"的作品，"文备众体，可见史才、诗笔、议论"（《云麓漫钞》第八卷），"文人往往有作，投谒时或用之为行卷"（鲁迅，《中国小说史略》）。说白了，就是文人们期望贵人施以青眼的敲门砖，出身与骑士传奇类似，也并不怎么高贵。而早期的唐传奇在内容和形式上的不知约束也与骑士传奇相似，

"或为丛集，或为单篇，大率篇幅曼长，记叙委曲，时亦近于俳谐，故论者每訾其卑下，贬之曰'传奇'"（《中国小说史略》）。

《堂吉诃德》表现出的时空自觉，唐传奇中的很多故事同样具备，甚至走得更远。以《枕中记》和《南柯太守传》为例吧。《枕中记》写穷困的卢生于邯郸客店中遇道者吕翁，获枕入梦，于梦中尽历荣华，醒来时，发现主人炊黄粱还没熟。《南柯太守传》写的是"嗜酒使气"的游侠淳于棼在一株古槐树下醉倒，梦见自己变成大槐国驸马，任"南柯太守"二十年，生儿育女，荣显一时，后被遣发回家。梦中惊醒，他发现自己不过是在蚂蚁国里做了显贵。《枕中记》和《南柯太守传》均把人生视同一梦，多是写作者在积极的现实努力碰壁后对人生的认识。难能可贵的是，在梦与现实的交接处、在感叹人世虚幻的缝隙里，两个作品都凸显出作者对时空局限的自觉。对人来说，一生不过百年，富贵或贫贱都是百年间事。而枕上一梦或蚁穴生平，却是对这一百年局限的变化，一梦可历一生，人的生存时空岂不是要大大扩展？这种对时空数量级变化的认识，从一个方向上超越了时空限制和因认识限制带来的无奈，提示了一种可能的进步路线。而这条进步路线的一种可能方向，体现在唐传奇《虬髯客传》中。

《虬髯客传》的内核是三个中心人物在具体时空中的决

断。故事开头是李靖见杨素之后，杨素侍婢红拂女半夜追至，说自己"阅天下之人多矣，无如公者"，并说杨素"尸居余气，不足畏也"，因此"丝萝非独生，愿托乔木"，决意追随李靖。在李靖和红拂女避难期间，一"赤髯如虬"者，"乘蹇驴而来"，观李靖"仪形器宇，真丈夫也"，遂相与为友。两人综论天下英雄，李靖认为李世民有明主之象，虬髯客设法一见，认为"真英主也"，于是举巨资给李靖以佐明主，自己则避地而处。三个中心人物，红拂女识丈夫，李靖识异人，虬髯客识英主，正是人在具体时空中明确决断的例证。这种明确的决断，建立在对具体时空和人物品性的识别上。作者沈既济认识了自己的时空，把胸中的奇气变幻成"风尘三侠"的决断故事，才有了如上的"传奇"。这种对具体时空的自觉认识及其决断，正是我们所说的"传奇品质"的更进一步的表现。

与认识时空有缘，后来被称为"传奇"的明代戏剧，也有人把这种时空变化的故事再演了一遍。汤显祖"临川四梦"中的《邯郸记》，是对《枕中记》的创造性改写，《南柯记》是对《南柯太守传》的创造性改写，而"四梦"组合成的发展次序，更显示出汤显祖对时空的认知自觉。"四梦""主题可以概括为四个字：侠（《紫钗记》）、儒（《牡丹亭》）、道（《邯郸记》）、佛（《南柯记》）"，"四梦合观，侠不敌情，情不敌生死"，"四梦之间，相应的时间数量级一个比一个长，而相应的时间数量级不同，感受到的信息也就完全不同"（张文江，《渔人之路和问津者之路》）。汤显祖这种对时空数量级变化的自觉认识，又在具体时空决断的基础上进了一层，表达着人类对时空层层深入的认识愿望，标示着更高程度的"传奇品质"。考虑四梦的前缀"临川"，既照应汤显祖的祖籍，又暗合了孔子的临川之叹（子在川上曰："逝者如斯夫，不舍昼夜。"），让传奇品质接通了先秦的时空背景，显示出雄阔的人类景象。

三

从文学发展史的一般发展来看，传奇作为一种文体上承神话，下启近代小说，几乎勾连起整个叙事作品的写作时代。我们上述的传奇品质的几个方面，相对局限在人对时空的认识上，而在另外一个向度，传奇品质还体现在其对人内心的认知上。不妨从希腊神话说起吧。

希腊神话中的神"互相争斗，或者为悲伤、愤怒、快乐之类的情感所左右"（H.D.F. 基托著，徐卫翔，黄韬译，《希腊人》)，而被情感左右的诸神也把这些特征带到了人间。在赫西俄德的《工作与时日》中，神因为普罗米修斯盗火给人，决定给人类降灾，于是创制了潘多拉。潘多拉有"人类的语言和力气"，是"一位温柔可爱的少女，模样像永生女神"，有着"优雅的风韵"，雅典娜教她"做针线活和编织各种不同的织物"，"明眸女神雅典娜给她穿衣服、束腰带，美惠三女神和尊贵的劝说女神给她戴上金项链，发髻华美的时序三女神往她头上戴上春天的鲜花"。然而，有"一个腼腆少女的模样"的潘多拉是"用泥土"创造的，而创造者是"跛足之神"，在明艳的外表下，潘多拉有先天缺陷。况且，这个美丽女性有着神有意给予的可怕内心：

> 他（宙斯）吩咐金色的阿佛洛狄特在她头上倾洒优雅的风韵以及恼人的欲望和倦人的操心，吩咐神使阿尔古斯、斩杀者赫尔墨斯给她一颗不知羞耻的心和欺诈的天性……按照雷神宙斯的要求，阿尔古斯和斩杀者神使赫尔墨斯把谎言、能说会道以及一颗狡黠的心灵放在她的胸膛里，众神的传令官也给了她成篇的语言。（赫西俄德著，张竹明，蒋平译，《工作与时日·神谱》）

于是，等潘多拉打开盛满灾难的瓶子，此前绝无罪恶、劳累和疾病的大地上有了灾难。而这一切，都源于这个享有"一切馈赠"的美丽少女。稍微延伸一下就不难发现，潘多拉正与人有着惊人的同构关系。她的美丽正是人的外形，是人自认区别于动物的特征之一，但脱离了动物的人也有着复杂而凶险的内心，而内心会与外在配合，为人类制造无穷的灾难。

神话诗人赫西俄德看到的问题，作为哲人的柏拉图也看到了，在《理想国》中，他借苏格拉底的嘴说，"人性中有狮，有多头怪物，亦复有人"（钱锺书，《管锥编》）。如果写作只是把人性中的狮子和多头怪物放出来，加上想象的辅助，不加约束，神话和传奇都会变成"妄想的无尽的冒险和性刺激"，其内容将是"不可能的、期待的、情欲的和暴力的世界"（诺思洛普·弗莱著，孟祥春译，《世俗的经典——传奇故事结构研究》），然后传奇变成"世俗的经典"，而传奇品质将变成俗世品质，淹没在尘世的哄笑中。

在《工作与时日》中，赫西俄德同时给出了挽救人类灾难的方法，那就是在时日之中的劳作。写作者，也正是凭着写作的辛劳，把世人从灾难中超拔出来，从而展现属人的高尚。不管是《工作与时日》中通过劳作确立尊严的佩西斯，还是通过写作展现出这种尊严的赫西俄德，都认识了人内心不受约束的可怕，并通过自己的努力寻找认识内心并在认识的基础上进步的可能性。但所有这些努力都不是压抑或者消灭这些人性中的狮子和多头怪物，否则这些内心能量的反噬将导致更大的灾难。自觉地整理内心，是沿着杂乱念头逆流追溯，找到其根源，本质上是认识自己的过程。而这个自觉地认识自己的过程，正是我们所说的"传奇品质"应该具备的另外一种特质。

传奇品质的这个方向，在近代小说以及此前此后的多种文体中都得到了广泛的反映。《伊利亚特》以阿喀琉斯的暴怒开篇，并因其暴怒导致了一系列的恶果，而恶果也教训了阿喀琉斯，他深深自责：

> 但愿争斗从神和人的生活里消失，
>
> 连同驱使哪怕是最明智的人撒野的暴怒，
>
> 这苦味的胆汁，比垂滴的蜂蜜还要香甜，
>
> 涌聚在人的胸间，犹如一团烟雾，迷惘着我们的心
>
> 窍——（陈中梅译本）

自责，是阿喀琉斯自觉认识自己的开始，他从中渐渐成熟起来。而这，也正是荷马的意思，他以悲剧的展开批评了阿喀琉斯不知节制的愤怒，从而展示了自己对人类内心的自省。在这个自觉的内省方向上，有莎士比亚关注的奥赛罗的嫉妒，简·奥斯汀关注的"傲慢与偏见"，福楼拜关注的包法利夫人的浪漫欲望……这些都展示着写作者对人类内心的检视，并借助写作反身而思。

对人类内心的自觉认知必须严格区别于对内心念头的放纵表达，否则会把作品的传奇品质等同于猎异的"传奇故事"，从而"淹没了理性的声音，它（传奇）对日常生活提供一种危险的、误导的指引，它唤起虚假的期望，煽动最应该被制止的激情"（吉利恩·比尔著，邹孜彦、肖遥译，《传

66

奇》）。放纵是人在不自觉的情况下对内心欲望的简单宣泄，其本质是对人性中的狮子和多头怪物的溺爱。我们目前指称的大部分现代小说，都有这种放纵的迹象，作者会与其主人公同样沉溺在某种内心体验里不知检省，从而被某种单一的内心体验指引到危险的边缘。只有自觉地引导"人性中的人"，人才能在自觉的认知基础上脱离被未经省察的念头完全控制的情形，引导自己更加合理地衡量世俗与超越的关系，从而拥有内在的脱俗气象，具备"超越寻常"的意义，拥有其自身的传奇品质。甚至可以说，写作者对内心的认识能走多远，一部作品的传奇品质就能走多远。如此观照，传奇品质会完全超越题材的局限，在更广阔的写作层面上具备意义。

四

或许在这里简单强调一下我们界定的传奇品质是必要的：写作者对所处时空自觉体认，知道时空的界限，并在界限的基础上观察时空变化的可能。或者，写作者凭着对自心的体认，把人性中的狮子和多头怪物识别出来，"各复归其根"，从而归还其根源的清净，把"人性中的人"驯化出来。概而言之，人凭着对世界的敏锐体验，从而自觉认识时空和自心，把人的"卓越"（aretê）展现出来。这种认知的自觉会让作品具备超凡的气质，与平庸的作品区别开来。

只要写作者具备了对时空和人的内在认知，并在作品中展现出从这个基础上走得更远的努力，那么，不管其内容是天马行空的幻想还是亦步亦趋的现实写照，形式是格律严谨的诗歌还是笔触夸张的讽刺小品，都可以说具备了传奇品质。说得更确切些，传奇品质本质上不拒绝任何作品，只要作品在内外自觉的层面有所贡献，都可以归属于我们称谓的"传奇品质"之中。

文章即将结束的时候，我想起了 romance 中的骏马，从而想到了我们的古老文字。《说文解字》解"传"为"遽"，是古代的驿马，用来传递。而"奇，异也。一曰不耦"。段玉裁注"异"曰："不群之谓。""遽"同时有着"迅疾"的意思。那么，驿马不正是骑士的胯下马？"不群"不正应是骑士的特征？于是，"传奇"在这个拼凑的组合中，竟然拥有了自己的独特解释，那就是驿马对"不群"的迅疾传递。那么，是不是不妨说，我们称谓的传奇品质就是写作者以文字为驿马，传递自己的"不群"见识。如此一种传奇品质，如果能穿越文学的疆域，走向更广阔的写作世界和生存体验，那将是一个更伟大的"超越寻常"的"传奇"吧。

虚构·非虚构·三重练习

尼尔斯·玻尔曾经说过："如果一个人不曾对量子物理学感到困惑，那他就根本没有理解它。"我们现在几乎可以说，如果一个人不曾对变怪百出的现实感到困惑，那他就一定没有真的去感受它。

面对如此现实，诸多有心的写作者，索性完全放弃了对现实世界的追赶，用想象的世界应对复杂万端的现实。那些设计完美的封闭世界，是现代的代达罗斯式迷宫，以此朝向现实或完成某些精微的游戏。与此同时，另一些写作者则毅然踏足深河，用自己的文字去追逐瞬息万变的现实，不去管自己的笔永远也追不上那远远走在人认识之前的现实，以有涯之思事无涯之实，把自己的忧思与创伤放进文字，企图写出这世界深处的裂痕与疼痛。

前者，是古老相传的虚构技艺；后者，则新被称为非虚构。

一

　　柏拉图笔下的苏格拉底曾经谈到练习的重要——一个共同体中的人，应该"按其天赋安排职业，弃其所短，用其所长，让他们集中毕生精力专搞一门，精益求精，不失时机"。即便像下棋掷骰子这样的游戏，"如果只当作消遣，不从小就练习的话，也是断不能精于此道的"。不管从事什么工作，都需要天赋和不断地练习，相对于常人无法预知也无法轻易断定有无的天赋，或许具体切要的练习更为重要。

　　虚构和非虚构的对称意义提醒我们，这是一种属于技艺的界限练习。不管谈论一本怎样平凡或奇特的书，强调技艺大概都不是多余的事。一个人在成为伟大的艺术家之前，必须首先是个卓越的工匠。技艺是练习的产物，保证了写作者有机会进入竞争者的行列。

　　技艺必须保持其冰冷的面貌，以便拒绝所有在界限上的含混不清。在技艺层面，虚构和非虚构之间有一条截然不可跨越的鸿沟。对非虚构写作者来说，只写事实，"不准虚构"是天条，绝不能违背。这一天条要求非虚构写作者跟随现实，深入自己的写作对象，不用自己的想象或推断替代走马观花看不到的现实深层，从而保证作品触碰到了事实坚硬的内里。或者这么说好了，非虚构写作者受到如现实所是那样写作的限制，从而必须比普通观察者更殚精竭虑地对自己

70

的素材下功夫，故此能够更好地写出现实极为深层的微妙关系。

　　反向来看虚构，似乎舒展也自由得多，几乎可以在任何一片虚拟的空地上凭想象撒野不是吗？其实不然。虚构出来的人物和事情，需要写作者对现实洞烛幽微。虚构要赢得信任，写作者应对现实生活明察秋毫，"每一个想象都需要寻找到一个现实的依据"。只有确认了现实依据，虚构才不只是简单的"what if"设定——what if 老鼠会说话，what if 狗狗能驾驶飞机，what if 小鸭可以自由飞翔……如此设定只是起步，实质性的虚构要复杂也艰难得多。那是一个更为高级的、受制于自洽性要求的完整世界，它必须"合理，精确，完备"[1]。在这个自洽的世界里，逻辑系统越复杂，其间的联系越紧密，人极力摸索到的模糊部分越具清晰度，给人的阅读感受就越深。这个自洽的世界可以是疯狂的，但虚构写作者必须意识到，这疯狂必须得有机会成为某种现实。否则，写作中所谓的大胆，不过是谵妄；所谓的新奇，不过是狂悖。

　　因非虚构写作对世界的深入和虚构写作创造新世界的野心，很容易让人产生洞悉世界之谜的幻觉。为了避免在一个如此严重问题上僭越，或许有必要指出，无论虚构还是非虚

---

1. 参看万维钢：《万万没想到——用理工科思维理解世界》，电子工业出版社，2014 年，第 129—131 页。

构写作者，都必须意识到，在技艺层面，自己追逐的是一个绝无可能被人的思维完全覆盖的世界。现实的变化永远快于技艺，而那个凭观察和想象塑造出来的世界，与人一样带有先天的局限。

如此一来，我们是否也可以说，作为对立的概念的虚构和非虚构，有意间提供了一条斩截的界线，也无意中抛出了一条有益的绳索。这界线把虚构和非虚构一分为二，让两者在各自的界限内向更深更远处探求。与此同时，在某个更为深藏不见的地方，两个方向不同的探求，仿佛也都在试着摆脱技艺给予的拘囿，挣扎着朝向某个更深更远的所在。

二

对技艺的强调当然要防备一个相反的误解，一个诸多优秀写作者容易掉入的误解，即认为技艺是作品唯一值得重视的东西。这里所需的提示或许是，技艺上的分茅设蕝只是一项人为的规定，写作上的形式选择，在更深入的意义上，可以是天性的不同选择——有人偏爱虚构，有人习惯非虚构。性情之不同，各如其面，对虚构和非虚构，甚而至于任何写法上的倾向而言，每个写作者的选择，不但是技艺的，同时是性情的。苏格拉底早早就认识到了这个问题："在最初的状况下每一个人并不是生来跟别人一模一样的，而是生性有差别的，各人适合干自己的行当。"

根据不同的性情，对世界的接受和认知方式，有的是凭逻辑和推理，条分缕析地把握；有的则通过一种对现实和未来的图像式知识，整体性地把捉。前者不妨称为"逻各斯"（logos）式的，后者则是"秘索思"式的——"内容是虚构的，展开的氛围是假设的，表述的方式是诗意的，指对的接收'机制'是人的想象和宗教热情，而非分析、判断和高精度的抽象"，其表现载体则是诗、神话、寓言、故事等等（参看陈中梅《Μῦθος 词源考》）。在逻各斯大行其道的今天，秘索思因其对于神话、艺术和文学的基质性作用，为人们认知世界的方式另辟出一条可能的路线。需要强调的只是，秘索思式思维的载体并非一定是虚构作品，因为真的故事仍然是秘索思的题中应有之义。

被现代概念拆分出来的现实，其实是一个类似于康德"物自体"的概念，如此隔离出来的现实，人永远不会知道其内里究竟是什么。而写作中的现实，即用秘索思形式把握的现实，无论是以虚构还是非虚构路径进入，都依赖于人对所谓现实的认识，却并不就是"客观现实"。所有出现或暗示在写作中的"现实"，其实质都是人的心理图景，是人凭思维以不同方式"施设"出的现实。

无论是虚构还是非虚构写作者，作为叙事作品的创作人，他们都是秘索思的后裔。对准现实最快也最有效的方式，无过于采用适合自己性情的方式。大而言之的逻各斯或秘索思，小而言之的虚构或非虚构，只是每个不同性情的个体选择的适合自己的对准方式，一个人选择用虚构还是非虚构来完成自己的作品，不过是其一次次对准性情的练习。

跟任何创造性工作一样，"几乎所有优秀的作家都处于和现实的紧张关系中"。对瞬息万变的社会有机体发言，需要特殊的灵感，并由长期的研究和热情来保证。真正对准现实的作品，要"承受着来自现实世界的所有欲望，所有情感和所有的想象"，写作过程中，写作者还"必须保持始终如一的诚实，必须在写作过程里集中他所有的美德，必须和他现实生活中的所有恶习分开"。如此，作家的智慧和警觉才不会受到伤害，读者也才能在完成的作品中，嗅到独特和惊奇的气息。无论虚构还是非虚构，都只是不同写作者根据自己不同性情选择的对准现实和时代的练习。

非虚构并不比虚构更对准现实和时代，毋宁说，非虚构提法的出现，确证了用文字对准现实和时代的艰难。横亘在虚构和非虚构之间的矛盾，在对准的意义上可以取消。技艺层面的绝对界限和性情与现实层面的对准，可以更准确地看成一种伯纳德特意义上的"未定之二"（indeterminate dyad）——"构成一对组合的事物不是独立的单元"，不能简单地看成二，"它们是整体的部分，在某种程度上互相包含对方"。作为一对组合事物的虚构与非虚构，一起构成了既相反又相成的对现实和时代的秘索思认知努力。意识到这一点，会让我们对未来的写作保持某种略为乐观的期望。

三

人必须在人群中生活，而看取自己置身的现实，每个人都有不同的方式。无论是虚构还是非虚构，或者更为难以命名的叙事方式，甚或是完全非叙事的方式，表达出来的都是现实经人的思维折射之后的图景。表达这幅图景的方式，跟每个人的性情选择有关，而不同的方式最终一起构成了对现实整体的认识。需要强调的只是，所谓性情的选择，只是在起初的意义上，每个人对性情的判断，仍然会随着情势的发展而发生变化——比如虚构写作者写出非虚构作品，或非虚构写作者涉足虚构作品。

然而，即使人人都按自己的性情做出了选择，属人的作品仍然会存在上面提到的无法克服的缺陷：一个作品写不出比现实更多、更准确的现实。现实在空间上的无限和在时间上绵延，早就取消了这个可能。人的思维和认识永远无法覆盖现实的全部，对无边无际的现实来说，人的认知总是有漏有余的，写作者一不小心就会被弥漫的现实压垮，从而陷入深深的困顿。

人与现实原本同根同源，只因为重重的概念或思维约束，才让人与现实看起来背道而驰。正因与现实同根同源，人也才有可能不假外求而完满具足，凭借对自身的深入认识，先于被人们指称的现实而抵达现实。"箭中了目标，离了弦"，用叙事先行对准那个变动不居的现实世界，现实将在叙事击中其核心的那一刻豁然而解，如土委地。

不妨试着把问题调整到阅读上来——我们在阅读各类叙事作品的时候，或许每个人都深藏着一个隐秘的期待，盼望出现那么一种作品——作者对世界及自身的独特观察和思考，储备已久的阅读积累，多方面的写作才华，都在这个文本里得到了充分展示。先行抵达现实的作品出现了，它们努力理解着历史和眼前的一切，寻找出其至深根源，确认时代发展的大势所在，不为一时一地的人物悲喜逾恒。虽然作品结束于某个不得不然的时间点，却"试图寻求一种非时间性的东西，把它从任一个特定时空，从人的历史抽离出来拯救出来，不让它遭受人的干扰和污染，甚至也无须人为它辩护"。如此，不管现实怎样复杂万端，不管是否把人加进去，不管是虚构还是非虚构，作品都已经安然涉过了遗忘之河，穿行在以往和将来的光阴里。

作为竞争的虚构与非虚构

与被欧美国家作为笼统概念不同，非虚构的概念在中国的提出，其实质是叙事性的，并且是针对虚构的叙事，因而就天然地与虚构有说不清道不明的紧密关系，并在此同时表明了其与虚构竞争的愿望。在中国语境里，人们似乎天然地明白非虚构与媒体新闻和报告文学的不同（非虚构概念没有包含两者在内的外延），也不会把它混淆于戏剧、散文、随笔。非虚构写作者对以上这些文类也不是很关心，他们关注的，始终是来自虚构的压力和挑战。或者也可以这么说，虽然虚构和非虚构各自朝向现实世界的方式不同，但因为相似的独立叙事（区分于自觉或不自觉的奉命叙事）本质，他们理想或虎视眈眈的对手，始终都是对方。

随着作品的日渐增多和质量的日渐提升，非虚构以其对世界的深度楔入，在此前虚构一家独大的情形中赢得了自己的地位；并因为写作者的个性和出入虚构和非虚构之间的文字，几乎混淆了两者的界限；最终，非虚构作品与虚构作品一样，写出了作者对生活的发现，写出了被自我勇敢消化的生活。

一

非虚构之所以能在短时间内脱颖而出，一个重要的原因，大概是人们所称的，虚构类作品已经远远跟不上瞬息万变的现实，甚至连深入现实的可能也在一点点丧失。与此相反，因为非虚构标举的写现实的姿态，起码在某种意义上掀开了现实的帷幕，让人意识到一个不断处于变化中的世界，听到它的喘息，看到它的伤口，感受那与我们置身的生活息息相关的一切。

梁鸿的《中国在梁庄》和《出梁庄记》因为对乡村现状的书写，赢得了交口称赞。她的作品打开的，正是那个被很多人主动遗忘或被动屏蔽的现实。在"梁庄"系列里，我们看到一个充满衰老气息的乡村；我们看到一群离开乡村进入城市的人，他们困窘而卑微，没有自己的面目。这个梁庄，提醒我们睁开眼睛，看一看扎根土地或离开家乡的大多数人的生存境况。生活在梁庄内外的人们，虽然有着属于自己的穷苦、挣扎和不一样的命运，也有作者的同情在里面，但大多没有自己独特的精神生活，因而也就看不到他们每个人清晰的纵深背景，差不多是一幅前景和后景交织在一起的画。

78

或者说，他们都孤零零地突出在一个荒凉的背景之上，单纯，明确，坚决，指向一个个极难解决的社会难题。

魏玲的《大兴安岭杀人事件》，把笔力集中在一次偶然的杀人事件上，却带出了鄂温克人的经历。他们曾经不需要日历，根据自然的运行决定自己的行止。变化来了，他们先是被从贝加尔湖畔赶走，接着被从中苏边境的奇乾带到大兴安岭密林深处。他们在西伯利亚被驱逐时有大约七百人，到2011年，仅剩一百零七人。他们的家园在失去，过去的风习在失去，人生的目标也在渐渐失去，"现在的鄂温克人和林场人有着相似的神情，那是失去目标感的人的神情"。失去目标的他们，酗酒，干架，在颓然里生活。陡然而至的杀人事件，与此并无直接关系，但或许也并非无关。这个作品提示了现代化过程中某些被选中或被遗漏的部分，那个用来统整一切的"现代正确"，在"持续竭尽所能将异文化正常化、同质化"，对那些偏离现代认可范围的人、事、物，"也不断致力于将其阶层化、管制、排挤、定罪，以霸权支配，或将之边缘化"。在这样的情势里，一个非虚构作品所能给出的，不是既定的答案，而是更多的复杂。阅读的人只要意识到，那置身其中的人，在这选中和遗漏里气息奄奄，而那个写作的人，"心之忧矣，曷维其已"。

不止如此，因为写作者的认真探求，很多非虚构作品不只是写到了现实的世界，甚至更进一步牵连到现世界中人的生前死后，一个更大的世界显现出来。袁凌《我的九十九次死亡》，写有各种各样人的死亡，老死，病死，横死，处死……还有树的死，熊的死，狗的死，各种飞潜动植的死，各类物品的消失……或许是因为对死的郑重，这本书有显而易见的抒情气息，仿佛面对命运的、有分寸的叹息，重了，怕惊扰了逝者，轻了，又不能达成安慰。不过，生与死的界限，在书里也没那么明显，所有的死者，在此之前都是生者，他们有自己的喜怒哀乐，跟所有生者的喜怒哀乐一起，构成了一个完整的世界；而那些更早逝去的人，也化为鬼神，庇佑或干扰着这个他们曾经生活其间的人世。我们在书里看到的，几乎是一个因果牵连的世界，这世界甚至鬼神参与、报应不爽。

其实也未必全劳鬼神，摊开看人的一生，差不多也是一次因果之链的循环。安爷爷出身地主，没有野心，雕章刻字，赖以存身。一个贫农姑娘看了他写的春联，主动要求嫁给他，也就有了幸福，有了儿女。不幸她早早离世，安爷爷拉扯大儿女，由儿子陪同，去了西安，"待在碑林里，费掉三张门票。他终于看到了两本书上的草字，还有更多字帖的来处"。安爷爷去世后，"我"去跟刻碑的王恒利了解他们的交谊，"王恒利却忽然哭起来了，说袁仁安还有这么个孙子，想着访问他的事情，将来写下来"，也算得了安慰。仿佛都不是大不了的事情，不过是平淡的一生吧，却也略有波澜，在乱世里，能经受幸福，获得过满足。在人与人密集的关系缝隙里，在斗争如火如荼的时代，安爷爷算是逃过了厄运，避免了极度的不幸。

如此一来，即或有忤逆，乡村的生活，也近乎安稳了，却并不是。在这里，人情薄如纸，人命如草芥，那些尘肺患者，那山洪中的少女，街上的疯子，被枪毙的小偷，棚屋里的幼女……都提示着我们，这不是无论魏晋的桃花源，书里写的，更常见的是旧秩序的崩塌，那些参与了人世生活的鬼神和因果，也差不多是旧秩序的残留，并不是新时代的产物，甚至对现实的关心，也浸染着作者的笔，内里的心疼，慢慢渗透出来。因为写作的深入，现实更深处的疼痛显现了出来。这一切疼痛，也在作者富有自我特征的文字里让人意识到，这正是我们时代的共业。

二

沿着袁凌独具个性的文字，我们来到了非虚构的一个边缘，与虚构相连的边缘。在袁凌的非虚构作品里，我有时候甚至分不清虚构和非虚构的界限（虽然袁凌非常自觉地维持着非虚构的界限，但他文字的独特气息，让人经常忘记了文体界限），或许这也是袁凌一直在进行虚构写作的原因。在袁凌的虚构作品里，那个牵连广远的世界仍然在，而他更为致力的，是经过他内心消化的、饱满的日常生活，甚至是一种对世界的重建。

在袁凌的小说集《我们的命是这么土》中，能看出他对断裂的故乡的忧心，而更重要的是，他用自己的独特文字，重建了自己的故乡——一个作品中的世界，干净清洁，明艳无比。小说集的首篇《世界》，人物在一次重大的灾难之后失明，他在重建自己跟这个世界关系的过程中，开始回到自身的节奏。这个节奏跟外在的世界似有关似无关，重心是一次回归。在这个重建和回归的过程中，实在很难区分哪些是袁凌的所见所闻，哪些是他虚构出来的，只觉得这用残缺的感官经受的世界，是一个完整的世界，而缓慢走过这世界的人，有它独特的生命节奏。这个重建的世界和重建后的世界中人的独特节奏，有郑重的艰难和挣扎，却也在这当中显出人卑微的骄傲。这艰难中透露出的一丝骄傲，是属人的独特，也正是我所谓的独立叙事特质。当这一独立叙事特质在作品中出现的时候，一个作品的虚构或非虚构称谓，在我看来，已经不是非常重要了。

不知是偶然还是巧合，在梁鸿的虚构作品《神圣家族》里，人物也连同他们的纵深背景，被一起放置在一个混沌得多的世界上。《神圣家族》里不时提到的算命打卦、求神问卜、装神弄鬼、各路亡魂、各种禁忌、各样礼数，都如勾国臣和玉皇大帝一样，跟人生活在一起，参与着人的日常决定。例子很多，不多举，就拿镇上的"活囚人"阿花奶奶来说吧。因为年轻时害死了头生儿子，她"就向神发愿，一辈子侍奉他老人家，不穿红戴绿，不吃肉，不和儿女丈夫住一起，自愿把自己囚起来，向神赎罪，做神的传话人"。因为阿花奶奶遵守了自己的誓言，终日一身黑衣，吴镇人都很敬畏她，遇事请她求签解签，当然也不会断了供养。就这样，人的各种行为，都牵连着一个更深更远的世界，由此构成的复杂生活世界里，所有的行为都复合着诸多不可知和被确认为理所当然的因素。这些因素氤氲聚集，跟可见的生老病死、衣食住行、吵架拌嘴一起，用丰富刻写着吴镇的日常，也纠正着对乡镇只被经济和现代化统驭的单向度想象。

这个容纳了鬼神的精神世界，是《神圣家族》较"梁庄"系列多出的一部分，既显现了乡镇生活里丰富的一面，也提示了另外一个更重要的问题，即随着现代化的进程，这一涵容了鬼神的精神世界早就在被揭穿之中，与此相关的乡镇风习，也在被逐渐荡平，呈现出较为单一的样式，从而使精神生活有了乡镇和城市的同构趋势。在这里，你会看到敌意和戒惧，少年人无端的恶意；你会看到寂寞、无聊、颓废，人默默习惯了孤独；你会看到很多人变得抑郁，自杀形成了示范效应；你会看到倾诉、崩溃和呆滞……这是一个慢慢崩塌的精神世界，并毫无疑问的就是现实。

《神圣家族》里的人物，往往声口毕现，有他们各自的样，也有各自复杂的心事。读着读着，你堪堪要喜欢上书中的某个人了，却发现他有自己的缺陷；刚刚对一个人心生厌恶，他却又做出让人喜欢的事来。这是一个无法轻易判断是非对错的所在，你轻易论断了别人，别人就会反过来论断你。在这样一个世界，你应该多看、多听，多体味其中的无奈、辛酸以及笑容，如此，吴镇，甚至所有大地上的村镇，才不只是一个人实现自己雄心的泥塑木偶，人们也才真的会显露出自己带有纵深的样貌，与我们生活在一起。梁鸿几乎是主动承担起了在两个世界里穿梭的责任。不管乡村怎样衰退，精神的转化多么困难，周围的环境多么糟糕，她却不抱怨，不解释，不等待，不以这些为借口退进一个世界过自己的安稳日子，而是忍耐着两个世界的撕扯，做自己能做的，既让自己不断向前，又为未来的某个改善契机积攒着力量。或许正是这个原因，我们在《神圣家族》的颓败和腐烂、无奈和悲伤之上，能感受到一种隐秘的活力。

在这个意义上，被认为是非虚构作家的袁凌和梁鸿，用自己的两类作品，提出了对虚构与非虚构边缘的竞争宣言。与之相应的，被确认为虚构作家的金宇澄，则以自己的非虚构作品，完成了自己对独立叙事的证明。不妨就来看一下他的《火鸟——时光对照录》。《火鸟》的叙事非常耐心，一面是作者的叙述，一面则是引用笔记、传闻、口述历史、父亲的日记、书信，两者彼此映照，有时互为说明，有时互为补充，有时又显得互相矛盾。就在这样的参差对应之中，文章进入了尘封历史的后宫，撬开了人性的诸多幽微之处。

文中有一细节，看后顿觉惊心动魄。1937年，日军途经黎里镇，却无从驻扎。黎里镇的"维持会"迫于平望日军的压力，决定送几个最无亲眷的尼姑到平望交差——"远远就听到女人哭声，镇里人人晓得，是几个尼姑的声音，一艘菜贩小船要送这几个女人去平望了，哭声越来越响了……天落无穷无尽细雨，小船一路摇，尼姑一路哭，桨声哭声，穿进一座接一座石桥洞，朝镇西面慢慢慢慢开过去……这是啥世界？！"没错，让人想到莫泊桑的《羊脂球》，同样的无助无告，却又因为交代和描写得少，反比《羊脂球》多了些什么，那桨声伴随的哭声，把人性里无明笼罩的残忍和尼姑们的无奈，勾画得异常清晰。

作品里还写到了女作家关露。关露，1932年加入"左联"，同年入党。1939年，潘汉年让其到汪伪机关做策反工作，对外不得对"汉奸"身份有所辩解。1943年，至日本出席"第二届大东亚文学者代表大会"。1945年抗战胜利后，国民党欲治其"汉奸罪"，组织将其调往解放区，不久即遭"汉奸罪"隔离审查，就此患精神分裂。1955年受潘汉年案牵连入狱两年，1967年又被关入秦城监狱，1982年3月平反，同年10月自杀。这段话，几乎是全文照搬，逸笔草草，却写出了某种可怕的真实，让人感叹时代的不仁，造化的弄人。

这当然不是偷懒，已经讲过了，金宇澄的叙事非常耐心。关露命运中的罅隙，《火鸟》的主体部分，即作者父亲自少至老的遭际，填补了进去。全面抗战爆发，父亲进入中共秘密情报系统，自此惊扰不断，并于1942年被日本宪兵逮捕。虽然并没有叛变，可随后的岁月里，仍然被自己人审讯，最和缓的结论是"被捕后表现消沉"与"极不负责"，真可以说是，"祸患踵至，幽明互映，是这代人'不胜扼腕'运命的寻常……"那些平常的人间事，那些普通人的喜怒哀惧，如积薜残碑，揉在这命运的主线索里，作品也就撬开了人性与时代交织中的缝隙，把满满的命运之感，写了进去。在这里，我们已经很难，或许也无须辨认虚构和非虚构的界限，只感到老辣的叙事抵达了世界的深处，让人动容。

三

无论是虚构还是非虚构，都应该如维姆·文德斯所说："每个人都以自己的眼睛观察真实世界。你用眼睛看别人，特别是那些与你亲近的人，你周遭所发生的事，你所居住的城市与其地理景观，你看见死亡，人类的腐朽与事物的更迭替换，你看见并体验爱情、寂寞、快乐、悲伤、恐惧……每个人都会看见自己的'生活'。"一个非虚构的独立叙事作品，最终表达的，是一个人对自己生活的发现，一段被自我勇敢消化的生活。

说到对生活的发现，我最容易想起的是王昭阳的《与故土一拍两散》。王昭阳，生于 1960 年代。出身世家，祖父王亚南，《资本论》的译者之一，《中国官僚政治研究》的作者。王昭阳童年记忆模糊。1980 年代去美国留学，后在美国生活一段时间。他做过书店营业员、华尔街交易员、流浪汉、同声翻译等。无宗教信仰。爱好中国传统武术、六七十年代欧洲电影、白银时代诗歌，还有关于世界末日的各种预言。

美国读书期间，他只能在学校食堂的阴暗角落里就餐，眼睁睁看着自己中意的白人姑娘依偎在别人怀里，对美国恨意渐生，开始在图书馆苦读战争史和毛泽东的书，并因之热血沸腾。时来运转，毛头小子被华尔街相中，他把一张揉皱的餐巾纸推给自己喜欢的姑娘，对她炙热一笑，并不容置疑地要求，"给我你的电话"。可是，在华尔街工作了一年半，他心情大坏，夜夜失眠，欲望不振，健康状况开始恶化，对自己前途远大的华尔街生涯彻底没了感觉。这点微妙心思最终夺走了王昭阳居留美国的幸福感，把他从富贵梦中拖离。在冥想、武术和各类宗教中寻找不到安顿身心的良方后，他坚决地离开美国，开始了全世界游荡、几乎居无定所的生活。

游荡生活让作者渐渐理清了自己飘忽的心思，他无法安顿的感觉，源于那个承载了一代人梦想的美国，已变成了自我至上者组成的废墟。这个废墟几乎平面化了所有生活细节，夺走了全部的生活情趣。王昭阳的感觉不是建立在任何脱空理论和虚拟前景上，而是基于自身最微妙的感受，内含着对故土的深痛隐衷。作者既觉美国难于久居，却也没有在幼稚的怀旧的情绪里掉头东向，转而礼赞另一种完全不同的生活，得出美国的背面才是新乐园的判断。对一个拥有柔软内心的人来说，简单的两极思路太直线，太坚硬，作者早越过了刚性的东西文化之别，脱离了诱人的普世理想设定，不断更改着他的文化和政治认同，按内心节奏调试着自己的判断。他要找的那份微妙感觉，"同所谓经济发展、民主自由全无关系"。对他来说，"每个民族的历史、身份感和语言方式，都包含外人难以洞悉的深层逻辑，也可以称为'共享的精神能量'"。没有这个精神能量，世界上所有的地方，都给不了人们内心的幸福，也不会是真正意义上的家乡。作者对美国掉头不顾，也决心与自己久别暂归的故土一拍两散，说起来，都是因为可共享的精神能量日渐贫薄，他再也找不到那种微妙的感觉了。

作者的游荡，多以失败告终，只偶尔保留旧时风情的欧洲、照片中自在的老中国、拥有往日情怀的女性，曾给过他一些短暂的灵魂抚慰。不知是不是因为这些偶然得之的抚慰，让作者确信："失落也好，游离于抑郁症边缘也好，病根不在个人，而在整个文化和社会。"我无法判断这结论是否准确，但我更愿意相信，作者身心的无法安顿，还缘于在一次刻骨铭心的恋爱中发现的，他"最为本质和真切的内心感受中，冰冷盔甲和自我保护"。或许，只有沿着对自我近乎残忍的认识，作者才能致力他所相信的"真正优美语言的复苏"，用他在这本书中已经显示的元气淋漓的文字，"战胜任何一种席卷全球的谎言"，同时打开"内心底层，闭得最深、最密的一扇小门"，安抚自己那"无依无靠却贪婪依旧的流浪灵魂"。也正是在这个意义上，王昭阳写出了"对自己生活的发现"，不仰赖任何一种已知的感性或理性，而是遵从自己的内心，完成了真正的独立叙事。

所有的叙事，无论是虚构还是非虚构，都是自我的选择。一个人的视界，决定了书写的基本水准，与此同时，视界也让人们在有些时候无法（或许也不必）去区分虚构还是非虚构。魏玲《画地为牢》，虽然是一篇纪实作品，我却很难斩截地确认它是非虚构作品。作品讲的是一个矫正试点里的矫正官和被矫正者的故事。矫正，是指"把一部分犯人放在居住社区而不是监狱服刑"。矫正官赵振国管理着这些被矫正者，他"将和八十几个小镇'土著'的酒驾者、管制犯、假释出狱者和缓刑犯一起从零开始，建构起小镇的矫正世界"。赵振国很快就意识到，"非监禁刑要达到监禁刑的目的"，必须"把人的意识掌握起来"。于是，他不断强调被矫正者的犯人身份，借助现代通信技术，让被矫正者不断意识到自己受到监控，还需在微信上交流自己的矫正心得，且以"我可以把你重新送回监狱"胁迫。严格的监管之下，被矫正者发现，"自己比在监狱还紧张，狱警惩罚前会先问原因，可在赵振国这儿没有为什么，只有正确错误，一二三四"，如此一来，人便"变得比从前犹豫，会下意识自我审查"。至此，一个由他力和自我内化构成的牢狱，已然成形。

这还不只是一个被矫正者受管制的故事。社区里来了个美丽的社工蒋禾，一心一意拯救被矫正者的灵魂。之后呢，一个她疼爱有加的男孩爱上了她，而大部分人，只是要对这个美丽的女性倾诉，轮到她讲道理了，他们会毫不掩饰自己的不耐烦，甚至直接拉下脸，"你别弄得跟真的似的！"这个美丽的姑娘变得强硬，也成了社工站的站长。然而，朋友们不再喜欢她，因为跟她讲什么，她都要压倒别人。蒋禾也清醒地意识到，"矫正如何反过来作用在自己身上"，企图学习海外的先进经验，却也无法直接照搬，"国情和社会基础不一样"。现在，被矫正者来接受教育，她会直接告诉他们，"你现在就是画地为牢，就是在监狱里服刑，只不过区域给你画大一点，社区就是你的监狱"。这样的情形，让阅读者认识到，一种奇特秩序的形成，即便在一个画地为牢的故事里，每个人也未必可以完全地宣布自己无辜。

在这个作品里，我们看到了似曾相识却又未必全然认识的什么。这个不能命名的东西，正是叙事作品的骄傲所在。在这里，虚构和非虚构可以混同，它们都先于被人们指称的现实而抵达现实。"箭中了目标，离了弦"，用叙事先行对准那个变动不居的现实世界。现实将在叙事击中其核心的那一刻谳然而解，如土委地。意识到这一点，会让我们对未来的虚构和非虚构写作保持某种略为乐观的态度，也对作为竞争对手的它们能抵达的远方心存期望。

知识结构变更或衰年变法

——从这个角度看周作人、孙犁、汪曾祺的"晚期风格"

一个坚持写作的人，因身体进入晚年，由健康而至衰退；或因各种遭遇，思想上发生剧烈的震荡，以至长期维持的文字和写作风格，会发生较大的变化。在变化之后的作品里，人们有时会"遇到固有的年纪与智慧观念，这些作品反映一种特殊的成熟、一种新的和解与静穆精神，其表现方式每每使凡常的现实出现某种奇迹似的变容（transfiguration）"[1]，正是中国传统赞誉的"人书俱老"。另有一种变化之后的作品，却"并不圆谐，而是充满沟纹，甚

---

1. 艾德华·萨依德（Edward W.Said）著、彭淮栋译：《论晚期风格——反常合道的音乐与文学》，麦田出版社，2010年，第84页。（Edward W. Said，大陆地区译为爱德华·萨义德，正文以大陆地区翻译为准，不另注。——编者注）

至满目疮痍，它们缺乏甘芳，令那些只知选样尝味之辈涩口、扎嘴而走"[1]，过去中国文人称之为"苦词未圆熟"。

作家们的晚年之作，爱德华·萨义德称之为"晚期风格"（late style）。在中国现当代文学史上，很少见到作家晚年的成熟和解之作，更多的，是如深秋果实经虫噬咬之后的涩口、扎嘴。涩口、扎嘴之作能被称为"晚期风格"，而不是心智灭裂后维持的死而不僵，照萨义德的说法，作品就不但要证明其作者在思想或文字上与其此前有异，还要"生出一种新的语法"[2]。这种晚年生成的新语法，会"撕碎这位艺术家的生涯和技艺，重新追寻意义、成功、进步等问题：这是艺术家晚期照例应该已经超越的问题"[3]。中国传统通常称这晚年的改变为"衰年变法"，而细按其故，变法本身往往伴随着一个作家的知识结构变更。下面即将讨论的三位作家，都在衰年变法时伴随着知识结构变更——或者两者根本上是一回事。

---

1. 阿多诺著、彭淮栋译：《贝多芬：阿多诺的音乐哲学》，联经出版公司，2009年，第225页。
2. 艾德华·萨依德著、彭淮栋译：《论晚期风格——反常合道的音乐与文学》，麦田出版社，2010年，第84页。
3. 艾德华·萨依德著、彭淮栋译：《论晚期风格——反常合道的音乐与文学》，麦田出版社，2010年，第85页。

一

在谈周作人之前，似乎有个可能的误解需要澄清，即"晚期风格"，非即指"此风格出现于漫长人生或艺术生涯晚期、迟暮、末年之谓"，只要作品与其之前的作品"构成一种本质有异的风格"，就可以命名为"晚期风格"，因为生涯中期就会有"晚期风格的影子或种子"[1]。甚者如周作人，其生涯中后期的变化，与其生涯晚期一以贯之，因而其生涯中后期的作品，不妨称为他的"晚期风格"。

1932 年 2 月 25 日，周作人在辅仁大学演讲。这次连续八次的系列演讲，为后来的历史学家邓广铭（恭三）记录，周作人亲自校订后，命名《中国新文学的源流》，交北京人文书店出版。这本小书为周作人的前期文章做了个自我总结，"把文学史分为'载道'和'言志'两派的互为起伏，所谓'文以载道'和'诗以言志'"，他主"言志"而绌"载道"[2]。在文章事业的前期，周作人着意经营"自己的园地"，希望自适其志而排斥道德说教，如他自己所说，"我很反对为道德的文学，但自己总做不出一篇为文章的文章，结果只

---

1. 艾德华·萨依德著、彭淮栋译：《论晚期风格——反常合道的音乐与文学》译者序，麦田出版社，2010 年，第 48—49 页。
2. 张文江：《钱钟书传——营造巴比塔的智者》，复旦大学出版社，2001 年，第 19 页。

编集了几卷说教集，这是何等滑稽的矛盾"[1]。此后一段时间，周作人也常在书的前言后记中表达对自己"载道"之文的不满，"照例说许多道德家的话，这在民国十四年《雨天的书》序里已经说明，不算新了"[2]；"《苦口甘口》重阅一过之后，照例是不满意，如数年前所说过的话，又是写了些无用也无味的正经话。难道我的儒家气真是这样的深重而难以湔除么"[3]。

1945 年，周作人六十岁，在所写《立春以前》的后记中，周作人一改过往加于道德文章的反感，对"载道"文章的肯定，变得相当坚决："民国卅一年冬我写一篇《中国的思想问题》，离开文学的范围，关心国家治乱之源，生民根本之计……个人捐弃其心力以至身命，为众生谋利益至少也为之有所计议，乃是中国传统的道德，凡智识阶级均应以此为准则，如经传所广说……以前杂文中道德的色彩，我至今完全的是认，觉得这样是好的，以后还当尽年寿向这方面努力。"[4]而在《过去的工作》中，他甚至因这一改变，更改了对过去的认知："民国八年《每周评论》发刊后，我写了两篇小文，一曰《思想革命》，一曰《祖先崇拜》，当时并无

1. 周作人：《雨天的书》，河北教育出版社，2002 年，第 3 页。
2. 周作人：《药堂杂文》，河北教育出版社，2002 年，第 1 页。
3. 周作人：《苦口甘口》，河北教育出版社，2002 年，第 1 页。
4. 周作人：《立春以前》，河北教育出版社，2002 年，第 190 页。

甚么计划，后来想起来却可以算作一种表示，即是由文学而转向道德思想问题。"[1]

　周作人的此一转向，不妨看成他"晚期风格"的成形。此一转向固然与他事敌引起文化界的强烈反应相关，却也与他的内在思想息息相应。如王汎森所言，此一时期"周作人则专心致志于提倡一种新道德哲学"，虽然"大量写这类文字是在敌伪下做事时。这些文字可能一方面呼吁时人体恤沦陷区人民的现实感受，不要以道德高调的'理'来评判他们；一方面又为自己的行为辩解，希望人们考虑现实景况而予以谅解。心情及用意很复杂。不过，这些言论亦与其前后思想相当一致。"[2]周作人的道德意识以及他"前后相当一致"的思想，就是他自己梳理出来的所谓"非正统的儒家"。

　"非正统的儒家"想法之形成，可从周作人推崇"中国思想界之三盏灯火"开始："鄙人……于汉以来最佩服疾虚妄之王充，其次则明李贽，清俞正燮，于二千年中得三人焉。"[3]"我尝称他们为中国思想界之三盏灯火，虽然很是辽远微弱，在后人却是贵重的引路的标识。"[4]随着认识的深入，这一思路延伸到更远的时代，周作人慢慢确立了"非

1. 周作人：《过去的工作》，河北教育出版社，2002 年，第 83 页。
2. 王汎森：《中国近代思想与学术的系谱》，河北教育出版社，2001 年，第 122 页。
3. 周作人：《药味集》，河北教育出版社，2002 年，第 1 页。
4. 周作人：《苦口甘口》，河北教育出版社，2002 年，第 64 页。

正统的儒家"的说法，思维更形缜密："禹稷颜回并列，却很可见儒家的本色。我想他们最高的理想该是禹稷，但是儒家到底是懦弱的，这理想不知何时让给了墨者，另外排上了一个颜子，成为闭户亦可的态度，以平世乱世同室乡邻为解释，其实颜回虽居陋巷，也要问为邦等事，并不是怎么消极的。"[1]"单说儒家，难免混淆不清，所以这里须得再申明之云，此乃是以孔孟为代表，禹稷为模范的那儒家思想。"[2]至此，周作人所谓的"非正统的儒家"一系，基本梳理清楚——由上古的大禹和稷肇端，中经孔子、颜回和孟子发扬，由墨子承其余绪，落实到汉之王充，延之明之李贽，清之俞正燮。在周作人看来，这是一个对中国思想有益，却两三千年隐而不彰的传统。

这个传统，核心是"适当的做人"[3]，避免过与不及。其阐发，即周作人反复致意的"两个梦想"："在不久前曾写小文，说起现代中国心理建设很是切要，这有两个要点，一是伦理之自然化，一是道义之事功化。"[4]"伦理之自然化"，就是承认道德伦理使人从其他生物中脱离出来，但同时强调，这种道德伦理的崇高，不可走得太远，否则容易成为不

---

1. 周作人：《药堂杂文》，河北教育出版社，2002年，第6—7页。
2. 周作人：《药堂杂文》，河北教育出版社，2002年，第12—13页。
3. 周作人：《苦口甘口》，河北教育出版社，2002年，第63页。
4. 周作人：《苦口甘口》，河北教育出版社，2002年，第13页。

自然的伦理观。"道义之事功化"，即反对空头道德，提倡力行，所谓"道义必见诸事功，才有价值，所谓为治不在多言，在实行如何耳"[1]。

循此以观周作人中后期至晚年的作品，包括翻译在内，草蛇灰线，固有踪迹可寻。简而言之，即凡事强调"重情理、有常识"的一面，而不取高远凌空一端。此一原则，周作人奉行至卒。在遗嘱定稿中，周作人特别强调了对所译《路吉阿诺斯对话集》的重视，"余一生文字无足称道，唯暮年所译希腊对话是五十年来的心愿，识者当自知之"[2]。持此对照周作人在《欧洲文学史》中对路吉阿诺斯评价，其重视之原因，可得而明："Lukianos 本异国人，故抨击希腊宗教甚烈，或谓有基督教影响，亦未必然。Lukianos 著 *Philopseudes*（《爱说诳的人》）文中云，唯真与理，可以已空虚迷罔之怖。则固亦当时明哲，非偏执一宗者可知也。"[3] 在周作人看来，路吉阿诺斯"疾虚妄，爱真实"的一面，及其对世间的明哲态度，正与其对"非正统的儒家"之提倡相近。

至此，或可讨论周作人的知识结构变更。他"晚期风

1. 周作人：《知堂乙酉文编》，河北教育出版社，2002 年，第 70 页。
2. 张菊香、张铁荣编著：《周作人年谱（1885—1967）》，天津人民出版社，2004 年，第 919 页。
3. 周作人：《欧洲文学史》，河北教育出版社，2002 年，第 52—53 页。

格"之前的大部分作品，在思想倾向上，多致力文学方面，正是传统"经史子集"四部分类中的"集"部。用周作人自己的话来说，这些作品"是无用的东西。因为我们所说的文学，只是以达出作者的思想感情为满足的，此外再无目的之可言。里面，没有多大鼓动的力量，也没有教训，只能令人聊以快意。不过，即这使人聊以快意一点，也可以算作一种用处的：它能使作者胸怀中的不平因写出而得以平息——读者虽得不到什么教训，却也不是没有益处。"[1]事敌之后，他的"文学小店"早已关门，自己也"由文学而转向道德思想问题"，梳理出他自己称谓的"非正统的儒家"，且文章如"经传所广说"，欲有益于世道人心。此类文字，按之传统分类，可以划归"子"部——"诸子者，先王经世之意也"[2]。至此，周作人的知识结构，已由集部而转入子部，其所著述，也由文学作品而转为拟"子"，气象已然变换，非所谓文学家所能框囿。

让人稍觉可惜的是，因种种原因，晚年周作人未能在此基础上继续更新其知识结构，最终只能株守上一个时期的思想成果。更因其竭力反对的虚妄，在他活着的时候就露出了狰狞的面目，而他也未得子部《老子》"执今之道以御今之

1. 周作人：《儿童文学小论—中国新文学的源流》，河北教育出版社，2002年，第14—15页。
2. 张尔田：《史微》，上海书店出版社，2006年，第69页。

有"之旨，不能顺天应人，以当世之道对待当世之问题，以致只好不断感叹着"寿则多辱"，郁郁赍恨而终。

二

相对于周作人，孙犁晚期文章风格变化之剧，让人咋舌。除去孙犁自己所说"十年荒于疾病，十年废于遭逢"[1]的"荒废期"（1957—1976），他前后两个阶段的差别，即由此前"荷花淀"、"芦苇荡"、《风云初记》的清新明媚一转而为"耕堂劫余十种"的枯槁疏简，更兼后期作品蕴含的沧桑之感，几让人有两世文章之叹。孙犁的这种晚年之变，大概更合萨义德意义上的晚期风格："这经验涉及一种不和谐的、非静穆（non serene）的紧张，最重要的是，涉及一种刻意不具建设性的，逆行的创造。"[2]除了当时每个人都经历的艰难时世，还有什么左右着孙犁的写作风格吗？

孙犁喜欢书，爱护书，是出名的，如他《书箴》所言："我之于书，爱护备至：污者净之，折者平之。阅前沐手，阅后安置。"[3]此爱好，孙犁贯彻终生。从孙犁的各类回忆录

1.《孙犁全集》第 5 卷，人民文学出版社，2004 年，第 132 页。
2. 艾德华·萨依德著、彭淮栋译：《论晚期风格——反常合道的音乐与文学》，麦田出版社，2010 年，第 85 页。
3.《孙犁全集》第 2 卷，人民文学出版社，2004 年，第 369 页。

来看，对他壮年期的写作起支配作用的书籍资源，主要是文学作品，古典类如《西厢记》《牡丹亭》《封神演义》《红楼梦》《聊斋志异》《浮生六记》等；现代作品则是各类译作，如鲁迅和周作人的翻译、英法小说、泰戈尔作品，还包含当时流行的各类唯物史观艺术论著；新文学作品则如陈独秀、胡适、鲁迅、茅盾、废名、老舍、丁玲等人的著作；新报刊则有《大公报》《申报》《小说月报》《现代》《北斗》《东方杂志》《读书》等。这一阅读序列，与新文学运动之后走上文学道路的人，并无显著的不同。

因为对书的热爱，"文革"结束之后，当大部分作家或陷入怨气冲天的回忆，或彷徨无所事的时候，孙犁却开始了一段让人心动的读书生活。孙犁晚期较早的一批文字，写在他包书的封皮上，以《书衣文录》志之。这些书，除去不多的文学作品，大多是四部分类中的史部。文学是孙犁的"本行"，但晚年孙犁的读书爱好，发生显著的变化，如他自己所言，"我的读书，从新文艺，转入旧文艺；从新理论转到旧理论；从文学转到历史"[1]。"我现在喜欢读一些字大行稀，赏心悦目的历史古书，不喜欢看文字密密麻麻，情节复杂奇幻的爱情小说。"[2]因爱好的变化，孙犁写下很多读史笔记。其中，前四史孙犁均有涉猎，此外尚写有读《魏书》《北齐

1.《孙犁全集》第9卷，人民文学出版社，2004年，第336页。
2.《孙犁全集》第7卷，人民文学出版社，2004年，第198页。

书》《宋书》《旧唐书》等的文字。另如关于《哭庙纪略》《丁酉北闱大狱纪略》《清代文字狱档》等的文章，也是关于历史著述的笔记。

孙犁读历史书让人感兴趣的地方，是他能把自己身经复杂时代领受的特殊体验，融入对历史的阅读中。如读《史记·刘敬叔孙通列传》，孙犁写道："汉武帝时，听信董仲舒的话，独尊儒术，罢黜百家，并不是儒家学说的胜利，是因为这些儒生，逐渐适应了政治的需要。就是都知道了'当世之要务'。"[1]读《旧唐书·魏徵传》，孙犁如此评论魏徵的直谏："魏徵之进谏，唐太宗之纳谏，是有一定时机的。太宗初年，励精图治，正需要有一个魏徵这样的人。这就是宋代人所说的：赶上了好时候。但魏徵说话，也是要看势头的。"[2]类似的评论，后来进一步发展为"乱"辞，即文章结尾的"耕堂曰"。如读《后汉书·马援传》末尾，"耕堂曰"："马援口辩，有纵横家之才，齐家修身，仍为儒家之道。好大喜功，实为佼佼者。然仍不免晚年悲剧……功名之际，如处江河漩涡中。即远据边缘，无志竞逐者，尚难免波及，不能自主沉浮。况处于中心，声誉日隆，易招疑忌者乎？虽智者不

1.《孙犁全集》第9卷，人民文学出版社，2004年，第210页。
2.《孙犁全集》第9卷，人民文学出版社，2004年，第164页。

能免矣。"[1] 孙犁读史书的笔记，此类言论甚多，从不游谈无根，而是观古知今，言辞中有对历史和时代的切肤之感。

甚而言之，孙犁读文学作品及与文学写作者有关的文字，也用了读史的方法。如《读〈刘半农研究〉》中，"耕堂曰"："安史乱后，而大写杨贵妃；明亡，而大写李香君；吴三桂降清，而大写陈圆圆；八国联军入京，而大写赛金花。此中国文人之一种发明乎？抑文学史之一种传统乎？"[2] 又如读《东坡先生年谱》，至苏轼被文字之祸，遭妇女恚骂，孙犁感叹曰："古今文字之祸，如出一辙，而无辜受惊之家庭妇女，所言所行，亦相同也，余曾多次体验之。"诸如此类的言论，足见孙犁观世之深，反身之切，判断问题之直截，已部分达到了"不知言，无以知人也"（《论语·尧曰》）的程度。

更有甚者，连孙犁晚年创作的"芸斋小说"，虽多涉人情，却也大多寥寥几笔，运笔更倾向史传，而非文学。即如几乎每篇小说末尾所缀"芸斋主人曰"，较之《聊斋志异》"异史氏曰"的就事论事，孙犁的感慨往往有纵论古今之慨，让人大起苍茫之感。如《葛覃》结尾："人生于必然王国之中，身不由己，乃托之于命运，成为千古难解之题目。圣人豪杰或能掌握他人之命运，有时却不能掌握自己之命运。至

1.《孙犁全集》第 9 卷，人民文学出版社，2004 年，第 422 页。
2.《孙犁全集》第 9 卷，人民文学出版社，2004 年，第 404 页。

于凡俗，更无论矣。随波逐流，兢兢以求其不沉落没灭。古有隐逸一途，盖更不足信矣。樵则依附山林，牧则依附水草，渔则依附江湖，禅则依附寺庙。人不能脱离自然，亦即不能脱离必然。个人之命运，必与国家、民族相关联，以国家之荣为荣，以社会之安为安。创造不息，恪尽职责，求得命运之善始善终。葛覃所行，近斯旨矣。"[1]此类议论，不似小说的曲终奏雅，更像是模拟史传的"赞"辞。

对"芸斋小说"，孙犁有自己的持平之论："我晚年所作小说，多用真人真事，真见闻，真感情，平铺直叙，从无意编故事，造情节。"[2]而对其晚年文字风格，孙犁《谈简要》中的话，可为夫子自道："人越到晚年，他的文字越趋简朴，这不只与文字修养有关，也与把握现实、洞察世情有关。"[3]而这篇谈论简要的文章，发轫点是刘知几的《史通》："夫国史之美者，以叙事为工；而叙事之工者，以简要为主。"[4]或许可以说，晚年孙犁，在文字上也开始追慕史书境界，讲究语言的质实有力，而不再斤斤于优美动人。这大概就是孙犁晚年作品，让部分人觉得干枯乏味的原因。

按四部的划分，孙犁晚年读书，用力在史、集两部，尤

1.《孙犁全集》第 7 卷，人民文学出版社，2004 年，第 171 页。
2.《孙犁全集》第 7 卷，人民文学出版社，2004 年，第 238 页。
3.《孙犁全集》第 7 卷，人民文学出版社，2004 年，第 224 页。
4.《孙犁全集》第 7 卷，人民文学出版社，2004 年，第 223 页。

其倾心史传，而对经部和子部，则较少措意。关于经，孙犁说："我实在没有能从经书中，得到什么修养。"又说："我对经书，肯定是无所成就了。"[1]关于子书，孙犁说："读子书的要点：一是文字；二是道理。"他对子书中的"玄虚深奥之作，常常不得要领"，而对子部中的"《老子》一书，我虽知喜爱，但总是读不好"；"《庄子》一书，因中学老师，曾有讲授，稍能通解"，[2]但"老实说，对于这部书，我直到现在也没有真正读懂"[3]。对列于子部的释家书，孙犁则说："对于佛经，我总是领略不到它的妙处，读不进去。"[4]从上所言，大略可以知道，孙犁为什么读的多为史、集之书了。

在这些晚期文字里，孙犁并没有虚设高标，让自己凌空蹈虚，而是老老实实地写下自己的认识。这是孙犁诚恳面对自己的努力，因而也就保留着身上的累累伤痕，"并没有把它们做成和谐的综合。身为离析的力量，他在时间里将它们撕裂，或许是以便将它们存诸永恒"[5]。在阿多诺的语境里，这种撕裂的碎片是对全体性的否定，加深了晚期风格的深度。而在中国语境里，这种撕裂性表现，或许更是一个人

1.《孙犁全集》第9卷，人民文学出版社，2004年，第120、122页。
2.《孙犁全集》第9卷，人民文学出版社，2004年，第130、129、128页。
3.《孙犁全集》第5卷，人民文学出版社，2004年，第293页。
4.《孙犁全集》第9卷，人民文学出版社，2004年，第130页。
5. 阿多诺，《论乐集》，转引自艾德华·萨依德著、彭淮栋译：《论晚期风格——反常合道的音乐与文学》，麦田出版社，2010年，第91页。

向上之路的试探，达至更高的程度，撕裂的东西或许可以重新变得连续。比如，从孙犁的读书范围来看，史、集真的跟经、子有那么遥远的距离吗？

读史，孙犁的注意力主要放在列传上，其力未达世家，更没有一窥本纪之究竟，且往往因社会动荡和自身经历，对历史只做冷峻想，其中的悲愤之情，也往往略过。我们不妨设想，如果天假以年，孙犁由史部的列传而至世家，而至本纪，而至书、表，更进而读《春秋》，则可由史至经，见到"天地不仁"生机勃勃的一面，更进一步认识自身在历史及当下的位置，从而在纷纭的史实中找到虎虎生气。而由读集部的"知人"，孙犁也可进而认识文学的整体，体会如《诗经》中不同时代、不同地位、不同人物间种种不同的情感状态，从而丰富自身的认知范围，由丰富而达致单纯，不致枯槁。

其实，孙犁这样延伸的契机已经有了，"读中国历史，有时是令人心情沉重，很不愉快的。倒不如读圣贤的经书，虽然都是一些空洞的话，有时却是开人心胸，引导向上的。古人有此经验，所以劝人读史读经，两相结合"[1]。虽然话里仍有对经书的偏见，但倘若不是年老精衰、边读边忘，而是由读而爱，那么，孙犁是不是会有机会找到经、子中并非空

1.《孙犁全集》第 5 卷，人民文学出版社，2004 年，第 332 页。

洞而是向上的力量，达至丰富的单纯呢？孙犁是否也可以摆脱晚年予人的枯索寡恩之感，再现生命的勃勃生机呢？

三

1984 年，孙犁在一篇文章中谈到汪曾祺的《故里三陈》，说自己的作品是纪事，不是小说，而汪曾祺的，却"好像是纪事，其实是小说"[1]。为什么汪曾祺的小说是小说，而孙犁自己的，却是纪事呢？我以为其中的秘密，在汪曾祺小说的抒情性。这一抒情性界定，不包括他产量不高的 1940 年代和形势特殊的 1960 年代作品，而是指汪曾祺复出之后，1980 年代末之前的小说。不管是《受戒》《岁寒三友》《大淖记事》，还是《七里茶坊》《徒》《鉴赏家》，即便其中有痛疼，也表现为淡淡的哀愁，总体上仍满含对人世的爱意，如他自己所说，"我的小说有些优美的东西，可以使人得到安慰，得到温暖"[2]。因此之故，汪曾祺爱称自己为"中国式的抒情的人道主义者"[3]。

中国式的抒情的人道主义之关键，是对人的关心，对人的尊重和欣赏；其来源，汪曾祺自己归为儒家讲人情的一

1.《孙犁全集》第 7 卷，人民文学出版社，2004 年，第 238 页。

2.《汪曾祺全集》第 4 卷，北京师范大学出版社，1998 年，第 300 页。

3.《汪曾祺全集》第 3 卷，北京师范大学出版社，1998 年，第 301 页。

路。汪曾祺觉得，《论语》里的孔子是一个活人，可以骂人，可以生气着急，赌咒发誓。他喜欢《论语·子路曾皙冉有公西华侍坐》，"暮春者，春服既成，冠者五六人，童子六七人，浴乎沂，风乎舞雩，咏而归"，认为是很美的生活态度。他也爱读宋儒的诗，"顿觉眼前生意满，须知世上苦人多"，认为是蔼然仁者之言，对苦人充满温爱和同情。而其小说中淡淡的哀愁，汪曾祺也自报过家门："我买了一部词学丛书，课余常用毛笔抄宋词，既练了书法，也略窥了词意。词大都是抒情的，多写离别。这和少年人每易有的无端感伤情绪易于结合。到现在我的小说里还带有一点隐隐约约的哀愁。"[1] 或许是因为1980年代早中期的作品多是温煦的旧梦，汪曾祺小说中对人世的温情和隐约的哀愁达至了和谐。这一时期作品中流露出的，是"一种更新的、几乎青春的元气，成为艺术创意和艺术力量达于极致的见证"。如果没有此后的衰年变法，汪曾祺的这一批作品，凝聚了他此前对中西文学、民间文学、戏剧甚至书画的理解，而能以饱满的笔意出之，可以称得上是他"毕生艺术努力的冠冕"[2]。

1980年代中后期以来，汪曾祺陆续创作了《八月骄阳》《安乐居》《毋忘我》《小芳》《薛大娘》《窥浴》《小孃孃》

1.《汪曾祺全集》第4卷，北京师范大学出版社，1998年，第286页。

2. 艾德华·萨依德著、彭淮栋译：《论晚期风格——反常合道的音乐与文学》，麦田出版社，2010年，第84—85页。

等。此前小说艺术已臻完满的汪曾祺，忽然风格一变，文字由优美转为平实，即他自己所谓的："我六十岁写的小说抒情味较浓，写得比较美，七十岁后就越写越平实了。"[1]有论者将他的这一变化称为"反抒情"，认为在这些作品里，汪曾祺不再着意铺排风景来烘托人的真善美，不再抓住细节来探测人性的深度和弹性，不再编织陡转、巧合来凸显世界的善意和生命的温暖，而是更多用力于矛盾、空隙、皱褶、破碎之处。[2]对这一变化，汪曾祺自己也很担心："这种变化，不知道读者是怎么看的。"[3]此种心情，或许正是他在诗中所写，"衰年变法谈何易"[4]。

读者呢，几乎照例忽视了他此一时期的作品，关于汪曾祺的谈论，几乎牢牢锁定在他的抒情时期。后一时期的作品如《小芳》，连他女儿看了，都说不喜欢，"一点才华没有！这不像是你写的！"[5]在如此情势下，汪曾祺仍然坚持自己的选择，肯定内在有什么东西改变了。在我看来，他对纪晓岚和毕加索的认识变化，尤其富有意味。

汪曾祺认为，中国古代小说大别为两类，唐人传奇和宋

1.《汪曾祺全集》第 6 卷，北京师范大学出版社，1998 年，第 61 页。
2. 翟业军，《论汪曾祺小说的晚期风格》，载《中国现代文学研究丛刊》，2011年第 8 期。
3.《汪曾祺全集》第 6 卷，北京师范大学出版社，1998 年，第 61 页。
4.《汪曾祺全集》第 8 卷，北京师范大学出版社，1998 年，第 43 页。
5.《汪曾祺全集》第 5 卷，北京师范大学出版社，1998 年，第 246 页。

人笔记。在他看来，唐传奇"情节曲折""文辞美丽"，是"有意为文"；而宋人笔记则"无意为文"，故"清淡自然"，"自有情致"。[1]汪曾祺喜欢宋人笔记胜于唐传奇，可有意思的是，对继承笔记传统的《阅微草堂笔记》，汪曾祺却常致不满，并举纪晓岚对《聊斋》的批评为据，以证纪之不懂想象："今燕昵之词，媟狎之态，细微曲折，摹绘如生。使出自言，似无此理；使出作者代言，则何从而闻见之？"[2]因此之故，汪曾祺疑心鲁迅对《阅微》"叙述复雍容淡雅，天趣盎然"的评语是揄扬过当，因他觉得此书"实在没有多大看头"[3]。

然而在《全集》失收的《纪姚安的议论》中，汪曾祺却看法大变，认为鲁迅对《阅微》的"评价是有道理的，深刻的，很叫人佩服"。并认为鲁迅对此书叙事所下"雍容"二字，"极有见地"，非他此前认为的"过于平实，直不笼统"。更有甚者，他此前觉得"叫人头疼"的议论，也改换了看法，否则，他也不会在此文标题中冠以"议论"二字。[4]此一转变，大体可见汪曾祺晚期作品中平实风格的由来。此

---

1. 《汪曾祺全集》第 5 卷，北京师范大学出版社，1998 年，第 249 页。
2. 语见《阅微草堂笔记》之《姑妄听之》跋，转引自《汪曾祺全集》第五卷，北京师范大学出版社，1998 年，第 249 页。
3. 《汪曾祺全集》第 4 卷，北京师范大学出版社，1998 年，第 297 页。
4. 以上引文转引自汪曾祺：《纪姚安的议论》，载《中国文化》，1991 年第 2 期。

文或许暗示着他从对《聊斋》才子气的欣赏中走了出来，对作品的阅读心态更为开通，也始重平实雍容之风。这样的转变，是对文学概念的进一步扩大，也影响了汪曾祺对非文学类著述的评价，如他读陈寅恪《柳如是别传》，就称其"是一个长篇的抒情散文，既是真实的，又是诗意的"。如此认识，将汪曾祺此前思想中分茅设蕝的想象与事实，渐渐融为一体。

汪曾祺是最早对西方现代小说有所借鉴的作家之一，所谓"我是较早的，也是有意识地动用意识流方法写作的中国作家之一"[1]。而1980年代早期的创作，虽然他经常强调，"我的一些颇带土气的作品偶尔也吸取了一点现代手法"[2]，却很少在其中看到现代主义的影子了，更多表达的是向中国传统小说回归的愿望："我给自己提出的要求是……回到民族传统。"[3]"我写的是中国事，用的是中国话，就不能不接受中国传统。"[4]上面所述关于讲人情的儒家，也是这种向传统回归的表现。而至1991年，汪曾祺忽然在给朋友的信中，斩钉截铁地说："变法，我是想过的。怎么变……现在想得比较清楚了：我得回过头来，在作品里融入更多的现代主义。"[5]

1.《汪曾祺全集》第6卷，北京师范大学出版社，1998年，第60页。

2.《汪曾祺全集》第3卷，北京师范大学出版社，1998年，第302页。

3.《汪曾祺全集》第3卷，北京师范大学出版社，1998年，第289页。

4.《汪曾祺全集》第6卷，北京师范大学出版社，1998年，第495页。

5.《汪曾祺全集》第5卷，北京师范大学出版社，1998年，第183页。

在一本书的重印后记中，他宣言："我今年七十一岁，也许还能再写作十年。这十年里我将更有意识地吸收西方现代文学的影响。"[1]看了几篇拉丁美洲的魔幻小说，他也忽然文思大动，"我于是想改写一些中国古代的魔幻小说，注入当代意识，使它成为新的东西"[2]。以上种种表明，现代主义已重入汪曾祺视野。

在重新引入现代主义的过程中，一个有趣的细节，是汪曾祺对毕加索看法的转变。在1986年写的《张大千和毕加索》中，他引毕加索对张大千说，"中国的兰花墨竹，是我永远不能画的"，并由此而引申，"有些外国人说中国没有文学，只能说他无知"[3]。毕加索推崇中国艺术的话，汪曾祺在不同场合引过，显然有一种对中国传统艺术得到现代巨匠认可的得意。而在去世前不久，他却忽得一梦："毕加索画了很多画。起初画得很美，也好懂。后来画的，却像狗叫。""晨醒，想：恨不与此人同时，——同地。"[4]破坏优美和好懂，而是鬼哭狼嚎，呕哑嘲哳，像难听的狗叫，这正是现代主义的风气，要毁灭清新完整之美。从汪曾祺晚期的作品来看，其主题的残酷设定，风格的略形简朴，荒诞感的显

1.《汪曾祺全集》第5卷，北京师范大学出版社，1998年，第164页。

2.《汪曾祺全集》第5卷，北京师范大学出版社，1998年，第250页。

3.《汪曾祺全集》第4卷，北京师范大学出版社，1998年，第84、85页。

4.《汪曾祺全集》第6卷，北京师范大学出版社，1998年，第488页。

露，对人心和人生残酷底色的体察，都打破了他此前一个时期小说中的和谐之美。或许就像他自己写的，"现实生活有时是梦，有时是残酷的、粗粝的。对粗粝的生活只能用粗粝的笔触写之"[1]。这样的想法，不得不说与他晚年对现代性的重新认识和吸收有关。

因此之故，汪曾祺晚期作品处处留下撕扯和裂痕，"没有呈现问题已获解决的境界，却衬出一位愤怒、烦忧的艺术家……搅起更多忧虑，将圆融收尾的可能性打坏，无可挽回，留下一群更困惑和不安的观众"[2]。应该注意的或许是，在汪曾祺这里，其撕裂性的晚期风格，不只是指向一种"面对存有（being）时的有限和无力"[3]，更可能是一种因知识结构变更而带来的向上表现，从而部分打破了过往小说几成定谳的固定认识，在小说中容纳下更多的东西（比如议论），思想也走向更广阔的空间。就像汪曾祺对《阅微草堂笔记》的认识变化之后，进而有认识乾嘉之际的雄心，认为此时期"是中国的知识分子思想解放的黄金时期……他们从'存天理，灭人欲'的理学囹圄中挣脱出来，对人，对人性给予了足有的地位……我们应该研究戴东原，研究俞理初，对纪姚

1.《汪曾祺全集》第 6 卷，北京师范大学出版社，1998 年，第 332 页。
2. 艾德华·萨依德著、彭淮栋译：《论晚期风格——反常合道的音乐与文学》，麦田出版社，2010 年，第 85 页。
3. 阿多诺，《论乐集》。转引自艾德华·萨依德著、彭淮栋译：《论晚期风格——反常合道的音乐与文学》，麦田出版社，2010 年，第 89 页。

安这样的学术地位并不显著的普通的但有见识的知识分子也应该了解了解。这样，对探索五四以来的思想渊源，是有益的。对体察今天的知识分子的心态，也不是没有现实意义"[1]。一个人年龄会增大，精力会不济，笔力会减退，而这种虽至衰年，仍然保持精进之态，依旧努力更新自己知识结构的努力，才是让人振拔的力量，也才会有真正意义上的"永锡难老"——这或许是汪曾祺，也是周作人和孙犁，带给人们的最有益的启发。

---

1. 汪曾祺：《纪姚安的议论》，载《中国文化》，1991 年第 2 期。

作为文学形象的"世纪交替"

——或须一瓜、周嘉宁、路内新作的意义

　　20世纪末的最后四年，我在海边一个小城读大学。学校靠海，周围已经建起很多整齐而堂皇的高楼，却不知为什么还是一派集市的感觉。每到傍晚，街道两边就挤满了各种摊贩，卖服装的，卖水果的，卖旧书的，卖馒头的，卖肉夹馍的，卖驴肉火烧的，卖鸡脖子的，卖盗版软件的，各式各样，价钱也便宜得恰到好处，正好跟我们瘪瘪的钱包相配。还有临时搭起的仅堪避雨的棚子，里面卖简单的凉拌小菜，偶尔坐的时间久了，店主也下厨做个干煸头菜，转过来一起喝两杯。不止摊贩，即便是租下的正规店面，里面也一派乱哄哄的气息，仿佛店主们早就知道，自己不过是一个特殊时期的暂时过渡。我就曾经在一个规模颇大的书店里，在妖冶女老板说不清是轻蔑还是迷离的眼神下，从一堆法制故事的杂志缝隙里，抽出过《致命的自负》。

　　因为在海边，不时有人拿各种品相不佳的海鲜来售卖，

据说是从返航的船上包下的残次品，虽不好看，却实在新鲜。有一种专卖海虹的，底下放一个蜂窝煤炉子，上面架一个脸盆样的器皿，里面盛满煮熟的海虹。望过去，在青黑色贝壳的映衬下，是开口处露出的淡黄色肉，加上不断冒出的袅袅热气，颇能引动食欲。可海虹并不好吃，不但什么味道都进不去，嚼在嘴里还像咬着棉絮，不过对准备喝点儿扎啤的我们，却是再合适也没有的选择——好歹是口肉，还每斤只要一块钱，差不多是理想的情形了吧？找个卖扎啤的摊子坐下，或者去临时搭起的棚子里找相熟的老板，点一碟花生米，拍一盘黄瓜，每人就着三斤海虹灌下十大杯扎啤，把肚子塞得满满当当，才恋恋不舍地回去宿舍。

不只是校外，校内也有很多小店，尤以各种卖吃食的为主。从教室或图书馆回宿舍的路上，买俩包子带回去，就是简单的一顿饭了。有一年暑假，我在学校假模假样地学习，包子铺老板不知什么原因也没走，每天只做几屉，维持个日常开销。有时候我中午下去买包子，还跟他在露天的乒乓球台上打几局，很快就熟得跟自家兄弟一样。有一天中午，我买了包子回去，吃完后忽然肚痛如绞，随之上吐下泻。不知道是什么原因，只好赶紧躺下，等着不舒服自己过去。感觉好一点了，就起来喝点热水，没想到紧接着就是又一轮上吐下泻。这过程一直持续到当天深夜，我被折腾得筋疲力尽，在床上奄奄一息地睡去。第二天能动了，跟包子铺老板说起来，他啊呀叫了一声，说昨天的包子是芸豆馅的，可能没有熟透，我对这个敏感，应该食物中毒了。接着他跟我说，食物中毒很危险，弄不好会引起脱水和休克，不该这么大意。我第一次听人说起食物中毒这回事，结果还这么严重，想想自己都后怕了很久，但我当时丝毫没动过向那老板问责的念头，只觉得自己倒霉，不巧碰上了这么一件事。

这种零零碎碎的事，我原先并没有觉得有任何需要注意的地方，并不经意地认为，每个人的青年时期都是如此吧，总是一边潦倒一边开心，既生机勃勃又混沌嘈杂。因为年龄和经历的关系，我们天然地在一段时间内享受着如此气氛，世界理所当然就是这个样子，没什么好奇怪的。如今时过境迁，偶一回首才发现，并不是每个人都恰好能碰到一个一两百年来的特殊阶段，尤其还是在年轻的时候。或者也可以说，我们幸运地在年轻时置身于一个特殊的时段之中，而这时段恰好是世纪之交，社会正艰难地转身，一长段时间累积起来的能量喷发，到处都是飞扬的可能，与此同时，来自不同方向的寻求整饬的力量，也慢慢逼近过来，只是因为我们没心没肺，才没有充分意识到。

如此不合规矩的引言，到这里已经很长了，再写下去恐怕会更加不知所云。其实我要说的差不多只是，当对这一时期的感受慢慢被写进文学——不是物理时间的世纪交替，也不是平常所谓的如实记录，而是作为理想，作为记忆，作为现实，自此成为可供反思和比照的文学形象——我们或许才察觉到，这样的情形并非（现代以来的）每一代人都必然经历的，而是一个长期的、逐步累积的结果，一不小心，这几乎就要成为一个文学上称谓的时代。如果不知道珍惜，不把这一切郑重地记录下来，这样既亢奋又松弛的状态，说不定就会在现实、记忆和文字中大面积消失。

一

须一瓜《致新年快乐》呈现的世纪交替，带着明显的理想色彩。这里说的理想，不是作者有意把一个时期理想化，而是其中的社会情境以及由此造成的小说中人物的行为，有较为明显的理想色彩，或者，为了讲述便利，我们也不妨引进乌托邦一词，把这作品看成一个小型的乌托邦实验——在非常严格的比喻意义上。如此，差不多可以说，《致新年快乐》着力描写的小型乌托邦，原本就是社会发展中一个小小的可能，看起来既是大环境发展的必然，又似乎是对这一必然的违反。

《致新年快乐》的故事开始于 20 年前，恰逢世纪之交，那个叫作新年快乐的小工厂，可以算是应运而生："九〇年初下海有了点钱的父亲，选址在芦塘镇青石水库边开办的。当时那里偏僻，租地便宜，几年后它才变成了劳动密集型的经济开发区，再后来，高新科技园区、软件园区等在青石水库西面陆续开发，芦塘的人气才渐渐转旺。父亲依照政府的扶持政策，小作坊入驻芦塘劳动密集型开发区，升级成了工艺厂"[1]。熟悉那个时期的人应该能够辨认出来，经济开发区、高新科技园区、软件园区、劳动密集型，都是当年常见的词语，从政治教科书到各种黑白牌子，满街都是。与此同时，老城区周围的郊野高楼几乎瞬间便拔地而起，怀揣野心的、不安于家的、想看看新世界的人们，离开自己此前居住的城市或乡村，涌进这看起来百废待兴的新世界，某些或笼统或具体的梦想似乎指日可待。

新年快乐工厂似乎可以算得上梦想成真的典型："晨曦斜照的草地上，粗粝的土黄色方石门柱间，闭合着白色钢琴漆的铁艺大门。右边大门柱的柱面上，有一方小铁灰色大理石雕的金字招牌，中英文厂名：新年快乐工艺品厂，招牌只比 A4 纸大一点，节制考究得就像石柱里嵌的精美印章。钢琴白漆的铁艺大门双开，里面是五千坪的绿草地，一条宽展笔直、路边镶着韭兰草和铃兰的迎宾大道，绕过喷泉大水池（池中心是一尊维纳斯踩贝出水的雕塑，本来浮于爱琴海面的大贝壳，总是被自来水淹没，永远也浮不上水面，她的脊柱后面还一注鲸鱼般的大喷水。看起来有点不伦不类，那是

---

1. 须一瓜：《致新年快乐》，见《收获 长篇专号. 2020. 春卷》，《收获》文学杂志社编，上海文艺出版社，2020 年。本节凡引此篇者，均此，不另注。

我母亲的文艺品位）通往厂区深处唯一的灰白色小厂楼。芳草萋萋中，多条交叉小径由绿篱描边，其间红色的扶桑、黄色的美人蕉、鸡蛋花一年四季总在开放。厂区四面是白色的铸铁栅栏。"没错，"整个厂区看起来，就像一张立体的新年贺卡。二十年前，父亲把那栋五层小厂房、六七十名员工，郑重交付给成吉汉时，就像赠予他儿子一张新年贺卡，而成吉汉就像接过一个新年祝福"。

严格意义上说，成吉汉从父亲手中接过新年快乐工厂的世纪之交，已经来到 1978 年开始的改革开放与 1992 年邓小平南方谈话勾勒出的经济形态的阶段性尾声，一面很多人还在照此前的惯性继续运行，觉得世界会永远如此发展下去；一面则有人启程走入下一个时期，盖多层楼房出租的"种房子"农民和"父亲"一样转投入房地产的人不断增多，新的社会阶段早已在各方面露出端倪，根本来不及收拾和思考此前的各种情形。富有艺术气息的成吉汉当然更不会去思考，他在父亲的基础上变本加厉，接手后立即"升级全厂广播音响系统"，很快就把工厂变成了一个奇特的作品："当新广播系统启用后……一进大门，我们就像进入一个透明的、无形的音乐厅。我们一行不知道是走在夕阳浅金色的天地间，还是成吉汉布置的无可名状的奇异光辉中。在那音乐旋律里，在那小号引领的新年贺卡一样的根据地，被音乐描绘得如天国一样感人欲泪。"

需要说明的是，前面提到的乌托邦实验，并不是指这家工厂，而是这家工厂的保安们。或许是因为成吉汉不够实际的个性，或许是因为同气相求，或许是不知道的什么原因，反正自从成吉汉执掌新年快乐工厂，保安部门的人手便不断充实，除了成吉汉和原先父亲的司机兼保安队队长猞猁（林羿），双胞胎郑氏兄弟和边不亮陆续加入，保安队气象为之一新："厂里保安队开始每天拂晓要跑步五千米，不跑就扣奖金……必须参加健身活动打卡——其他岗位员工随意。健身房是在五楼顶加盖的——除了走不开的，一律要完成至少一小时的健身。成吉汉自己都坚持参加。哦，还聘请过一个散打教练，据说，新年快乐的保安个个有身手不好惹……厂里的保安队走出来，一个个衬衫下都能看到结实的胸大肌，看起来真比警察还帅。"除此之外，这个乌托邦里大概还要加上女厨子阿四，虽然不在保安队，但作为郑氏兄弟的姨母和成吉汉、猞猁与边不亮肠胃及某种特殊情义的守护者，她不该被忘记。

　　这个群体无心而为的实验，也并不在本职的保安部门，而是当他们把自己的"保安"范围扩展到大面积巡逻，尤其是针对扒手采取行动的时候，才明显地表现出其乌托邦性质。他们的反扒行动，对外，可以说是"不惜用鲜血和生命，去维护另一些人的鲜血和生命的完整"；对内，则是"出钱、出力、出血，他们一起维护那个了不起的世界"。

如此行动，当然会得到公众的好评，并让很多人感恩戴德，后来连派出所也顺水推舟，不但于"一个风和日丽的下午，在新年快乐厂门口，分局领导出席了芦塘'反扒志愿队'成立的挂牌仪式"，"所长还是指导员主动回赠了一条自己用旧的警用皮带，还有两件警察黑色 T 恤，其中一件新的，胸口还有 POLICE 的小字"。因为有人受伤，保险公司也趁势跟进，"给反扒队员，赠送了保额合计二百万的意外伤害险。保险消息也跟着见了报，效果应该比花钱的广告好"。

反扒志愿者虽然得到了诸多的口碑和支持，但肯定不是代表着正义的一群人，否则，这小说将变成某种简陋的人世童话吧？他们不但有时候擅自执法，违规使用警具，抓捕扒手时有意模糊自己的身份，有的甚至"不止一次受贿，猫和老鼠已经进入一个双方默契的互助互益循环"。这其实差不多是公例，"公权力对人的侵蚀，比铁块生锈还容易"。不只是进入保安队之后，此前，"那个春夏，那个伤风化的专项整治，客观上改善了郑氏兄弟的经济生活。还有一次，出租车司机听说他们是警察，执意不肯收他们的车费；后来，遇上知道他们警察身份还收他们车费的不懂事的哥，哥俩就非常生气；再后来，他们追求规范化，一起购买了三百多元的假警官证（黑皮套上警徽非常真实），并开始随身携带盖公安分局章的治安罚款簿"。没错，缺乏监督的权力就是这样无孔不入，差不多是所有乌托邦甚或现实社会都必然面临的问题。

按说，这样一个群体很难在现实社会中存在，可这支以反扒为己任的保安队，竟然存在了很长时间，除了不务实际的成吉汉提供的物质支持，大概要归因于当时的社会氛围。他们活跃的世纪之交，社会情形还不像二十年后，社会尚在相对无序状态，并很典型地体现在新年快乐工厂的业务上，他们"一般都是抄袭按样打货，贴个企业 LOGO 基本完事"，显然还没有什么知识产权概念。不止这个工厂，甚至可以说，经过一段长时间的休养生息，世俗已经相对自为地形成，各种不同的人也在这其中安分或不安分地安顿自己，社会稍稍有了一点深厚的根基，慢慢生长出一种茂密，有自我调整的余地和方式，填满那些自以为是者从来意想不到的地方，你"以为它要完了，它又元气回复，以为它万般景象，它又恹恹的，令人忧喜参半，哭笑不得"[1]。就是在这样一种逐渐变得深厚的自为之中，疾恶如仇的成吉汉、直觉敏锐的猞猁、糊涂颠顸却爱管闲事的郑氏兄弟、携带着复仇式热情的边不亮，以及猖狂的女厨子阿四，在社会的缝隙里短暂地建立了属于他们的乌托邦。

诚恳地说，我不知道这样的乌托邦实验是不是应该表

---

1. 阿城：《闲话闲说：中国世俗与中国小说》，上海三联书店，2019 年，第 94 页。

彰，或者说，我并不清楚这种不够本分而又时常徘徊在灰色区域的做法是不是值得鼓励，能看出来的只是，这个实验反衬出世纪交替时一种让人振奋的氛围——需要再强调一次的大概是，如此情形并非天然，而是写进作品中的形象。客观上，这个氛围疏导了天性各异、心思别具者可能会变得危险的心理状态，"发作之后，大地、人心都会慢慢复苏"，避免因过度压抑而可能导致的更为严重的社会问题。与此同时，他们的反扒行为虽然并非经过审慎思虑，甚至显得有些无知，但这种源于自主选择的反扒行为，无论如何在某种意义上对人有益，"人们对于大多数决定所有其他人的行为的情势存在着不可避免的无知，而这些其他人的行为则是我们得以从中不断获得助益的渊源"[1]。或者说，这个反扒乌托邦实验能够成立，恰恰是因为参与者的无意而为，而不是有意的设置，否则，就会像"诸多乌托邦式的建构方案（utopian constructions）之所以毫无价值，乃是因为它们都出自那些预设了我们拥有完全知识的理论家之手"[2]。

天地不仁，或许人道也不仁，社会的缝隙不小心就会被好事的人一点点填充，何况预设自己拥有完全知识的人会狂风骤雨般席卷一切，期待整饬的完型也可能倒逼过来，每个

1. 哈耶克（Hayek F. A. V.）著，邓正来选编、译：《哈耶克论文集》，首都经济贸易大学出版社，2001年，第434页。
2. 哈耶克著、邓正来译：《自由秩序原理》（上），生活·读书·新知三联书店，1997年，第20页。

人在特定情形下独特的自我调适，必将越来越失去从容的空间。如此，当《致新年快乐》结束的时候，我们便也知道，"这不是人的告别，更是一段历史的终结"，那把吃海虹或者反扒当成理想的日子，恐怕只能留存在易逝的记忆之中。

二

相比《致新年快乐》较为突出的理想色彩，周嘉宁的《基本美》和《浪的景观》，则像是从记忆里打捞出来的一段经历，有不太显著却能明确感受到的怀念之感。不过，这怀念之感并非小说的指向，更像是在诉说一段记忆时偶尔流露出的情绪，或者更准确地说，因为准确的叙述让人看到了存在于世纪之交（严格说来，这两篇小说发生的时间主要在2000年到2008年间，但起点都在20世纪末，差不多开始于1997年的香港回归，处理的主题也属于本文称谓的"世纪交替"范围），却在后来一个时期逐渐失落的某些东西，因而难免会在阅读中生起对诸多即将成为历史的情境的怀念。

周嘉宁的小说差不多始终保持着某种诚挚，这个特质让她的小说有一种天然的澄清气象，即便是痛苦和悲伤，也因为根柢里的诚挚，很少显现为怨愤和夸张，而有着思无邪的干净率真。这大概跟她专注内心的状态有关，也跟她一直追求准确的努力有关，无论是人物的心理状态还是对外在的描述，作品大部分时候都铢两悉称，能把两方面都清晰地勾画出来。在以往的小说中，这一特质较多地表现为向内的一面，她似乎从开始就能站在人物内心深处，人物和周围的环境都从属于内心的感觉，因而作品保持着稳定的基调。如此写作方式，虽然让小说显出某种可贵的矫然不群，却也可能在转而大量书写外在事物时，变得进退失据甚至支离破碎。幸运的是，在几乎可以称为转型的两个中篇《基本美》和《浪的景观》里，那向外的大面积伸展不但没有导致此前准确的崩溃，反而因为外在事物的明显增多而有了更为准确的感觉——内外间的关系达至新的平衡，人物居留的空间也随之扩大。

不妨先从《基本美》谈起，因为在这个小说里，前面说到的对内心的关注还大面积保留着，类似独白的文字在作品里大量存在——"他被全新的东西震动。意识到这是自己第一次在酒吧喝酒，也意识到这里有一种他不曾拥有的天真。""不是虚构，他们成为确确实实的朋友。即便他清楚地知道这份友谊存在着明确的边界和他不愿再去探讨的地带。"[1]与此前作品有所区别的是，这些内心感受不再只是产生于自我或亲密关系者的小范围，而是牵连着更开阔的地带，"他们一起坐火车，住卫生情况糟糕的连锁旅馆，却都

---

1. 周嘉宁：《基本美》，广西师范大学出版社，2018 年。本节凡引此篇者，均此，不另注。

怀有磨砺自我的决意和快乐……起初是听他们交谈，之后他也参与进去。他不得不承认自己从交谈中获得了快乐，并且感觉自己在认真地活着，思考，创造"。也就是说，在以往诚挚的人物内心基础上，这篇小说的周围环境与人物产生了更为复杂的互动关系，"不排他，不污浊，不愤怒，不傲慢，有着青年身上少见的对外界的参与感，以及置身其中的热烈的同情心"。

或许是出于人物内心的诚挚，或许其实就是小说本身的准确，我们在阅读时相信，在此基础上展开的对世界的观察值得信赖。跟每个处于迷茫期的年轻人一样，这些人"不清楚自己要做什么，或者成为什么，又似乎相当清楚，在每天重复到被质疑和瞧不起的生活中搭建着什么坚固的东西"。可是，他们也并不就此放弃，而是觉得，"这个世界再污糟也没有讨厌，相反觉得四处都是有趣的地方，甚至觉得为了维护这个世界的可爱之处，无论如何都要努力才行"。相应地，尽管有时候会觉得一切都"崭新到离奇，像一个建立在虚构上的平行世界"，却也并不亢奋，对很多看起来不可思议的经历，他们"既不傲慢，也不拘谨，把各种事情都当成平凡的烦恼与快乐"。这些感受，或者小说中的人物经受的一切，看起来并非庞大生活中最重要的部分，甚至是爱好提炼典型的作品恰好忽略的那些，不过是"平凡的烦恼与快乐"，却居于末位而没被淘汰，深深牵连着他们身经的那个世纪交替中的世界。

这个世界什么样子呢？"恰逢时代的洪流冲击旧的体系，允许热切盲目的年轻人在短暂的松动中创造一些无意义的空间"，"北京的风干燥凉爽，携带着灰尘的气味，令人想象在遥远的某处，有人正在空旷的野地里焚烧整个夏天落下的枯叶和荒草。而这里的风来自四面八方的大海，无序，陌生，带着大自然的决意"，因而是一番"杂乱和生机勃勃的劲头，规则没有闭合，各种形态的年轻人都能找到停留的缝隙"。这样的情形下，人才有可能在高考之前还去参加庆典排练，才可能允许一个人东奔西走而不用考虑前途，也才有可能让一个女孩在屋顶上搭蒙古包——"蒙古包是从呼和浩特联系了厂家运过来的，真的草原蒙古包，不是钢筋铁皮搭起来的冒牌货。里面用木架做成网状支撑，围毛毡，再覆盖结实保暖的外皮。顶上有个天窗。门往东南方向开，既是避寒，又是吉利……照理里面可以放火炉，小马放了取暖器，设置了无线网络。即便是暴风雪的天气也能安然度过"。是的，这就是当时的情境"带来的微小的轻松"，杂乱无序中有着可供停留的缝隙。有这样的缝隙存在，人的天性就有可能较为肆意地伸展，然后一个牵连着另一个，人心可以在其中找到略做停靠的空间——"一个自己存在、选择、决定的最后小小空间，不侵犯别人，亦不被别人侵犯"[1]，同时准备好承受维护住这空间的一切后果。

如果说《基本美》在某种意义上呈现了世纪之交的内景，或者说是由外景折射而成的内景，那么《浪的景观》则可以看成这一时期的外景。这样比较，并不意味着作品从内在关注转向了外在描写，而是说，在这篇小说里，周嘉宁放弃了她最惯常处理的富有艺术气息的青年，转而写两个倒腾衣服的小贩。小说并没有因为离开舒适的区域而丢失一贯的准确，我甚至猜测，为了让不熟悉转为准确，周嘉宁对人物内心的揣摩和对外界事物的验证更加苛刻，因此，我们又一次触摸到了世纪交替时一些熟悉的情景，荒芜，野性，带着显而易见的开辟气息——"地下城是九十年代中期建造的新型防空洞，面积等同于半个人民广场，分区域招商，缓慢拓展。一半已成规模，另外一半还无人管理。""我们从浦东江边的仓库出来，珍惜春天仅剩的几个夜晚，没有着急回家，反而往纵深处越走越远。周围的一切都是新的，刚刚浇灌的道路甚至还没来得及命名，我们有一搭没一搭地讨论大陆的尽头是什么，便来到了尽头。那里是一个通宵开工的地铁工地，冷光灯像好几枚巨大的人造月亮，不见人影，但是机器全力运转，一根根直径惊人的管道将那里的泥浆源源不断地

---

1. 唐诺：《重读：在咖啡馆遇见 14 个作家》，广西师范大学出版社，2015 年，第 405 页。

输送到卡车上，再运送出去。我们无所事事，在吞吐的轰鸣声中看得如痴如醉。"[1]

在这样的情境之中，人也有了舒展的空间，尽管远远不够让人满意，却朝气蓬勃得让人振奋："去小饭馆里吃刀削面，旁边坐着一群穿匡威球鞋的朋克。特别野，特别贫穷，特别嚣张，让人不由自主想要成为这个公社的一员。""老谢的朋友们普遍过着既浪漫又务实的生活，在金钱的热浪里翻滚，却愿意为一些特别抽象的事物一掷千金。"当然，我们很快就会知道，这样的情形不是开端，而是一个宽厚时期算不上委婉的结尾，"周围的事物正在不可避免地经历一场缓慢的持续的地壳运动，塌陷，挤压，崛起，我们身处其中，不可能察觉不到"。似乎总是这样，梦想还没来得及好好展开，就已经悄悄来到了它的尾声，"我们今天在这里也算是见证一个时代的落幕了，从今往后里面所有的人都要重新考虑接下来的打算"。尽管作品里有些人物已经开始下一步的计划，也参与了新事物的形成过程，但总有很多人的心情发生了不小的变化："我失去了无所事事的勇气，也没有其他任何重要的事情要去完成。"或者，像《基本美》里更为谨慎的说法，人们已经触摸到了什么："仿佛一桩事件或

---

1. 周嘉宁：《浪的景观》，未刊稿。本节凡引此篇者，均此，不另注。

一个小小时代接近尾声时那样，流露出愈发激烈也愈发厌倦的神态。"

不过又能怎样呢，春秋仍然代序，"后来大家都开始使用互联网了，感觉是一夜之间，每个人都取了不同的网名，比自己的名字酷多了，从此再也不需要在现实中见面了"，"继论坛之后，博客也消亡了，仿佛一场物理性的删除。大家抱怨挣扎了一会儿，便也高兴地去往了下一个时代"。人们高高兴兴去往的下一个时代会是什么样的呢？或许，是像《基本美》里香港的情形——"十年前的香港可能还不是这样。电影里也没有不得志的老警察，反社会的杀手，忧心忡忡的新移民。而现在每个人都被固定在自己的位置上，扮演自己的角色。赌彩的好运仿佛再也不会降临。没有人尊重彼此的愿望。"或许，是像《浪的景观》中那样似乎突如其来的新冲击——"从襄阳路涌入一批实力雄厚的摊主接手了半边地下城，抹去了这里最后一些浪漫和无序的气象，行业内不正当竞争白热化，从此成为真正的角斗场。"

社会发展大概可以像自然选择一样，不用依赖全知的理论和公共的权威，而由"盲眼钟表匠"选择，"没有事先预见，也没有计划顺序，更加没有目的"[1]，最终形成复杂的样式，像《基本美》和《浪的景观》里的实际交替那样，虽然

---

1. 理查德·道金斯著、王德伦译：《盲眼钟表匠》，重庆出版社，2005年，第23页。

不够完美，却几乎在每一个地方都给人提供着星星散散的可能，有人生适意的机会隐隐约约存在。可惜的是，人们往往在短暂失败或遇到障碍的时候，渴望严整的秩序或某种外来的威权，给出一个或许最终只是符合意图的远景。这时候，人们往往会忘记，世上从来没有免费的午餐，当要求来的一本正经的秩序到来时，首先受到约束的，不是我们不满的那一切，而是自己可以较为自如行为的空间。更何况，一个群体非常可能"因遵循被该民族视为最智慧、最杰出的人士的信念而遭致摧毁，尽管那些'圣人'本身也有可能是不折不扣地受着最无私的理想的引导"[1]。没错，那个渴望来的整洁的秩序，总是带着阴沉的缠缚能力，弄不好会先捆住我们的手脚。

或许应该再次强调，这个记忆中的世纪之交，仍然是文学形象，并非天然如此。新的人们会以各自独特的方式进入新的世界，形成新的记忆，写出新的形象。可以推测的只是，刚刚过去的世纪交替通过这些小说留存了下来，成为一个时期的见证。当然，作为文学形象出现的世纪交替并非没有问题，就像"庞大的小区里住着的几乎都是贫穷，却对美好生活抱着破釜沉舟般的决心的年轻人"（《基本美》），那经历也"根本称不上是光辉，只是更贫穷，更混乱和更诚

---

1. 哈耶克著、邓正来译：《自由秩序原理》（上），生活·读书·新知三联书店，1997年，第78页。

132

实"（《浪的景观》）。就像我在世纪之交，因为懵懂，还不知道生活的厉害，把贫穷也算进了美好的经历。或者，如阿城在云南时所见，"每天扛着个砍刀看热带雨林，明白眼前的这高高低低是亿万年自为形成的，香花毒草，哪一样也不能少，迁一草木而动全林，更不要说革命性的砍伐了"。或许，对这样高高低低，会遇到各种问题的时期，真需要懂得珍惜甚至或明或暗地维护，否则，这些情境总有消失的一天，要过很久之后才发现，"成长期中最珍贵的东西都在失去，而且会消失得无影无踪"（《基本美》）。细心一点，我们甚至会发现，记忆不知何时已经突破自己的界限，成为庞大的现实。

三

不同于《致新年快乐》显而易见的理想色彩，也区别于《基本美》或《浪的景观》近乎犀利的准确，乍读路内的《雾行者》，几乎会不经意间产生某种负重感，仿佛接手了一样沉实而珍贵的礼物，还没来得及适应它的分量和意义，将将处于错愕之中。很快，一种不太常见的光照射进来，人物的命运开始吸引你，深邃的空间开凿出来——或许，这正是一个庞然之物该有的样子，那看起来有点儿迟缓的起身，恰好是巨兽准备长时间奔跑的前奏？稍稍适应了这个长篇略显缓慢的开始，开阔的世界、丰盈的细节、复杂的人生将在眼前展开，无量的现实从作品里涌现。

如果以上两节对无序、失控中的生机表现了相当的好感，那么在读路内这个长篇时，我虽然挣扎着努力，可也只好先收敛起这几乎可以不假思索而预先拥有的态度。我们无法只看到事情美好的一面，却忽视那些在潮流中逝去或崩溃的人，就像我自己回忆中的世纪之交，一旦遇到那次（其实很可能是很多次）痛不欲生的食物中毒，再怎么自信，也无法说服自己那是美好的另一种形态。或许，当我们在《雾行者》中迎面碰到一些词，流水线、假文凭、火电厂、洗头房、美发店、保健品，遇到经济管理、血汗工厂、扣押证件、啤酒女郎、江湖儿女、萍水聚散，遇到职校、假人、下岗、斗殴、黑帮、包养、嗑药，应该说不出的熟悉，又说不出的百感交集。这些已变为世纪之交证物的词语，几乎可以说是社会生动的毛细血管，当时在在可见，几乎跟任何人都有关。后来，这些曾经无比熟悉的东西消失了——其实也不能说是消失，甚至都不能说是过时，因为我们还生活在与此相关的时代中，只是这一切变成了隐藏在背景里的什么东西，不再频繁出现在时代前台。

《雾行者》从 1995 年一直写到 2008 年，无疑也处于我们称谓的世纪交替之中。在四十多万字的长篇里，这十多年作为一个巨大的转折期——由丰富、嘈杂、无序逐渐变为单纯、平静、整齐——缓缓浮现出来。再深入一点，此一阶段的无序和由无序引发的混乱非常明显，瞥眼可见的不公与或明或暗的抗拒变得抢眼。细心读下去，我们几乎能听到这一转折期关节艰难扭动时咔咔作响的声音。或许也可以说，在这个小说中，无序带来的困境更为具体而切实，携带着一个庞然而至的世界所有的污秽，所有即生即止的生活，所有可能或不可能发生的事情。你要对这时代问责吗，却似乎不知道该问谁；你要赞美吗，却真的没什么值得自豪的，能说出来的，不过是一些经常翻腾上来的感觉——"自由，草根，骗子横行，到处是车匪路霸，在街头卖假药的人也能发大财，开一间黑网吧可以活一辈子……我以为这样的时代很适合我，鱼龙混杂，每个人想的都是捞第一桶金（那时我们讨论过，赚到第一个一百万，就算第一桶金了），可是具体用什么办法捞金，鬼知道。"

　　这鱼龙混杂的时期，当然不应该被轻易评断，每一个阴影里都可能隐藏着一个微型生态。或许可以通过一个比方来看："有诸多否定大排档这类社会空间的理由，例如治安，例如卫生，例如管理。但是，如果一个城市没有大排档这类社会空间，这个城市就是一个死的城市，就是一个不文明的城市，或者简单说，是一个落后的城市。落后的理由是，这个城市的管理者，是没有人文感觉的，是见物不见人的，是忽视由社会最底层至整个社会的自发创造力、生命力的。这样的现代城市，是现代之死。"[1]没有一个时期会完全令人满意，但就像每个城市的大排档，"虽然有个大字，其实是由无数的小聚集成的"[2]，而无数的小的聚集就难免有各种各样的不如意，你不能摘除污秽只留下纯净，也不能忘掉疼痛去感受幸福。从这个方向看，《雾行者》用泥沙俱下的方式，把书中所写的十多年时间变成了一个文学形象。可能是为了把这一存在于虚构中的形象运送回现实，路内在小说中提供了一个独特的证物——一、二代身份证的更替——有了这证物，世纪交替时期的转折痕迹一目了然，那个存在于虚构中的形象也就有了回到现实的绝大可能，甚至会成为我们思考自己置身的现实的特殊起点，并由此成为某种富含深意的世间隐喻。

差不多可以说，第一代（相对于第二代）身份证是一个人在世界里隐遁的法宝，可以随时凭借造假的证件成为"假人"或让自己凭空消失，在无序的空间里隐藏起自己，或者在令人不安的环境里讨得一份逼仄的可能性。不过，这个可能性却建立在基础性的弥天大谎之上，难免所有的事情都笼罩在谎言之中，只是近乎在灾难和贫穷的缝隙里凿出的小孔，稍微可以透口气而已。可就是这样无数由无奈挤压出的小孔，爆发出某种不可遏制的生机，世界由此变得多样了一

---

1. 阿城：《脱腔》，江苏凤凰文艺出版社，2016 年，第 11—12 页。
2. 阿城：《脱腔》，江苏凤凰文艺出版社，2016 年，第 11 页。

点。也就是说，我们能从小说中感受到无序以及无序之中的活力，活力以及活力之中的巨大疼痛。这个意思几句话说不清楚，其间的是非颇难一言而决，"解释它们需要巨量的因果关系"[1]。可以推测的是，这个秩序的漏洞在某个范围打破了趋于凝固的社会结构，给诸多无望无告（当然也难免会有无法无天）的人创造了可能，让他们不再只是打工仔、农民工或者其他什么笼统的身份——尽管在别人看来他们还是长着同一张脸，却有了各自独特的样子，"自己能分清自己，相异的眼神，不同的口音，各自命名的来处或去处"。也因此，《雾行者》就不只是牵连着空间广阔的城市、郊区与乡村，也包含着各种混乱中生而为人的劳苦和无奈，牵扯着不同人的喜怒哀惧。

如此显而易见的喜怒哀惧，是因为《雾行者》不只是书写人物的行动，也同时勾勒出了他们的精神轨迹。那群在命运流转中不知前途的年轻人更年轻的时候，以文学的形式摸索着自己的精神生活，也以此不自觉地更改着自己实际的生活前途。我们慢慢会发现，小说在粗糙日常中带有思索意味的行事特征和叙述语调，原来自有其来处，思考与行为密切联系在一起，正是这群人独特的生活方式。确切点说，不只是那些曾经参与过文学活动的人，这本长篇里的几乎所有人

---

1. 路内：《雾行者》，上海三联出版社，2020年。本节凡引此篇者，均此，不另注。

137

物，都好像过着一种思考与行为联系在一起的生活。这样的方式是不是有些特殊？可有意思的是，我们在阅读过程中并不觉得突兀，不觉得违背了小说的什么天条，不觉得这是与我们生活异趣的另外一种生活，而恰恰是我们生活的样子。沿着这个方向，似乎可以说，《雾行者》更改了某种小说习见的形态——思考（思想）不再是某些虚悬的理念，也不再是某些人的特权，而是变成了每个人的日常。这一精神日常的出现，让每一个人物都清晰地带着自己的背景出现，因而变得更为鲜明，也同时牵连出一个复杂的社会形态。

当然，这并不是说，《雾行者》中的人物辨析的是什么天理人欲、主体客体，思考的是什么家国前途、古今之变——以往关涉思想的小说设定的高端人物通常会关心的问题——而是思考本身成了他们的习惯，最终变成了一种日常行为。这一小说习见形态的更改，恐怕最终是因为时代发生了变化，那些父母吵架时躲走的孤独孩子，当年就不再跟父辈年少时那样，整天在大街上疯玩，而是在大多数情况下继续接受教育，躲进自己的房间读书，思考着自己的未来。如今，他们已经长成了大人，有了不同于上一代的、属于自己的世界。尽管小说中并不是每个人都接受了完整的教育，但跟面对问题起而行之的大部分上一代人不同，他们相当一部分因为教育变成了能够反省自己命运的人，内心生活变得丰富，也因此能更准确地感受到自己遭遇的疼痛或委屈。只是，虽然感受的能力提高了，但社会并没有提供消化或应对这些负面情感的方式，这些学会了思考并敏感到疼痛的人，虽然占人群的比例并不低，却仿佛被弃于一个特殊的时空之中，得默默忍受或独自摸索属于自己的解困良方，并因此难免会有自社会习惯看来的怪异主张或行为——进一步而言，《雾行者》本身，是不是也可以看成一种忍受或摸索的看起来怪异的方式？

我们大概得好好想清楚，这种忍受和摸索的看起来怪异的方式并非本能，而是长期观察和坚持的结果，对这些敏感者或许会出格的行为的忍耐，弄不好是人们在寻求某种状态时不得不面对的"长期请柬"："单纯拒绝向习惯屈膝，它本身就是一种贡献。正因为言论的专制已使怪异成为一种谴责的口实，为要突破这种专制，也更需要人们有怪异的主张。凡在性格力量充沛的时候和地方，怪异的行为和主张也充沛；而社会上怪异行为和主张的多寡，也和它所包含的天才、智力和精神勇气的多寡成正比。现在极少数人敢有怪异的行为和主张，正是标明这个时代的主要危机。"[1]或许应该说，路内耐心接受了这份"长期请柬"，在人物命运展开的过程中，有效避免了对社会或人的怨怼，不把任何挫折或霉

---

1. 约翰·密尔著、郭志嵩译：《论自由》，脸谱出版社，2004年。转引自唐诺：《重读：在咖啡馆遇见14个作家》，广西师范大学出版社，2015年，第406页。

x

x

x

x

x

x

x

x

运当成恶意，而是紧紧贴着每个人的行踪，扎扎实实地写下他们的困顿、委屈、不甘、意气、思索和行动。似乎只要愿意，我们便可以追随小说里每一个具体的人，重新走过自己当年并不明晰的悠长年轻岁月，从而在反思中感受到我们自身处境本来就有的怪异或复杂。

伴随着人物复杂怪异的生存状态，时代实际上也悄悄来到了一个明显变化的边缘地带，新的时期早已迫不及待地等在前面——经济重心发生变化，工业不再是小镇的支柱产业；二代身份证广泛推行，社会秩序变得整饬；电脑屏幕上话语四溅，文学的"低维"民主驾临……回首一望，小说中的十几年近乎一场梦，你无法知道，此后干净整洁甚至无限划一的世界，是否还会对这群人保持基本的善意，或者起码记得他们。可以肯定的只是，在善于深思的人那里，那些或好或坏的历史时刻，那些曾经流经我们的生活，并不会陡然消失。人们的经历和思考，或许将以一种更为深层的语言参与此后的时代，也由此让这小说确认了作为文学形象的"世纪交替"的坚实基础，并由此涂写出一个此前从所未见的时代。

出于常见的对后知后觉的错误前置，我们通常会忘记，一个能够在写作中被辨认的时代，是写作创造出来的，并非必然。或许，诸多写作者会认为，自己写出的必定是独一无二的时代感觉，却几乎总是没有耐心去检查，那些自我追认的特殊感觉，很可能是某种已陈的刍狗。如同"狂人执政，自以为得天启示，实则其狂想之来，乃得自若干年以前的某个学人"[1]。很多小说里的时代认知，不过是若干年前某位拙劣学者（或某种有意引导）的叙事性证明，并非自己的独特发现，所谓的人物也不过是证明过程中的他者赋予，并非真的生成，因而也就没有真正的痛痒相关感。正是在与此相反的方向上，《致新年快乐》和《基本美》《浪的景观》以及《雾行者》一起，用因为不熟悉所以乍看有点怪异的笔墨，在理想、记忆和现实中雕镂出了人们独特的行迹，并以此勾勒出一个或许只能出现在小说里的世纪交替中的文学形象。把这个形象置放到一个更大的写作群体之中，我们是不是可以推测，一个不同于此前的、由世纪交替标志出的时代，已经悄然在小说中出现？再谈起某个年龄段的写作者的时候，是不是可以不用——因为对此前的过于熟悉而喜欢和对新事物的不够熟悉而忽视——再照例说，他们还没有自己的独特声音？

1.凯恩斯著、徐毓枬译：《就业、利息和货币通论》，商务印书馆，1997年，第330页。

在虚构中重建生活世界

——从这个角度看《世界》《盗锅黑》和《傩面》

一

薇拉·凯瑟《我的安东妮亚》里，克莱里克先生讲解维吉尔《农事诗》中的"Primus ego in patriam mectm……deducam Musas"（"因为如果我活着，我要成为第一个把诗神缪斯带进我的故土的人"），这里的"patria"（故土）指的"不是一个国家，甚至也不是一个省，而是明乔河边诗人诞生的乡村一小块地方。这不是夸夸其谈，而是一个既大胆而又诚心、谦虚的希望，希望他能把诗神缪斯带到……他自己小小的'故土'，带到他父亲'下坡延伸到小河边，到那些树冠零落的老山毛榉树边'的田地里"。现今世界，我们恐怕很难再有如此明确的故土之感了吧，不停在不同空间之间游荡居停，差不多才是生活的真实境遇。小说中安东妮亚的感慨，在目前的时代差不多是奢侈的了："我在城市里总是感到痛苦。我会寂寞得死去。我喜欢住在每一堆谷物、每一棵树我都熟悉，每一寸土地都是亲切友好的地方。我要生活在这里，死在这里。"[1]

或者不只是在城市，不停切换的空间，会让人产生或重大或轻微的不适之感，"每个民族的历史、身份感和语言方式，都包含外人难以洞悉的深层逻辑，也可以称为'共享的精神能量'。它缓缓流淌，犹如弯曲的长河；浑浊、幽深；从潜潜暗流中，时而溅出血色的浪花。从一个比较熟悉的水面上，很难揣测清楚另一条陌生河水的颜色和形状"[2]。如果把这里的"每个民族"换成"每个地域"，这是否可能是前面提到的不适的原因？现在的人们，是不是很多都经历过从一条（地域的）暗流转向另一条暗流的生活？我们在一块土地上习与性成的言行举止，要在另一个世界经受考验，即便最终学会了所有的社交性交往，却无论如何也找不到那种恰恰好的感觉？而当这些走入另外暗流的人回到故土，因为没有伴随着这一条河流的变化而变化，也难免会与一切事物都有了或许不算轻微的不协调之感？

在写上面那段话的王昭阳看来，这身心无法安顿的原

1. 薇拉·凯瑟著，资中筠、周微林译：《啊，拓荒者！我的安东妮亚》，外国文学出版社，1983年，第335、371页。
2. 王昭阳：《与故土一拍两散》，中信出版社，2013年，第170页。

因，源于社会已经变成了自我至上者组成的废墟。废墟几乎平面化了所有生活细节，夺走了全部生活情趣，废墟里的人们汇集成强大的磁场，"不停地要求变换，又强烈渴望皈依；每个人极其孤独，又习惯性地排斥一切细腻的、长远的、涉及感情的联系，因为缺乏真实内心付出的能力。这个强大集体磁场不断更换偶像、排斥过去，又不断自我伸张，寻求对一张没有真实表情的面孔作无限度的复制。任何一个正常人，总待在这么一个磁场、这么一群人中间，也是要得抑郁症的"[1]。或者如 D.H. 劳伦斯所言，是因为人们失去了"有生命力的祖国"："人们自由的时候是当他们生活在有生命力的祖国之时，而不是他们四处漂泊之时。人在服从于某种出自内心深处的声音时才是自由的。服从要出于内心。人从属于一个充满生机的、有机的、有信仰的共同体，这个共同体为某种未完成或未实现的目标而努力，只有这样他才是自由的。"[2] 这里的自由，也不妨换成前面所言的"安顿"，也即人安顿自己身心所需的"地之灵"：

每一个大陆都有它自己伟大的地之灵。每一个民族都被某一个特定的地域所吸引，这就是家乡和祖国。地球表面不

1. 王昭阳：《与故土一拍两散》，中信出版社，2013 年，第 52 页。
2. D.H. 劳伦斯：《论经典美国文学》，纽约维京出版社，1961 年。转引自陆建德：《思想背后的利益》，广西师范大学出版社，2005 年，第 250 页。

同的地点放射出不同的生命力、不同的振幅、不同的化学气体，与不同的恒星结成特殊的关系……但是地之灵确是一个伟大的现实。尼罗河流域不仅出产谷物，还造就了埃及国土上各种了不起的宗教。中国造就了一切中国人，将来也还是这样。但旧金山的中国人迟早会不成其为中国人，因为美国是一个大熔炉，会熔化他们。[1]

劳伦斯的这段话，极富意味地将"地之灵"的空间意义和精神含义融而为一，就如《诗经》中的一国之风，既是这一地域的物质存在，也是其精神显现，最终形成了这一区域总体的惯性文化系统，也即一整个的生活世界。现代社会发展的加速度所要脱离的惯性系，恰恰是这现实和精神"地之灵"的约束，身体的自由迁徙和精神的强力解缚结合在一起，最终让人处于双重的悬浮状态，身心流浪遂成为无解的常态。这是一个人们不得不面对的悖论，一边挣扎着从生长于斯的"地之灵"中解脱出来，一边又不得不因为这解脱而陷入惶惑甚至痛苦之中："他们全都被一种变化的意愿——改变他们自身和他们所处世界的意愿——和一种对迷失方向

1. D.H. 劳伦斯：《论经典美国文学》，纽约维京出版社，1961 年。转引自陆建德：《思想背后的利益》，广西师范大学出版社，2005 年，第 249 页。

与分崩离析的恐惧、对生活崩溃的恐惧所驱动。他们全都了解‘一切坚固的东西都烟消云散了’的世界的颤动与可怕。"[1]

不只是回不去，后来者甚至变本加厉，变成了这一不断加速的游荡过程的助推者，"早就把生活中无数卑微的细碎——混进他们切身所处的文化经验里，使那些破碎的生活片段成为后现代文化的基本材料，成为后现代经验不可分割的部分"。于是，人们一方面"无法为那些遍布眼前的零碎的物件重新缔造出一个完整的世界——一个从前曾经让它们活过、滋育过它们的生活境况"，与此同时，语言和精神失去了它的肉身，"昔日为人所乐道的国家语言，在现今世界里也已经尽丧其功效，成为无用的死文字了"。[2]

远兜远转，不过我应该没有忘记，西塞罗曾对预言了罗马必将衰亡的尤提卡的伽图（Marcus Cato of Utica）提出过批评："伽图用心良苦，但有时却危害了国家，因为他讲起话来仿佛在柏拉图的理想国，而不是在（罗马城的建立者——引者）罗穆卢斯（Romulus）的遗产上。"[3]希望不会有误会，前面的论述并非混淆了不同的时空背景，也不是建立于脱空理论和虚拟前景，而是试图勾勒一个总体的精神图

1. 马歇尔·伯曼著，徐大建、张辑译：《一切坚固的东西都烟消云散了：现代性体验》，商务印书馆，2013 年，第 12—13 页。
2. 詹明信著，张旭东编，陈清侨、严锋等译：《晚期资本主义的文化逻辑》，生活·读书·新知三联书店，2013 年，第 348、359、371 页。
3. 培根著、李春长译：《论古人的智慧》，华夏出版社，2006 年，第 10 页。

景，并最终可以在这一整体中看清楚我们置身的这一具体时空，把文章建立在这方土地的遗产之上。在这个零碎的、由诸多死文字堆积出来的时代，一个小说写作者是不是有必要意识到自己的"地之灵"，用现有的文字来重新洗濯出一种可供栖居的"国家语言"，并在虚构中重建已经并继续在毁弃之中的生活世界呢？

二

虚构不只是简单的"what if"设定——甚至可以说，虚构就是对偶然性的排除，用必然构成一个自洽的完备世界。

袁凌的中篇《世界》，恰恰起自一次偶然，刘树立因矿难失去了双眼，"没有一丝亮光，一丝也没有，他的眼睛被扣在两个锅底了，锅底那样完整，像是造酒的天锅和地锅，找不到接口缝隙"[1]。此后紧接着的，当然是无数更可能的偶然，比如受难者最容易想到的轻生，"刘树立……只剩下一个想法，是等她走以后就跳窗。他知道病房在六层，头冲着地面跳，一定会死"（第7页）；比如开始适应黑暗世界遇到的各种问题，"脚碰到了门槛，和刚才碰到脚盆一样闷痛"（第7页），"睡眠也和以往不一样，有点把握不住长短，醒

---

1. 袁凌：《世界》，中信出版社，2018年，第6页。以下凡出此书的引文，不另注，随文标页码。

来之后时常有些惶恐，担心不到或者是超出了夜晚的界限"（第18页）；比如需要应对别人有意的试探或无意的关心，"有一次在路上提水遇见姜老二，姜老二也不避，对直过来，两个人差点碰到一起了，桶里水都洒了出来。现在晓得是试他"（第26页），"他愿意一直待在这里，要穿过黑暗的灶房，没有人突然前来，问你好些没？在家里习惯了，行走撞不着东西啵？他们在亮处问他，他不能在黑里藏起来，他却是在黑的里面"（第12页）。

是的，我们无法避免这无数的偶然，甚至，在现实的所有偶然中，一个不小心，刘树立可能会烫残自己的双脚，栽进猪圈或摔下山坡一去不回。只是，在虚构的世界中，这一切偶然都是他重新建立自己生活世界的必然。他需要弟弟的话来建立自己重新生活下去的支柱："你这么一死也容易，可是你还没见着普儿，两个女儿你也一个没见到。将来孙娃子出世，你想见也见不到，想抱也抱不成。你的手还在，你还能抱孙儿。"（第7页）劝解本身并无多大说服力，其作用是唤起，唤起刘树立此前植根于这个世界形成的牢固人生观，唤起他早就明白的那些道理："哪个想歪（方言，义似为拼命——引者），是奔的命，奔得动就在地里奔呢，实在奔不动了还不是没得法。奔不动了就是儿女的事了呢。"（第39页）用尽全力去"歪"，人也或许会偶然获得了自己的报偿："刘树立把孩子接到手里的时候，想到了弟弟在山西的那句话。两条手臂被孩子压得实实在在的，确实自己一直有这么一双手臂，割漆烧窑中炼得更壮实，正好环抱外孙。"（第21页）看起来似乎也没有什么了不起，只是人间片刻的温暖，却切切实实，是辛劳人世里一点点足以让人心开的安慰。

对一个失去双眼的人来说，要重新跟那个曾经熟悉的世界慢慢地建立起联系，可不是一件简单的事。在袁凌的小说里，这个重新建立联系的过程，虽然磕磕碰碰，麻烦不断，刘树立都凭着自己顽韧的意志走了过来。仿佛是给予意志的报偿，在重建的每一个进步的节点上，包括过程本身，都始终伴随着某种奇特的安顿性鼓励："脚底接触到石拱桥，一种坚硬却带着湿润的细致感觉传来，像是一缕线进入了心里，心思开始搜索是什么，忽然知道是青苔。青苔还好好地生在没经多少车碾过的石条桥面上。一时间，青苔绵绵匀净的样子出现在眼前，回到了眼睛干净的年轻时候。"（第4页）就这样一线一线，心里成片的黑暗透进丝丝的亮光，失去坐标的空间有了参照物，手脚也开始听使唤，新世界开始有了秩序，从家开始——"他一直在摸到和想起很多东西，他就把这个房子一点点地想起来了"（第13页），"家变得熟悉了，恢复了从前的样子，他感觉得到那些房间和门，连门槛也可以自如地过去，他并没有什么不熟悉的地方"（第15页）。渐渐地，刘树立可以剁菜，挑水，收拾庄稼，跟普通的日常建立起了良好的关系，人们也跟他设想的一样，逐渐习惯了面对这个人，"习惯了在他看不见的情况下和他对面说话。提水的时候，两条狗也不再吼他"（第36页）。

"一年回头了，没有一件东西会待在原来的地方"（第44页），何况是一个人经历了如此一桩不幸。除了跟生活紧密关联的那些，他肯定少了或者多了某种东西，而不会待在原来的地方。自然，有些事是目盲的刘树立做不好的，比如到湾口挑水吃力，点苞谷无法成行，"掌握不了间隔，动不动就挖跑了，踩着套种的刚出土的洋芋苗"（第44页）。要说幸运的话，是刘树立因为这个灾难，回忆起一些过去或许不会记起的东西，"像是才触到一个世界的入口"，那童稚心中的神仙桥，小时候家里深的湿润的院子，母亲素朴而严苛的教诲，自己经过了时光之后的温和忏悔，都细细在心里流淌了一遍，省察过的人生便有了更为清澈的样子。当然，还有妻子的劳碌和美好，"刘树立似乎看见妻子的手，捏住切刀把的地方发白，手里上有细致的皴口。应该在火屋里来剁，可是妻子习惯了对着大门，光线好"（第8页），"妻子有一下子把光柱披在身上，从肩膀到下襟斜披着，像她嫁过来的那天，穿着绣花的红绸棉袄，从肩膀到领口再到下摆有两条斜的金线"（第9页）。若有天意，不只是医生说的，"视力失去之后，器官会进行补偿，听力会变得更灵敏"（第5页），而且在肉身的眼睛关上之后，一个人心里的眼却开了，"人家说你眼睛还看得到，我晓得不是那个原因。你心里看得到"（第62页）。

或许还不只是回忆，心眼打开之后，另外一些此前不会意识到的东西也涌入进来，即便是平常如听评书，"跟着那个世界走得很远了，似乎一样的有山水，过了城河，和好汉们在校场，闹了花灯。一场阑珊过后，归于寂静，一百年的时间过了，依旧在板凳上，声音来自小小的匣子，凭空曲折地到这山里面来，土屋外面密密的落雪的世界"（第14页）。这是艺术给予人的想象，一个人可以凭此神游八方，"见过许多种族的城国，领略了他们的见识"[1]，将原先因为日常按压下的内心野气，用某种特殊的方式释放出来。再接下去，自然的生灵也传递出更丰富的信息，"听出来了，这是一种相思鸟，总在夜里啼叫，开始的一声婉转细致，像思念刚起头，还包含着隐秘的欣喜，渴望着应答。因为没有回应，逐渐地变得急迫，尖细，直到最后无法忍耐，把到了顶点的相思投掷出去，归于平息，一会儿却又开始了下一次过程，让人担心它会耗尽了自己的生……人说树木百草春天发芽生长，晚上却睡着了，相思鸟唤着它们晚上趁人睡着了继续生长，竹子拔节，树芽鼓出树皮，苔藓渐渐活泛，白天人出门的时候，一切都一夜间变过来了，叫人不敢信自己的眼

---

1. 参阅《伊利亚特 奥德赛》，陈中梅译，上海译文出版社，1998年，第697页。

睛。"（第 19 页）自然的造化之功与人对世界的领受之间有了紧密的关联，看起来不过是乡野一点儿难得的闲暇，却由此显现出富足的生机，给人在劳作中继续时日的力量。

不必一一罗列下去，在袁凌笔下，因为意外导致失明的刘树立，就这样一点一点重新建立起了自己的生活世界。在这个世界里，有自然氤氲出的生机（小说中在在可见），有技艺对人的宽解（比如评书和歌郎的歌），有对生灵的理解和安顿（比如对待蟒和狐狸），有乡村还留存的鸡鸣狗吠，有素朴的世界观继续起作用的人生选择，有地理先生对生者和死者的安慰，有算命先生对人生的劝谕……这个在失明人心里重建的世界，边关之地的环境、方言、习俗，恶人的凶心和傲慢、善人的素朴与坚持，慢慢融合为一体，"地之灵"缓缓浮现，一个完整的世界升起，人可以在其间稍微从容地起居坐卧。或许在这个意义上，一个小说才不必是真实发生的，却因为作者无比坚韧的心力，变成一种实实在在的祈祷，给危殆的人生某种独特的支撑："艺术就像祈祷一样，是一只伸向黑暗的手，它要把握住慈爱的东西，从而变成一只馈赠的手。祈祷就是跃入消逝与生产之间的改变一切的弧光中，完全溶进弧光中，把它无法估量的光包容到自己的生存这张极易破碎的小摇篮里。"[1]

---

1. 雅诺施记录、赵登荣译：《卡夫卡口述》，上海三联书店，2009 年，第 40 页。

这祈祷的效果不必远征，除了自己重建生活世界，刘树立还来得及见到这效果更广远的一部分。在煤矿的窝棚里，刘树立收工的时候就教当班工人念自己编的《十劝》和《煤窑十二月》，类似于过去的所谓"劝人方"，教工人们不要赌博，要坚强，要记得家乡的好山好水，看起来卑之无甚高论，经过时间和世事的发酵，居然就有了那么一点效果。害刘树立盲了双眼的耿长学，后来也因事故失去双腿，只能坐在轮胎上做事。他跟刘树立说："你给我们的那些教育，我都记得。叫人要自立，坚强。我没得文化，也不懂得。这一段装了轮胎以后，就琢磨了坚强是啥子意思，我一想到你眼睛看不到了还在地里做活路垒坎子，我就晓得我也能多坚强一股子。"（第61页）小说临到结尾，刘树立的妻子堪堪就要离开人世，却又活转过来了，对刘树立说起话来："昨晚上又是这两只眼睛在追她，她就使劲地跑，跑着跑着到了一个很安静的地方，豹子眼睛不见了，她感觉自己是闭着眼睛在跑，却在眼皮里面感到了光，心里的怕和绝望就一丝丝消了，她试着睁开眼睛，天已经亮了。"（第69页）妻子眼皮里面的光，不正是刘树立心里的光？在如此艰难的尘世，有这样难得的光，不就是一个写作者能够给出的最好的东西之一？

153

三

跟袁凌小说的渊渟岳峙相比,舒飞廉的作品看起来衣袂飘飘,叙述中明显带有轻微的狂欢感,调子也从容舒展,文字顶针续芒般一个赶着一个,流利得像春日里的轻雷。小说里出现的各样物什,舒飞廉都写得足够耐心,举凡村庄的节气时令,草木虫鱼,手艺匠作,玩物吃食,家长里短,都能品咂出一番味道。人,便在这时序变化和俗世烟火里存身,村庄里的种种,也就与荒蛮中的飞潜动植不同,有着人的气息温度,算得上草木有思,因人赋形。即便人悄悄来到前景,因为早知道万物有其情实,人便不是置身在布景里,急匆匆在情节里起伏,而必然是在万事万物里行住坐卧,一行一动,便也带动着叶摇犬吠,水起涟漪,有着不疾不徐的内在节奏。小说的情节呢,进进退退,曲曲折折,似乎并没有要奔向固定的目标,遇到什么人间景致、俗世奇观,就牵丝攀藤地写出去,看着随时要停下来,却又不断绵延过去,"好像是一道流水,大约总是向东去朝宗于海,它流过的地方,凡有什么汊港湾曲总得灌注潆洄一番,有什么岩石水草,总要披拂抚弄一下子才再往前去,这都不是它的行程的主脑,但除去了这些也就别无行程了"[1]。

---

1. 周作人:《〈莫须有先生传〉序》,见钟叔河编订《周作人散文全集(6)》,广西师范大学出版社,2009年,第22页。

你看，这是《盗锅黑》里的金安想到自己的死，看不到明确的悲伤，只见一路流水一路歌，脱轨列车样迤逦歪斜下去，却有一种古怪的妥帖：“将棺材盖支棱着，弄一个像老鼠夹子一样的机关？有一天，动不得了，不要活了，心灰意冷，带十几个杨二嫂的包子馒头，趁天黑，一个人，将新油漆味与沙树板子松香混合着的棺材，背到小澴河堤边提前挖好的墓地里，六尺深，三尺宽，六尺长，头朝东，脚朝西，仰面躺进棺材里，枕着新荞麦枕头，盖着新棉被，一边吃包子，一边由支起来的板缝里看一线蓝天里早晚光线变换，日月星辰隐现，听堤上草木间蛐蛐叫，吱吱嘘嘘，稀里稀里，它们的《二泉映月》，听小澴河隔着堤在泥岸下石头上流淌，水牛蹭背似的，听村里传来的哗哗的麻将声。妈说馒头要慢慢嚼才好吃，才甜，他将这句话也告诉过儿子。吃完馒头，最后下决心，将引绳一拉，啪的一声，棺材盖带着泥土盖下来，堆在四围的泥沙也瀑布般倒入，将他盖进黑暗里，最后的黑，没有一丝光，也不要魏家河的八个男将黑衣黑裤抬棺，也不要汪梁冈的三个和尚念经，也不要黑龙潭的两个道士作法，也不要匡埠的五人乐队打锣吹唢呐，也不要凤英领着三个女子哭，也不要儿子顶着白麻布，腰里捆着草绳子，在小强旁边抽烟，也不要儿媳妇在儿子身侧玩手机，也不要小宝向培优班告假说爷爷死了，老师点头同意，又布置作业说回来要写一篇作文《我的爷爷》。"[1]

　　舒飞廉笔下，那个特殊的"地之灵"似乎一直都在，天地人安安稳稳地生长在一起，天干地支，子丑寅卯，日月星辰，阴阳昏晓，都跟人无隔，就是眼前的事事物物，"金安早上五点就醒了。窗外一团漆黑，繁星在银河里，白霜在田野上，微光荧荧，大概都奈何不了冬月寅时的黑"。世界不经意间豁朗朗打开，却仍然不离自己的一亩三分地，"出村口，上小漂河堤的时候，晨色初萌，天也就是蒙蒙亮。他自己种的三亩稻田、菜地一条一条，伸展在漂河堤下面"。父母的坟地在这里，还没有在岁月的催逼下湮没于荒草，"清明节，金安给娘老子的坟拔草、砍去拇指粗细的构树棵，又每人的坟头上培了唐僧帽一般的新土块"，"过年过节，还给他们烧纸，酹酒，跟他们喃喃自语地讲话"。偶尔有时候，还不知怎么就进入了如幻如梦的情境："可惜这十个字刚刚沉到桥下面，被桥洞里的喜头鱼跟鳜鱼吃了，被缠着桥墩的荇菜吃了。这些鱼跟水草，马上又迎来了涂丽丽说出来的字：'金神庙的好菩萨，你保佑我将哥哥的孩子平安生下来！'比起宝渝的洋腔洋调，鱼跟水草会喜欢逐吃涂丽丽的话，又温和又婉转，像放了糖，放了桂花碎的糊米酒。"

---

1. 载《上海文学》，2018 年第 8 期。此下引文出于本篇者，均自此，不另注。

这个"地之灵"所在的地域，作者清楚地知道，或许写作本身就是有意的选择："在玫瑰红的黎明里，可以远眺东边大别山的列列青山，在光芒如箭的夕阳里，也可以西望云梦泽故地上蒸腾起来的烟水，我身边的这些村落，就在群山与平原的交界上。"这"地之灵"的确富有当地特殊的神采，高远的天和切近的地、季节的轮换和岁月的更替、生人和逝者的世界，细密地绾合起来，带给人特殊的力量："四季轮转，日月星辰交替，犯霜惊露地向前跑，朝晖夕阴里，惊起一群群喜鹊与斑鸠，空荡荡的原野，遇到人不多，踢到鬼没有，经过我们村的坟，别人村的坟，墓碑高高地立成林，新坟上花圈环绕，我也不怕了，汗由头顶往下流，辣眼睛，与身体上的汗水汇合，滴到水泥路与堤面上，好像自己的感官、情绪、漫无边际的思考也在与乡土交织在一起。这是一种特别的体验，好像你是在星星的凝视下，亡灵的凝视下，童年穿开裆裤的我的凝视下跑步，大地回馈我一些珍贵的领悟。"[1]

不只是"地球表面不同的地点放射出不同的生命力、不同的振幅、不同的化学气体，与不同的恒星结成特殊的关系"，"地之灵"还需要"人从属于一个充满生机的、有机的、有信仰的共同体"。在舒飞廉写的这块土地上，精神上

---

1. 舒飞廉：《云梦出草记》后记，黄山书社，2019 年，230—231 页。

的共同体并非某种信仰，也跟法律和制度规范的那些并不相同，而是民间弹性十足的道德和伦理，茅茨不剪，藏垢纳污，却也谑而不虐，富有生机："（瞎子）树堂没娶到媳妇，手也没闲着，这附近村子里的小寡妇老娘们，谁的奶子屁股没被他摸过？……树堂摸她们的时候，她们笑他打他骂他，像被洋辣子蜇到屁股，等旁边没人，又会心虚地悄悄问树堂：'瞎子我的奶子是不是显小了……'春上早谷发蘖，春雨潇潇，细密如同牛毛，一群人前前后后田间薅苗，树堂点着竹竿在路上走，多少次被她们一拥而上，将他的裤子扯得精光，将泥巴塞了一裤裆，他又打又笑又骂又哭，捂着下身蹦得像个猴子。'树堂长的是驴子鸡巴'，她们都晓得的。这也是性骚扰？"一老一少两个人，在这样的乡间，那身体上的安慰，竟似也不涉肮脏，"涂丽丽腾出右手，曲到背后解开胸衣的背扣，回来撩起毛衣，让两只饱满的乳房跳脱出来，一边将上身俯到金安头上"。便是两个老人，也在混沌里把日子过成了小阳春："晚上他们两个在一楼客房里早早洗睡，外面是滴水成冰的雪夜，房内却是打阳春的花朝……杨二嫂有时候叫得像杀猪似的，金安想去捂她的嘴，她不让……这辈子，恐怕就这一回了，所以听到鸡叫起床前，杨二嫂摸到金安不屈不挠的'烧火棍'，又缠着他要了一回。"

有时候你会奇怪，想象中愚昧落后、保守禁锢的乡村，居然不管不顾地容纳了很多现代人心目中的荡检逾闲和色胆包天，还用不到鼓起余勇喊什么"礼法岂为我辈所设"。不管是严格的法律还是严苛的道德，其"适用范围不包括俗世，因此俗世得以有宽松变通的余地，常保生机"，这或许就是"礼不下庶人"的那点儿意思，庶人"不必有礼的'堂堂正正'，俗世间本来是有自己的风光的"[1]，这才是乡野间"无观的自在"，你"以为它要完了，它又元气回复，以为它万般景象，它又恢恢的，令人忧喜参半，哭笑不得"[2]。不只是伦理，就是面对鬼神，乡村人除了敬畏谦让，也把多年的神灵活成了邻人："成精就成精，我这个年纪了，怕个什么，兵来将挡，妖精来了吃一棒。它活过来，只怕比小宝还乖些。"或许这就是王瞎子道家一样哲理："曲成万物而不遗。人是曲的，事是曲的，路是曲的，理是曲的。直？直是最小的曲嘛。"或许这就是王瞎子徒弟魏瞎子的曲："他坐在那里拉《二泉映月》，黑暗里好像有千千万万条曲线由弓弦上发出来，都是女人的屁股线与奶子线，又让人悲伤，又让人欢喜，又有神，又有鬼，又有观音菩萨，又有婊子妓女，又高又低，又粗又细，又左又右，又丑又美，又善又恶，又冷又热，又干又湿，又麻又痒，冷暖循环，四季轮换，在天上地下绕，在阴间阳间绕，在黑与亮中绕，有时候比娘纺的线还要齐整，有时候比沤在一起的苎麻堆还要缠绕。"

1. 阿城：《闲话闲说》，江苏凤凰文艺出版社，2016年，第68页。
2. 阿城：《闲话闲说》，江苏凤凰文艺出版社，2016年，第77页。

然而，无论怎样欢喜自如的存在，都不可能完全封闭，半主动半被动的交流，是人们要面对的必然——这未必是什么坏事："中国文化的最深部分，在上层统治阶级和下层民间文化中有一个循环。上层没有了，却转移到最低层，过了一段时间以后，又从最低层返回最高层，有一个圈子。"[1]现今形势下，这个循环恐怕在被迫中断之后，要再一次循环起来。这一次，乡村里的人们已经"不得不"跟城市，甚至是各种世界因素一起循环，即使一个小小的稻草人，也能见出这土洋间的不断的环交融："清明节的上午，金安放下镰刀与锹，在坟头与地头之间扎了一个稻草人。俄罗斯娃娃万卡是现成的，将破碎的背带裤用稻草密密麻麻地裹起来，戴上他的新草帽，将它绑在十字形的柳架上，两只手合在一起，一上一下，交错握着一条剥皮白柳木棍子，棍子前面，系着一条小宝用旧的红领巾，风一吹，就呼呼啦啦响，好像有一束火苗在绿萌萌的秧苗上飘。"与此相应，城市也无法自我封闭，"不得不"纳入各种乡村的元素："（流觞曲水）就在沙湖公园的旁边，装修得像宫殿似的，有假山，绕着假山有假的瀑布，由自来水管子里放出来的假河水，河水也九弯八绕，在房间外面哗哗流，河水里有假的荷叶，假的竹子，假

1. 张文江记述：《潘雨廷先生谈话录》，复旦大学出版社，2012年，第333页。

的芦苇，假的石头，插的假花，有一些石头里放了音箱，播着他们由农村录来的青蛙叫、蛐蛐叫、黄莺叫。"

如此剧烈的变化，当然无法期望在其中迁徙流转的人不受影响，那个让王昭阳身心无法安顿的东西，也在暗暗操弄着此地的人们。比如涂丽丽刚进流觞曲水做事，就"天天晚上做噩梦"；比如她口中的哥哥，"是有抑郁症的，没有人知道"；比如那个替人消灾解难的瞎子树堂，"咚的一声，跳到铺满流霞的小澴河里去"；比如负气归乡的金安，也难免"成天摆个二胡杀鸡阵，脸皱得像一碟凉拌苦瓜"。只是，他们得学着让自己不停留在这些折磨人的地方，慢慢宽解自己，安慰逝者，把这剧烈变化带来的一切，一点一点地化解在自己的日常里——比如涂丽丽发现，"人就是这样，好中有坏，坏中有好，洗完澡，干干净净，一出门，又会变脏，人人其实都是不干不净的"。比如树堂，就得了人最真挚的怀念，"这么好的瞎子，武汉的宝通寺门口，有吗？归元寺门口，有吗？古德寺门口，有吗？"比如对那个患抑郁症的哥哥，老金安就有话要说："活着谁没几条伤口，要么在身上，要么在骨头里，要么在心上，有了伤，就有了黑，又有几个爬得出来？你可以推开书房的门，走到花花绿绿的世界上去，去找一点热，一点火。"就连金安自己，也会在杨二嫂半嗔半责的话里，听到些什么吧："老强徒，做人要开心唉！"

没错，我不否认，如此几乎称得上是完满的结局，如此堪堪要落在开心快意的尾声，很难在现实中寻觅出来用为典型。但在舒飞廉的虚构里，这个自在的生活世界就那么活灵活现地在着了，给看到这一幕的人带来了切实的安慰不是吗？在精神的日常里有了这么一个世界，人是不是会稍微减轻一点对变幻和不幸的执着，试着在思想的流动中走出精神的某些困境呢？如果真的可以这样，这不正是虚构能对世界起到的作用之一？也正是在这里，虚构的生活世界参与了现实生活世界的循环，成为社会自净行为的一个组成部分，禊除了其中的不祥，就像这方土地上的澴河，"你们一条条脏水流进澴河里，它还不是清亮清亮的？它在流，能自己干净自己"。

四

似乎有意避免太过具体的起始，肖江虹《傩面》的开头，像一个绵延不绝的隐喻，一下子把时空拉到了遥远荒僻之地："蛊镇往西二十里是条古驿道，明朝奢香夫人所建，是由黔入渝的必经之道。只是岁月更迭，驿道早已废弃，只有扒开那些密麻的蒿草，透过布满苔藓的青石，才能窥见些依稀的过往。"[1] 驿道穿过半山，再往山里走一阵，便能看到傩村周围的环境，"既无绕山岨流的清溪，也无繁茂翠绿的密林。黄土裸露，怪石嶙峋，低矮的山尖上稀稀拉拉蹲伏着一些灌木，仿佛患上癣疾的枯脸。傩村有半年在雾中。浓稠的雾气，从一月弥漫到五月，只有夏秋之交为数不多的日子，阳光才会朗照"（第 89 页）。是这样没错，不管一个人准备走得多远，总归要有一块栖居之地，无论繁华还是冷落，丰厚还是贫薄。

在这遥远荒僻之地，傩村人建立了属于这块土地的、来路正大的安稳，过着自己畅心舒怀的日子，仿佛无怀葛天之民："午饭在院子里吃，拉一条长桌，上头都是常见货，腊肉、豆花、凉拌鱼腥草。饭食的香味在空气中流淌。一直卧在墙角打盹的黄狗也抖掉困乏，循着香味在饭桌下穿来穿去。"这样一群无忧无虑的人，一路走来，"贫穷、疾病、天灾人祸、生离死别似乎都抹不去他们没心没肺的烂德行。多少有点好事，就乐得忘乎所以"（第 127 页），光是"爬过百岁这坎儿的就有六七个"（第 89 页）。对了，还有傩，那个几乎承载着他们生荣死哀以及所有人世牵系的精神寄托："阳光温暖，很快倦意就上来了，七八颗花白的脑袋低垂着，口水牵着线长淌。孙子曾孙子们摸出手帕慌乱地擦。口水擦

1. 肖江虹：《傩面》，安徽文艺出版社，2018 年，第 89 页。以下凡出此书的引文，不另注，随文标页码。

净，儿孙们掏出傩戏面具，龙王、虾匠、判官、土地、灵童，如此种种，往老癞东们面壳上一套，天地立时澄明。"他们"老眼猛地一睁，刚才还混沌的眼神瞬间清澈透亮"（第90—91页）。

不知道是不是可以说，傩村的人们已经有了自己的"地之灵"，完满到足以构成一个"伟大的现实"？不等有结论，怀疑已经先来了——如此安宁平顺的日子，是不是一个臆想的桃花源，作者只虚张声势地把幻想的美好强加上去，不管不顾地挡住了时代的风雷？显然，肖江虹没有如此草率地把行动缓慢却气力壮大的"现代"排斥在乡村之外，那个看起来本该属于远方的怪兽，跟随着一个年轻女人的步伐回到了傩村："高跟鞋在傩村铺满枫叶的石板路上，敲打出压抑的闷响。一袭红裙在傩村漫无边际的黄色里像一朵妖艳的蘑菇。"（第100页）这个从城里来的女人，在回到这片生养自己的土地时，显然有些衰败，有点仓皇，她"走得很慢，虽然化了妆，还是没能掩盖住脸上的颓败。旅行包上上下下，在肩和手之间慌张地转换。脚步也显得格外凌乱，到底是昂首大步，还是俯身慢走，女人还没有拿定主意"（第100页）。

这个叫颜素容的女子，怀抱的应该是乡村年轻男女共同的梦想，"把钱挣足后，就在那个能吹海风的城市过完一生"（第101页）。他们大部分跟老傩师秦安顺的孩子们一样，"一天麦子没扬过，扛着行李进城去了"（第136页），于是乡村里只剩下了老病。没办法推测，那些离开乡村进入城市的人，是不是有着跟颜素容同样的心事，用尽力气也换不来一夜安眠："早先一闭眼，能见到无数斑斓的光圈，大小不一的彩色圈儿在一个硕大的空间里飘来荡去。天光泛白时，连眼都不敢闭上了，合了眼只有一个黑洞，见不到底，身体呼啦啦往下落，落啊落啊，落了好久都不见底。"（第107页）能知道的只是，他们早已不喜欢老一辈心爱的傩戏，因为"从书本上晓得了这个世界是物质构成的，才发现这玩意儿的无聊。一个人穿身袍服，戴个面具煞有介事地跳来跳去，好好笑"（第114页）。何止是年轻人，即便是傩师秦安顺，在这个传统里几乎快要过完一生，问他城里好还是乡下好，也毫不犹豫地回答："当然城里好了，要不你们咋个脚跟脚地往城里跑咯？"（第171页）

可能跟沈从文相似，肖江虹把自己的作品安放在这样一个乡村，要表达的不只是城乡的"对比"和"对立"，"要说的是城和乡之间的紧密关联"，是傩村这个荒僻遥远之地和大都市、和整个中国的紧密关联。他对现代的关注，也"并不与对地方性、乡土性问题的倾心关注相对立，相反，他企望能够在矛盾纠结中清理出内在的一致性"[1]。这个一致性，或许就结结实实地生长在颜素容走进城市之后的记忆

---

1. 张新颖：《沈从文精读》，复旦大学出版社，2005年，第120页。

里："傩村总是人来人往。树木、花草、石头、远处的枯山和近处的瘦溪，是最近几年才成了记忆的主体。刚进城那些年，闲暇时想起傩村，全是熟悉的脸。爹妈的脸，姐妹的脸，姑爹姑妈的脸，甚至平素那些老旧皱皮的脸。甚至还在睡梦中见过傩神的脸：山王、判官、灵童、度关王母、减灾和尚。这些面孔，只在睡梦里才会活过来，在山间跳，坝子里跳，堂屋里跳。最玄乎的一次，她看见好多傩面在她的额头上跳。剧目是'延寿傩'，黑白无常和一群小鬼，踩得她眼皮生疼。"（第 101 页）

虽然颜素容对此有些不屑，"傩村人算啥？我吃过，穿过，玩过，横比竖比也比你们窝在这里一辈子强"（第 101 页），但不可否认，她记忆中的一切，正是傩村拥有自为生机的原因，把任何意外或外来的东西，都在一个深厚的系统里化解。不止如此，记忆里的这一切，也恰恰是傩村复杂的精神构成。说精神构成大概并不准确，显得太过抽象，傩村人用来抵挡尘世艰辛的那种东西，在《史记》称为"谣俗"："就是风俗，跟古希腊的 nomos 相近。nomos 可以解释为长久以来的民俗，又可以解释为法律，又可以解释为歌谣……老百姓一代代这样过来，谣俗就是风土人情……关系到那里土地的出产，关系到那里人的性情，关系到那里人的自然想法。"[1]在《傩面》里，那些山石溪流、花草树木、劣质烟草、糟辣椒炒腊肉，那些慢悠悠立在斜坡的黄牛……那些黑下来的脸、上了霜的脸、咬牙切齿的脸、衰朽老迈的脸，那些以责骂表达的疼爱……都有着谣俗老成持重的样子，落地生根，勤力生长，与时荣枯，即使在怎样的艰辛忙迫里，也有着人世间的自在裕如。

这谣俗或谣俗中难得的自在裕如，起码在肖江虹这部小说里，来自那个生活中几乎无处不在的傩。因为傩，人懂得敬，"动刀之前有个仪式，得念上一段怕惧咒……毁了面具是小事，神灵散去了就是大不敬了。所以下刀之前得有个说明，傩面师管这个叫礼多神不怪"（第94—95页）；因为傩，人变得谨慎，"现在好了，师傅早就去了，就算耳鼻颠倒也不会挨打了。不过秦安顺反而变得谨慎了，每次刻面，到了紧要处总要彷徨一阵，次次都想改，最后成型的还是老式样"（第122—123页）；因为傩，人能事事节制，"药锄一番起落，就从泥地里翻出了一大堆（何首乌——引者）。把那些瘦弱的重新埋回去，秦安顺顺着山脊梭回了地面"（第130页）；因为傩，人可以从容面对逝者，"寨人都安慰秦安顺，秦安顺却拍着老太婆棺材笑呵呵说：走得干干净净，啥苦没受，不晓得她前世修了啥子大德，我羡妒她啊"；因为

1. 张文江：《古典学术讲要》，上海古籍出版社，2018年，第62页。

傩，人也能够安然面对自己的生死，"晃晃脑袋，秦安顺说不管还剩多少日子，我都好好等着"（第145页）。

敬，谨慎，节制，从容，安然……这不几乎是从经典中一路传承下来的美德？这些也果然就跟经典密切相关，你看那谷神傩的唱词——

一镇东方甲乙木，麒麟献寿；

二镇南方丙丁火，双凤朝阳；

三镇东方庚辛金，魁星占斗；

四镇北方壬癸水，挂印封侯；

五镇中央戊己土，紫微高照；

耕种者，田禾五谷，谷打满仓，一籽落地，万担归仓。

老的勤来少的勤，种片庄稼好喜人；

懒人田地生青草，勤人田地草不生；

懒人收成三五担，勤人仓满笑吟吟；

到春来，肯起早，绫罗绸缎穿上身；

数九寒天不受冷，不受饥来不受贫。（第125—126页）

方位，干支，节令，五行，瑞兽，正是传统中的经典搭配，接下来责懒赞勤，也不正是自古相传的"无逸"传统？在这个傩的世界里，传承下来的美德没有在现代失去其活生生的扎根能力，而是在一个叫作傩村的地方好端端长养着，从而在此地形成了完整的生活形态。这完整的形态，甚至跟鬼神的世界也建立了良好的关系："傩村人以为，人死了会去另一个地方，可毕竟路径不熟，需要个引路的，这样傩戏里头就有了引路灵童，灵童唯一的活计就是带故去的人找到那个新的地方。"（第109页）人呢，却也早就消去了鬼神携带的巫魇，用人世清明的理性洗濯一过，因而另一个世界也就得以加入日常。如《盗锅黑》中一样，傩村的鬼神也邻人一般，判官"抬抬手，示意秦安顺起身。秦安顺没动，想着来者不善，哪能说走就走"（第96页）；鬼神对人不够尊重，人也会使性子："不说个子丑寅卯我就不走了，我也是七老八十的人了，饶你鬼神我也不怕。"（第98页）不只是鬼神，戴上傩面，秦安顺甚至看到了自己父母年轻的时候，把自己已有或没有的记忆，重新在傩的世界里走过一遍，确认此世的可堪留恋。

　　这个虚构的傩的世界，传统与现在，鬼神与活人，想象与现实，奉生和送死，完完整整结合在一起，扩大了由单向的现代和活人构成的越来越趋于单薄的社会，重建起一个更为完整的生活世界："生活的完整性是人类在漫长的历史中建立起来的，保持和维护生活的完整性是人类生活的基本意识和行为，就是在因此而生的一些仪式、礼俗、风尚当中，也自有一份与久远历史相连、与现实生活相关的庄严。"[1]那些看起来是迷信或是幻想的一切，并非毫无价值，一旦这丰厚的生活世界被删削，"他们生活的完整性就必然遭到严重破坏，他们的情感、信仰和精神就会失去正常循环的流通渠道，他们的日常起居、生产劳动和生命状态就会变得'枯燥'，从而引发种种问题"[2]。好在，从城市回来的颜素容还能体味到这丰厚的荒凉残照，或许不久于人世的她终归会明白，她刻意对父母说的恶言恶语，并不能消除父母的念想，"娃啊！你想错了，你不念着别人，也不要别人念着你，也是一种念着"（第155页），从而有可能在离去之前获得一缕人世难得的温情。或许，终于挣扎着透出的这缕温情，也是一篇在虚构中重建复杂生活世界的小说，所能传达的最大善意。

五

面对这样三个作品，是不是可以说，即便是荒凉破败的地方，一旦人用自己的虚构重建了生活世界，"地之灵"就会在其中冉冉升起，那个几乎要失去栖居可能的土地，也就此变得丰盈起来？

---

1. 张新颖：《沈从文精读》，复旦大学出版社，2005年，第124页。
2. 张新颖：《沈从文精读》，复旦大学出版社，2005年，第124页。

或者，再把话说得清楚一点，即便时代是由破败的废墟构成的，一个有志的写作者，仍然可以试着在这片废墟上重建一个相对健全的生活世界，人可以稍微自如地安放自己的身心，抵挡第一部分所说的各种各样精神灾害的袭来？就像《我的安东妮亚》中，女主角一直记得凯利长老的话："每个人来到世间都有所为，我知道我应该做些什么。"那么，《世界》用意志和细心、《盗锅黑》用自在和裕如、《傩面》用习俗和丰厚重建的生活世界，是不是恰好提供了这样一种必要的精神呵护，并由此标示出了小说作者对此世的认真和郑重？

如何重新讲述一个时代

——关于三部知青小说

作为一个时期的知青历史已经过去三四十个年头了，知青文学早已蔚为当代文学史上的一个大类，数量和类型都多到足以让人瞠目。数量不必说了，随便找一本研究知青文学的著述，挂一漏万的参考书目都多到惊人，用汗牛充栋来形容都显得不足。从类型上看，"文革"期间即开始的知青文学创作，既有对知青战天斗地的歌颂，也有对时代伤痕的各种抚慰，还有青春无悔的赞歌，更有以知青时期为范限的爱情纠葛、社会反思，连知青返城后的生活、他们此后的奋斗或屈辱之路，都有相应的作品填补了空白，甚至对此一时代的探险猎奇、鬼马搞笑也陆续出现。这么说吧，关于知青生活的各个地域、各类人物、各种事件，都有一些作品矗立在那里，关于这个时代，基本的素材早已用过，显见的空白已经填满，不少写作者自身也觉得自己关于这一时期的经验和情感已被掏空。如此情势下，一个作家还要重新讲述这个时代，如果不是才尽之后的自我重复，就一定是对以往密密匝匝的作品还不够满意，要用自己的作品参与一次人数足够众多、几乎难以胜出的竞争。

为了避免在一个如此艰巨的挑战面前含糊其词，不妨把这个竞争的难度说得明确一点。在一个时代结束三四十年之后，即便是亲历者，又如何能保证经过了记忆淡忘的此时书写，会比此前的写作更鲜活，更准确，更有冲击力？在如此众多的控诉或赞颂之后，如何能保证一个新作品在相似的方向上走出一条独特的路？在数量和类型已如此丰富的作品面前，我们如何确认一部新的创作不是积薪，只占了后来者多读多看的便宜？要回应这些问题，后来的写作者必须有新的视角，新的思路，或者无论新旧的洞见，否则免不了被嘲笑为重复或模仿。这是写作者必须面对的挑战，也是一部可能的优秀作品的机会。对准备迎接挑战的作者们，我们不禁期待，他们不会因时光而淡化了时代的鲜活性，却有随时间而来的别样认知，并能够把这些认知以小说的方式表达出来。

近年的知青小说中，就个人阅读所及，即将谈论的三个作品，分别提供了对一个时代的独特观看视角，各有其颖异之处。

一

　　更的的《鱼挂到臭，猫叫到瘦》给人一种奇怪的感觉，不用说对古典和世俗的随手拈来，对当时流行语的截搭用、反讽用、调侃用等各种花样，连小说的节奏、气息、味道，都仿佛不是现代的。作品仿佛是古人所写，带着一种话本小说的独特韵致。更为古怪的是，作为小说主角的知青阿毛，也不是以往知青小说中那种城里人到乡下的格格不入，而是学会了地方的乡音，懂得那里的礼俗，甚至还因为对乡村的熟悉当上了队长。更为关键的是，小说的主题看起来也似乎不是对知青生活的感慨、叹息或反思，而是一长段的、与当地居民密切生长在一起的生活。稍微读得仔细一点，会发现这本小说牵动人心的是一种不太容易定义的男女之情，有一种情欲萌动的暧昧在里面。在当代严肃小说里浸泡久了的读者不免怀疑，这样一本不正经、好戏谑、情爱观古怪、道德感含糊的小说是从哪里来的？对一个已经被无数历史著作和小说作品确认的艰难时代，用这样的方式面对是不是有点轻佻？

　　人的记忆或者人对过往的想象有非常强的挑选能力，尤其在面对一长段时间时。在与过往有关的小说里，漫长的十年、二十年最终会被记忆和想象筛选得只剩下几个特殊的情

174

景、特殊的情节，十数年的光阴在书中不过是匆匆一瞬，难免高度压缩，极度跌宕。但这样的浓缩也带来了相应的负面结果，生活即使在极端条件下自我维持的舒展和从容也消失了，时间和情节的节奏会不自觉地进入特定的轨道，删除一切旁逸斜出的部分，剩下的只是公式化的起伏，人物也被挤压得瘦骨伶仃或极度亢奋，鲜明倒是鲜明，却少了些儿活人的气息。或许写作者可以辩称，从漫长的岁月里提取典型写进小说，不正是艺术上的删繁就简？问题是，写作者拣选出的运动起伏，并非完全出于自觉的观察，往往是把不同时期发生的事情调换编年，赋予统一的历史顺序，纳入一个话语权拥有者后置设定的历史分期。不妨说，以往关于知青的小说，往往落在一个早已被清晰规定的时间起伏框架里，这个时间段从何时开始，到何时结束，知青在什么时间受苦遭难，什么时间苦闷无奈，以至什么时间满怀希望，都被后来规划的各个时段界限锁闭在里面——不管是怀念还是反思。

《鱼挂到臭，猫叫到瘦》在时间感受上与这类知青小说有较大的差异。在这本小说里，作为知青的时段，不再是一个封闭的系统，也不再有封闭时间内规定性的情绪起伏。主人公阿毛和其他知青，并不像此前知青作品中那样满怀希望，小说中的他们置身一个没有确定未来的当下，前途未卜，命运叵测，并不知道在此间的生活是否会继续下去，继续下去又会怎样。曾经的城市生活更是遥不可及，只有无尽的时日铺展在眼前，自己却没有一点主动权，他们能做的，只是无奈地等待生活回到常态。这样无奈的等待却也有意外的收获，就是以往小说中人为垒出的时间堤岸消失了，绵延的生活之流开始无拘无束地流淌，一个生动的世俗空间浮现出来。

除了要着意表现农村生活的愚昧或优美，以往的知青小说往往把笔墨集中在或大或小的知青群体身上，此外的生活世界，仿佛只配做背景、当陪衬，与知青的精神、思想或生活世界很少相关——除了照指示向农民学习或向农村握有实际权力者献媚。《鱼挂到臭，猫叫到瘦》却把知青和农民放在一起写，他们生活在同一个世俗世界。这世俗世界不可避免地屡经斫伤，被当时的社会改造弄得清汤寡水，"原来唱山歌是民俗文化，民俗的东西终归离不开男女之间那点好事，何等生动活泼。'文化大革命'，上面规定不准再唱男女那件事情了，经常做做倒还是允许的。男女那件事只准做不准唱，山歌就不知道唱什么了"。但这个世界因为建立在具体的世俗之上，并没有因为这些改造和限制而完全丧失生机：带荤的山歌不准唱了，人们还是想方设法过足嘴瘾；道德纯粹的要求处处可见，坤生并没有停止"摸亲家母"；扫四旧令行禁止，王小福老婆仍持续做了一段时间"仙人"……小说里的男男女女，不限于知青，都有他们基于欲望和本能的表达，打架、偷窥、发花痴，即使用革命语言包裹起来，仍透出内里世俗生命的顽韧。

书中写得最风生水起的，是阿毛与小美头、心妮的情爱故事。不管照现代小说以来的哪个谱系看，这个情爱故事都有点邪性，既不符合革命加恋爱的知青与农村女青年结合模式，也不是阳春白雪样干净纯粹的柏拉图式爱情。写的是偷情，却也没有先锋试验或现代意识借此展开的人性勘探在里面，有的就是与欲望相关的情爱，男女之间并不在此之外要求更多的什么。小说里不只是阿毛与农村女性的情爱，与这些情爱故事相伴的，还有阿毛与同为知青的唐娟娟之间共历的那个时代的典型爱情，他跟蒋芳萍、蒋芝萍姐妹的朦胧情感。尤其是与蒋芝萍两小无猜又情窦暗生的关系，惊鸿一瞥，便足惊艳："蒋芝萍把袜子也蹬掉了，阿毛抓住了她的光脚。阿毛捉牢一看，这是多么秀气粉嫩的一只脚，雪白的脚踝、玲珑的脚弓、深凹的脚心、五个肉滚滚的脚趾。阿毛一时有些恍惚，不仅身体有了些不安分的感觉。蒋芝萍好像也感觉到了什么，任凭阿毛捉住她的脚，不再使劲挣扎了。阿毛握住这只脚，小心翼翼抚摸了几下，轻轻松开了手。"

小说里的这种情爱或爱情故事，不含明确的道德判断，时代没有完全取消其间的活力，正人君子们的所谓"礼"也没有管到他们头上，有一种放浪的恣意生长其中。跟现代小说的任何类型相比，这样的爱情故事都显得太过简质了，未免让人觉得检讨不深，挖掘不够，对人心的透视未尽全力。不过，更的的或许并没想在这个方向上与现代小说竞争，他所写的，是那个在社会改造的高强度挤压中仍然葆有活力的世俗世界，不再只是社会运动的附带部分，不再为社会大潮的升沉起伏背书，而是朗然显出自身的样态来，不复杂，不深刻，却有着自为的勃勃生机。这个生机勃勃的世俗世界，正是传统小说最动人的部分，也就难怪我们会在《鱼挂到臭，猫叫到瘦》中领略到话本小说的韵致了。

这个自为的世俗当然没有摆脱当时的基本社会状况，人们依旧挣扎在生存的边界线上，并且逼仄到几乎只剩下这点情爱的进退曲折，能折腾出的也不过是有关欲望的小小波澜，虽显现了世俗自为的顽韧，却也透出挣扎的可怜。但相比于其他小说中人物被社会运动挤压到只剩下政治属性，这点边界线上的自为状态，差不多是个宽阔的世界了。这世俗造就的宽阔世界，可以让知青在回顾漫长的乡下岁月时不只剩下一条单向的时间轴线，自己或充当时代升沉的浮标，或扮演逆流而上的英雄，标示出时代的无情或雄伟，而是拥有一方安顿自己身体、欲望和精神的弹性空间，将青年时期的艰难和无奈清洗干净，在回忆里明亮地再生。

二

　　相比更的的《鱼挂到臭，猫叫到瘦》，韩东的《知青变形记》既没有标示出自己独特的时间感受，也不对生机勃勃的自为世俗空间感兴趣，他小说中的知青时代，与以往此类小说中写到的并无大的不同，甚至因为采取的写作方式极像传统的现实主义小说，情节又怪诞奇异，简直让人怀疑这本书是他对自己早先"虚构小说"宣言的一种背叛——是"如实"反映知青时代的生活吗，那岂不违背了他不做忠实反映生活的"镜面小说家"的宣言？是在知青的平常生活之外讲述奇异的故事吗，那岂不违背了他不追求离奇反常的"传奇小说家"的宣言？当韩东在《我为什么要写〈知青变形记〉》中宣称，"趁这一茬人还没死，尚有体力和雄心，将经验记忆与想象结合；趁关于知青的概念想象尚在形成和被塑造之中，尽其所能乃是应尽的义务"，我们几乎要怀疑，那个不关心宏伟的题材和时代，也没有用小说改造世界的雄心的韩东，正在全速离开自己曾经的追求。

　　《知青变形记》最显而易见的情节结构，似乎也印证了上面的推测。知青们从南京到插队所在地老庄子，跟当地居民渐渐熟悉，罗晓飞和邵娜谈起了恋爱。风云突变，因知青与工作组的矛盾，工作组挟私报复，又因同为知青的大许诬陷，罗晓飞被强加了奸污母牛、破坏春耕的罪状。天外横祸，范为好误杀了弟弟范为国，村里人决定瞒天过海，让有罪的罗晓飞代替范为国，并让他连范为国的媳妇继芳也接受下来。最终，罗晓飞在社会身份上完全成了范为国，知青变形完成。公权私用，告密揭发，欲加之罪，夹缝求生，无奈变形，差不多可以从中辨认出知青小说的经典情节模式，似乎没什么可以让这本小说从众多的作品中脱颖而出。

不过，复述上面的情节时，显然忽视了一个对小说写作来说非常重大的问题——就像卡夫卡的《变形记》必须写得让人相信，在一个虚构的世界中人可以合理地变成甲虫，《知青变形记》也必须让读者相信，作为知青的罗晓飞如何克服对新身份的排异反应，顺理成章地变成了一个完全不相干的人。与此同时，小说还必须说明，为什么村里人会容忍范为好杀人，还接受罗晓飞这样一个（可能）带有污点的人，继芳为何也不对此事提出异议。相对于上面那个显而易见的经典模式，声称自己的小说暗含着"如果……"这样的句式，致力发掘生活"多种的抑或无限的可能性"的韩东，要把这个怎么看都属荒诞不经的故事，分解成一个一个连绵的细节，把显见的荒诞消融在合理的叙事之中。

《知青变形记》把一个大的荒诞故事化为无数合理情节的核心，是生存。范为国死的时候，罗晓飞正被工作组审讯，罪状有可能被坐实，判刑的可能性极大。这时有人给出一个脱罪的机会，罗晓飞接受，在情理之中。而村里人和继芳接受罗晓飞的原因，则在范为好恳求罗晓飞答应顶替范为国时说出："她男人死了，你这一走，我就要被抓去抵命，这家里老的老，小的小，没个男子汉（村子里对男人的称呼）可怎么活啊……"后来罗晓飞办理返城，范为好因杀人消息透露被捕，村里人让罗晓飞把一家六口，包括为好的媳妇和两个女儿全带走，原因是，"没有男人撑门面，队上也养他们不起"。这一点由生存而来的推理，罗晓飞也心知肚明。继芳因怕他被人认出，劝他不要给队里干活了，在家里忙就行，他回道："等忙完这一阵再说吧。队上救我也不是白救的，是要把我当个人用的。"与此事相关的双方，同意和接受的逻辑，均建立在求生的基础上，不免让人感叹，当时的生活贫薄到了怎样可怕的地步，连如此荒唐的方案都只好全盘接受。不过，逻辑的自洽也好，感叹的真实也罢，都只证明了叙事的合理，还不能说明小说自身的特殊。知青小说中的故事，不大多是生存引起的吗？甚而言之，大部分小说中的故事缘起，不都跟生存有关？《知青变形记》里的生存，有何特殊之处？

或许可以打个比方。以往小说中的生存，大多是动物性的，对抗、攻击、胜利、战斗、失败、妥协，与天斗，与地斗，与人斗，与自己的心理斗，终于分出胜负或两败俱伤。《知青变形记》中的生存，更像是植物性的，不强调进攻，却自有一股郁勃之气，见到泥土松散就扎根，见到阳光缝隙就往上蹿，一旦遇到障碍，却也知道婉转曲折地回避或平心静气地接受。这种生存并非宁为玉碎不为瓦全，而是韧而且强的屈伸，随时寻找生存的缝隙，一有机会就伸展开去。人与生存互相障碍，也互相适应，慢慢地就生长在了一起。罗晓飞有回城的机会，却准备放弃，以往对生活没有任何怨怼的继芳不依不饶，"这么多年了，我们罗家受了多大的委屈，总算等到这一天了！"继芳的表现让罗晓飞惊讶，她不是在范为国死后很平静，此后也一直安安顿顿地过着自己的日子吗？失去一个男人，又得到一个男人，有什么委屈可言？当然有委屈。范为国死后，为了生存，继芳没别的选择，只好选择跟罗晓飞假扮的为国一起生活。但被社会运动挤压得狭窄的生存空间一旦开阔起来，继芳看到了名正言顺跟罗晓飞生活在一起的机会，立刻把自己的生存能量集聚起来，要把开拓出来的生存地带填满，郁郁勃勃地生长。这种植物性的生存一直保持着完好的弹性，并未对再次变得狭窄的生存空间恶意相向。罗晓飞回城的事因重重阻碍没有办成，并可能因牵连旧案被投入监狱，继芳说："那就赶紧住手吧。也是怪我不好，不该让你上南京的。"听不出任何失望。看起来开阔的空间一旦被证明失效，伸展行为即刻停止，这就是植物性生存的顽韧弹性了。罗晓飞本人对范为国身份的接受和不接受，他内心的平静和不平静，也都在生存给出的空间里蜷缩伸展，并没有要激越地逃离这个范限。

这个生存的范限，老庄子的媳妇继芳懂，外来户罗晓飞懂，老庄子里大部分人当然也懂。这植物性生存的弹性，不止表现在个人身上，而是绵延在整个乡村世界的结构里。这个乡村世界在当时刚性的社会翻覆之中，自觉地维持着生存法则的稳定性，并变通地形成了与显在的权力结构相异的隐性结构。"福爷爷是老庄子上的长辈，虽说成分是富农，但在村上极有威信。"村上本来有显性权力系统内的书记礼贵，但这书记仿佛虚君共和里的君王，只负责仪式性的虚应故事，与社会的刚性因子周旋。阶级成分有问题却不怒自威的福爷爷，才是老庄子事实上的决策者，他可以一言成事，一动止谤。村里人自也懂得他的分量，除了在少数刚性权力要求的情况下接受批斗，福爷爷的富农身份极少被提到。从小说中可以看出，为了维持乡村的生存之需，福爷爷每每要根据实际情况做出决定，必要时甚至牺牲自己的利益。让罗晓飞假扮范为国，正是福爷爷的主意。在这个乡村的隐性权力结构中，福爷爷是历代乡村植物性生存智慧的继承者，他不会（也无法）与显性权力结构直接对抗，只勉力在其间撑出一方稍微阔绰的生存余地，在艰难时世里维持着难得的弹性，形成一种减震效应，不致让上层权力的失误直接给乡村带来毁灭性的冲击。这个建基于生存的隐性结构有自己的传承方式，大有上古的禅让之风，福爷爷告老后，不是福爷爷的儿子礼寿，而是此前的书记礼贵成了他的继承者。

韩东曾在《小说家与生活》中强调，他所说的生活，不是具有时代特征的时髦事物，不是具体的知识和生活常识，不是别人拥有的生活，也不是"更多的生活"，它是常恒的、本质的，是你不得不接受的那种，是每个人都不得不经受的命运。这每个人不得不接受的命运，却不是每个人能天然领会的，所谓"百姓日用而不知"，人们每天见到，却往往视而不见或看不清晰，当然也不是小说家俯拾即得的。好的虚构作品是一种发现，有了这个发现，原先隐而不彰的命运、潜在运行的世界才豁朗朗显现在眼前，我们看到的时候，不禁恍然，哦，原来如此——就像《知青变形记》里这不以对抗而以伸展为目的的植物性生存。

三

在完成与知青有关的小说《日夜书》之后，韩少功写了一个小册子，《革命后记》。在这本小书的"前言"里，韩少功解释了书名："据不同的定义，这本书的书名既可以读为'革命后／记'，即记'革命后'，不过是一个局外人和后来人的观察；也可以读为'革命／后记'，即后记'革命'，是一位当事人的亲历性故事——这取决于人们是否把后半场（'文革'之后的三十多年）算入'革命'。"把这意思挪用到《日夜书》上，大概可以说，韩少功的这本小说既是后记"知青"，也是记"知青后"，书中交替出现的知青和知青后时代，正像日夜的交替，流转中，一个完整的历史时期缓缓浮现出来。

不过，完整肯定不是一个形容《日夜书》的准确词语，乍看起来，《日夜书》有那么点漫不经心的意思，小说情节断断续续，对人性的勘察也往往半途而废，甚至有的人物也会从小说里凭空消失，更不用说书中大量出现的中断小说故事连续性的议论了。习惯了情节紧凑、人物关系明了的小说，会觉得《日夜书》的故事交替得有些频繁，人物关系处理得有点芜杂，读起来劳心费力，像苏东坡的读孟郊诗，"初如食小鱼，所得不偿劳"。对韩少功这样一个极其重视知青时代的成熟小说家来说，写出这样一本明显给读者设置了阅读障碍的小说，或许有更深的用心在里面？

把知青和知青之后的时代作为一个整体来写，在数量极大的与知青有关的小说里，算不上罕见，甚至可以说是一个自然的选择——一个时代结束，知青们当然要返城，要迁移户口关系，要处置自己在乡村的爱情和友情，要重新适应城市生活，要奋斗，要沮丧，要结婚生子，要劫后再生，要夺回失去的青春，要补偿丢失的十年（甚至更多）……这一切真真实实地发生了，也确有书写的必要。不过，这类小说聚焦的大多是人生得失、命运叹息，读多了不免会生出一种怀疑：这就是知青和知青后生活的全部？知青生活于其中的世界是自洽的，他们的存在并未扰动这世界的一切？甚而言之，经历过苦难、此后也求生为艰的知青，在一个时代里只扮演了被动的角色，一脸无辜的表情？如果我说，《日夜书》有效地祛魅了知青的无辜，让他／她们与知青和知青后时代生长在了一起，会不会显得有些刺激？

现在已是垂垂老者的知青，当年上山下乡的时候，是处于青春期或青春期刚过的青年人。不管哪个时代，青春期及之后的一段时间都是思想、情感、行为方式起伏巨大的转换时期，"在这个阶段，那些传统事物看起来都很无聊，而所有的新鲜事物则富有魅力，人们可以称之为'生理嗜新症'"。这一症状冲击着旧有的秩序，"赋予了那过于僵化呆板的传统文化行为准则一些适应能力"。紧接在这生理嗜新症之后的，是对传统之爱的复活，这一现象被称为"迟到的顺从"。按康拉德·洛伦茨在《文明人类的八大罪孽》中的说法，生理嗜新症与迟到的顺从一起，"将传统文化中那些明显过时的、陈旧不堪的、不利于新发展的因素淘汰掉；与此同时，仍将那些重要的、不可缺少的组织结构继续保存下去"，人与其生存的世界达成了新的适应协议，也完成了各自的更新。在人生的这一时期，社会传统越是多层级、有差别，就越容易疏导或束缚青春期极端的破坏能量，社会与人的相互适应也就越平稳。

不幸知青并未遇到这样一个相对健全的社会，他们的青春激情被牢牢压扁在一个向度单一、层次单薄的社会传统里，生理嗜新症无从缓解，迟到的顺从却不得不提前到来。两者的错位和纠缠经过时间的酝酿发酵，会变换出各种花样，用不易觉察的方式在一个人青春已逝之后顽强地表达出来。《日夜书》中的小安子（安燕），最大的梦想是"抱一支吉他，穿一条黑色长裙，在全世界到处流浪，去寻找高高大山那边我的爱人"，她"在高高的云端中顽强梦游，差不多是下决心对现实视而不见"。返城之后，没能在农村实现梦想的小安子抛夫别儿，远赴国外，打捞自己未完成的浪漫。书中的思想者马涛，一心扮演先知，始终视自己"是一个属于全社会的人"，觉得一己的生死存亡关系着中国思想界的进步或倒退。"文革"结束后，因系狱未能全力施展拳脚的马涛去了美国，把与前妻所生的女儿马笑月留给国内的亲人，继续自己思想先知的流亡之旅。不光以上两位，书中永远长不大的姚大甲，对性别差异敏感度极低的马楠，古板的蔡海伦，甚至爱国的非知青贺亦民……坐实了看，不过是生理嗜新症与迟到的顺从延后的变形发作。

这个延后的发作是一种生理或心理的补救效应，整个青春被按在非自由选择时空里的知青，原不应受到责怪或质疑，甚至应该被同情。但把这延后发作带来的后果一并考虑进去，事情就变得不是那么容易判断了。《日夜书》中出现了少数几个知青子女，安燕和郭又军的女儿丹丹以快乐为旨归，以消费为目标，几乎成了小太妹。马涛的女儿马笑月，因为接纳她的三个家庭教育方式全不相同，孩子无所适从，又因工作的不顺利而对社会愤愤不平，后来吸毒，持枪，最终跳入天坑身亡。不光这两人，在《日夜书》的世界里，几乎所有涉及的知青，都没有一个在通常意义上称得上正常的后代。这种近乎残酷的"无后"状态，当然可以便利地归为社会系统的失败，但知青本身对责任的排拒，恐怕也起着非常负面的作用。甚至可以说，知青在延后完成自己青春期补偿的同时，也不自觉地丢弃了教育后代和重建社会传统的责任。于是，可供知青后代们选择的社会传统仍然极其狭窄，不过从此前政治导致的狭窄，变成了后来加入经济因素之后导致的狭窄。

或许这里不得不澄清一个由来已久的误解。我们在谈论社会传统的时候，往往觉得它是固有的，仿佛一直在那里等着一代一代生理嗜新症发作者来反抗，并最终迎来一代又一代人迟到的顺从。其实并非如此，社会传统本质上是一种创造，就像儒家学说或基督训导是创造一样，社会传统有赖于一代一代人将其创造出来，这样才给了后来者逆反或攻击的机会。对社会传统的创制或创造性的阐释，是每一代人的责任。创造或阐释出来的文化系统越宽厚，越有活力，后来者反抗的空间就越大，其危险性就越小，人与社会形成的新适应协议也就越生动多彩。否则，反抗单一偏狭的社会文化传统，反抗者本身容易变得跟它同样单一偏狭。不管是知青面对的当年社会对传统的有意改造，还是他们后来不自觉地放弃重建社会传统的责任，二者导致的后果是，《日夜书》中的知青和他们的后代，面对的是虽不同却同样偏狭的社会文化传统，他们能选择的反抗空间同样有限。正是从这个意义上，或许可以说，《日夜书》中的知青被动地和他们经历的单一偏狭时代形成了共谋关系，没有谁可以在纯粹的意义上宣称自己无辜。

我当然不是在向知青问责，没这个必要，也没有这种资格，何况一个人的成长也不会完全遵照推理的逻辑，知青后代中就有郭丹丹那样较为成功的自我调整者。提到这个，想说明的只是，《日夜书》写出了知青及知青后生活的一个侧面，这个侧面把知青从单纯的时间概念中打捞出来，如实地看取了它如何与我们现在面对的一切有关，又如何与我们置身其中的生存和文化结为一体。或许，韩少功这些思考会提示我们思考一些此前被忽视的问题，从而跟我们这个时代及此后的发展一起生长，缓慢地改变社会传统的样态。

不是人们经历了一个独特的时代，就必然产生独特的作品，而是有了一部好作品之后，那个时代的独特才彰显出来。人们对伟大作品的期待、期许和渴望，等"那一个"作品出现了再赞叹、颂扬、"发现"不迟。在此之前，不妨先静下心来，一起思索已有作品所能提供的、引人深思的一切。上面谈论的三个作品，在我看来，都各有自身对时代的独特观察角度，丰富了阅读者对知青时代的综合印象，甚至在某种意义上拓展了我们对人心和人生的认识，从而以其特有的风姿，加深了人们对一个特殊时代的认知程度。

韩东：要长成一棵没有叶子的树

一

1983 年，从沈阳返回西藏的马原途经西安，和时在陕西财经学院教书的韩东同登大雁塔。据韩东后来的回忆，"在半空之中我们曾有一次谈话，是关于出人头地的……属于广义的英雄梦的范围，年轻的我不禁受到感动"。不知道是不是这番关于英雄的话刺激了韩东，反正，在《有关大雁塔》的初稿里，第二节是这样的：

可是

大雁塔在想些什么

他在想，所有的好汉都在那年里死绝了

所有的好汉

杀人如麻

抱起大坛子来饮酒

一晚上能睡十个女人

他们那辈子要压坏多少匹好马

最后，他们到他这里来

放下屠刀，立地成佛了

而如今到这里来的人

他一个也不认识

他想，这些猥琐的人们

是不会懂得那种光荣的

　　这一整段，在定稿时，被韩东完全删除了。当年二十二岁的韩东肯定不会想到，这一删除，几乎完成了一次当代诗歌的鼎革，并让这首诗和他自己一起，被评论者牢牢地锁固在某个特定的历史片段里，慢慢演变为他的象征和图腾，也就渐渐变成一个不断写出新杰作的诗人自己的梦魇和诅咒。

　　韩东 1980 年代初踏上诗歌之途的时候，诗歌掀起的热潮余波未歇，以北岛为代表的一批诗人，因其对刚刚过去的历史的控诉与反思，几乎与变幻后的时代一起，站上了某个制高点。北岛们的诗有着雅努斯的面孔，一面看向过去，一面朝着未来——他们既充当着秉笔直书的史官，也扮演着预言新时代的先知。对不久前经受的肉体和精神灾难，北岛们几乎立刻将其历史化，并经由诗歌高亢地表达出来，在否定过去的同时，期待着一个反向却前景不明的美丽新世界。无数对时代狂飙胆战心惊却对未来抱持希望的人们，颤抖地分享着那热病样的激情和痉挛性的亢奋。

久远文化中沉寂的大量文化意象，也在刚刚经历过的苦难刺激之下，缓慢地在诗歌里复活。所有关于苦难的书写本来就忧心忡忡，再在其中加进斑斓的历史文化因素，作品便有了显而易见的厚重感。既对准时代的灾难和苦痛，又有历史文化的多样意象护法，北岛们的诗仿佛已经到达了某种不可再至的峰顶，变成了一处显眼的路标，并进而成为此后写作者障碍重重的前提。后来者如果不甘心做纨绔膏粱，就或者沿着这路标四面出击，或者与其背道而驰。四面出击的，把厚重的历史感向后延伸，几乎有野心把中国的整个历史放进诗歌，一度出现了"文化寻根"诗。背道而驰的，则不愿自此回溯，不想用历史文化装饰自己的诗，甚至刻意选择了掉头不顾——抛掉所有的历史包袱，或者，他们更想说的是，那些声名显赫的历史景象，原本就跟他们无关。

就是在这样的背景下，韩东删除了他《有关大雁塔》的第二节，诗变成了现在的样子：

　　有关大雁塔

　　我们又能知道些什么

　　有很多人从远方赶来

　　为了爬上去

做一次英雄

也有的还来做第二次

或者更多

那些不得意的人们

那些发福的人们

统统爬上去

做一做英雄

然后下来

走进这条大街

转眼不见了

也有有种的往下跳

在台阶上开一朵红花

那就真的成了英雄

当代英雄

有关大雁塔

我们又能知道些什么

我们爬上去

看看四周的风景

然后再下来

如果你看到的版本跟上面有细微差别，不用怀疑，这就是删后的《有关大雁塔》，只是因为韩东不断修改的习惯，才让部分诗有了细微的不同——以下所引的所有诗，都会有这种情况，本文使用的，是他最新的版本。删后的诗里，英雄和历史都消失不见了，大雁塔曾经的辉煌也好，过往的沧桑也罢，韩东都不管不顾，他在诗中有意弃绝了可能引起的历史联想，不把思路引向纵深，仅停靠在这一座瞥眼即见的塔上。大雁塔不再是某种被"赋魅"的圣物，不再是某个隐伏着无数指涉的象征，不再是某种别有所指的意象，塔上发生过的故事，只不过是身外的历史，并不对在场的人造成影响，也参与不了不断流淌的生活之流——被抛在世的人们，抛弃了被指定的背负之物，孤绝地站立在历史和政治、文化的河流之外。

对政治、历史、文化的承载、反思以至反抗，包括骨子里的参与冲动和英雄情结，是北岛们诗歌最动人的地方，也是其沉重和尖锐的原因。可是这动人的沉重和尖锐，却也给后来者造成"影响的焦虑"，迟到的韩东要开辟新路，就要极力强调自己与上代诗人的不同，表现难免决绝，以便标榜自己的成长。一九八八年，韩东在《三个世俗角色之后》中挑明了自己的用意，说诗人应该摆脱作为稀有的文化动物、卓越的政治动物、深刻的历史动物三种世俗角色，把诗歌还原为一种纯粹的精神活动[1]。韩东要极力摆脱的，正是北岛们的影响，诗歌中携带的政治、文化、历史，以及由此而来的厚重感和对单纯感官的摒弃，是韩东反对的重点。

韩东的针对性非常明显，但他要反抗的，不是苍白的英雄主义和空泛的理想主义，因为反对这些，得到的也不过是反面的苍白空泛。韩东选定的对手，是那个时代最优秀的诗歌，他的"反抗"，是在此前的诗歌已到达一个高度后的独辟蹊径，不是对诗歌低端创作状况的纠缠。正像他后来大方承认的："我们真正的'对手'，或需要加以抵抗的并非其他的什么人和事，它是，仅仅是'今天'的诗歌方式，其标志性人物就是北岛。阅读《今天》和北岛（等）使我走上诗歌的道路，同时，也给了我一个反抗的目标。"[2]

如此反抗自有道理，但韩东这种对历史文化的断弃，从开始就是单方面的，"这种放弃还仅仅是韩东们的一厢情愿，至于文化是否可以断弃，或者说，历史文化是否同意终止它对当代诗人的纠缠，放弃它对当代世界的制约权，那将是另一回事"[3]。与此同时，这看起来一刀两断的决绝，却时而隐晦时而公然地依靠着前代的诗歌背景，并几乎偏狭到仅仅是针对北岛们的，其特殊性要在比较意义上才较为明显。《有

1.《韩东散文》，中国广播电视出版社，1998年，第121—127页。
2. 韩东：《夜行人》，重庆大学出版社，2011年，第80页。
3. 李振声：《季节轮换："第三代"诗叙论》，学林出版社，1996年，第40页。

关大雁塔》将这一处境表现得非常充分——因为反对北岛们的反抗姿态以及北岛们关涉的历史文化因素，韩东实际上以反抗形式上参与了对那段历史的确认。如此一来，也就不难理解，为何反抗北岛们的《有关大雁塔》，"是在北岛的推荐下才得以正式发表的"。而在此后不久的《你见过大海》中，韩东的反抗姿态，甚至把自己逼到了作为隐喻的自然景致之外：

你见过大海

你想象过

大海

你想象过大海

然后见到它

就是这样

你见过了大海

并想象过它

可你不是

一个水手

就是这样

你想象过大海

你见过大海

也许你还喜欢大海

顶多是这样

你见过大海

你也想象过大海

你不情愿

让大海给淹死

就是这样

人人都这样

较之《有关大雁塔》，《你见过大海》更确切地标识着
人的某种处境——"你虽然见过大海，但因为你不是水手，
与大海终隔一层，缺乏贴近的感性经验而无法真正进入大海
这个世界，只能远远地凭想象力去打量它"[1]。在这首节奏单
调、咒语样的诗里，人亲身感受之外的一切，都仿佛是康德
所谓的"物自体"，处于认识之外，无法用一切理智活动来
接近，除了自身的感触，此外的一切，都不可企及。就这
样，韩东把自己的诗歌写作逼上了刀锋，他必须在狭窄的自
我感受地带上，重新开始。

---

1. 李振声：《季节轮换："第三代"诗叙论》，学林出版社，1996年，第41页。

二

伊沙曾称，韩东是"中国文学的庞德"，并在《韩东不好玩》中确认，这称呼的原因，是韩东显而易见的"领袖气质"："他往哪儿一待，哪儿立刻就会出上一批人。他早年在西安工作时是如此，后来回南京办《他们》时如此……不论是为诗为文还是生活方式，韩东有着天然的对于他人的感染力、影响力"。这还没提韩东在大学期间即是学校诗社的核心成员，并于一九九八年和朱文、鲁羊等发起轰动一时的"断裂"。不过，见过韩东本人的都知道，他并不是一个善于在大众前煽动号召的人，因而，他的"领袖气质"有一个显而易见的特点或漏洞，即如陈超说的那样，"他太高傲了，以至于他儿童般的领袖欲表现在，仅仅提携与他相像的青年人。同时他又仅仅提供一种姿态或可能性，就赶紧摆脱众人，继续向前"，就像他《丰收的比喻》里写的那样：

> 在收获的前夕离去，走向更高产的果园
> 面对一块著名的坡地，你将错过一个季节
> 我们都知道富裕不能分享，也不好瓜分
> 在幼苗长成大树以前就已经知道
> 我离开你和你而生活。你离开我和果园

因此不再怀念

就像当年断然删除了《有关大雁塔》的整节诗一样，韩东有一种决绝的气质，似乎必须把自己与其他作家区分出来，其写作才拥有合法性。在此后对"断裂"的解释中，韩东说得更为圆满，也充满更多的理想色彩——"（"断裂"）并不在与正统的对抗中获得发展壮大的动力。它说的是：我是我，而不是你。而不是：我是你的敌人，要消灭和取代你。"同时，"断裂"之后也绝不是为了寻求沟通、愈合，"应该是又一次的断裂"，从而不断回到自己的文学初心，在"一次次的断裂中，坚持住一个最初的、单纯的文学梦"[1]。就是这样，收获不是目的，"富裕不能分享"，"我"必须"离开你和你而生活"，"你"也理应坚决地"离开我和果园"，"走向更高产的果园"。

具体到韩东的诗歌写作，与"长兄"北岛的"断裂"，一方面让他的写作避免走上此前诗人的老路，不拿前代诗人的眼光和感受来代替自己，一方面也让其诗歌独自面对不可预知的风险。从自我感受出发的诗歌，容易把一己的感触推举到独一无二，从而降低写作的难度，把诗歌变成一己轻浅经验的方便器皿，容纳无数未经锤炼的"诗思"。要保持其

---

1. 韩东：《备忘：有关"断裂"行为的问题——回答》，载汪继芳《"断裂"：世纪末的文学事故》，江苏文艺出版社，2000年。

诗歌的质地，韩东的写作，就既要保持属己的独特格调，以免混同于此前的诗歌，又要不断检视个人体验，避免泛滥的感触轻易进入作品。至此，韩东的诗，已不仅仅是对前代诗人的挑战，而是来到了一个用感官开出的狭窄地带，他必须在这个小小的空间里，开始自己新世界的筑造，从一片黑暗开始：

我注意到林子里的黑暗

有差别的黑暗

广场一样的黑暗在树林中

四个人向四个方向走去造成的黑暗

在树木中间但不是树木内部的黑暗

向上升起扩展到整个天空的黑暗

不是地下的岩石不分彼此的黑暗

使千里之外的灯光分散平均

减弱到最低限度的黑暗

经过一万棵树的转折没有消失的黑暗

有一种黑暗在任何时间中禁止陌生人入内

如果你伸出一只手搅动它就是

巨大的玻璃杯中的黑暗

我注意到林子里的黑暗虽然我不在林中

《一种黑暗》，黑暗不是某种象征，只是写作者的个人所见。因为专注于自己的感觉，原先一片混昧的黑暗墨分五色，在诗人笔下有了差别——不同方式带来的黑暗，各种地方的黑暗，绵延在时间中的黑暗，深浅不一的黑暗，作为禁忌的黑暗和切身的黑暗……仿佛为了践履自己差不多同时期提出的"诗到语言为止"主张，韩东这首诗语言平淡，没有明显的起伏。用一己感受到的黑暗，韩东在诗里成功达到了去历史、去政治、去文化的目的，把被重重隐喻和影射包裹的"黑暗"淘洗一过，明亮地回到了人可知可感的位置。这样的诗，不许诺盛装自我感受之外的任何附属之物，"初衷仅仅是固定感官冲动，在此过程中语言无条件地服从于写作的意志。概念意义在此只是最后结果，它的价值来自特殊的生命状况"[1]。

对特殊生命状况的追求，必然指向一种独异的诗歌美学——"既然世界上不存在两片完全相同的树叶，我的写作当然首先是以我个人的差异作为保证的。问题到此似乎已有结论：我们的写作就是为了坚持和扩张这种天然的差异性。甚至于艺术价值的秘密也在于此，即是观测个体差异的可能程度。"[2]这追求差别的美学，把写作从对前人直接或间接的重复中超脱出来，抵达了一个似乎人人熟悉，细读却觉得有

1.《韩东散文》，中国广播电视出版社，1998年，第146页。
2.《韩东散文》，中国广播电视出版社，1998年，第188—189页。

些陌生，从而会在读后轻微更新自我的感受系统，把人暂时从习见的陈词滥调中洗发出来，偶尔会让人身心振拔——这说不定也是诗歌的一点微弱作用。

认清并写出不同的自我，有一个根本性的要求，即必须极度忠实于自己的感受，且有效地反思过。否则，"如果人人都试图标新立异的话，实际上标新立异也就成了一个定向。我们在一条狭窄的道路上磕磕碰碰，举步维艰，还经常撞车……我固执地认为，沉湎于奇思怪想和个人苦恼的作家是有缺憾的"[1]。一个作家不得不从自身的体验出发，但从自身体验出发又会陷入求新求异的逻辑怪圈。这就催促着此一类型的写作者，习惯性地检视自己的特殊状态，并不时地经由具体感受达至洞见，从而纠正某些经见的思路，让诗歌显出不凡的质地，如银瓶乍泄，如一道弧光：

> 一个坐着出汗的人，同时看见
> 下面店铺内的弧光
> 他看见干活的人
> 每个动作都在他的思想前面

"弧光"，一种强烈的光。刺激出汗人眼目的弧光，是

1.《韩东散文》，中国广播电视出版社，1998年，第188—189页。

"干活的人"，动作在思想之先。什么是动作在思想之先？保罗·柯艾略在《阿莱夫》中讲，他孩童时代一度迷恋铁匠工作，经常坐着看铁匠手中的锤子砸向滚烫的钢铁。有一次，铁匠问他："你认为我一直在做同样的事吗？""是的。""你错了。每一次锤子落下的时候，敲击的强度都是不一样的。有些时候重，有些时候轻。我也是在将这个动作重复了很多年之后才学到这一点的。直到有一天，我已经不需要思考了，只是让双手来引导我的工作。"这个故事要说的是，"训练与重复，能让你学习的这门手艺变成你的一种直觉"。韩东的诗里，"坐着出汗"的人看到，熟练动作带来的直觉，先于头脑对行动的指挥，是最快抵达世界的方式。

韩东对自我感受的确认和反思，在这首小诗里表现得非常典型。通常认为，思想对动作有指导作用，动作遵从思想下达的指令。《弧光》写出了熟练的动作对于思想的优先性，从而暗示出一种更为迅捷的抵达世界的方式。出汗人看到的，是真正属于自己的发现，这发现标志着一次自我调整的开始，也是调整的真实动力。这动力或许也促使一个强调自我感受的诗人，把自己的眼光投向周围，尤其是那些与己亲近的人。

三

一九七九年，读大学的韩东偶尔从哥哥李潮那里得到一本刊物，并带到学校，在小范围传播。不巧，正赶上了清除精神污染，学校开始彻查部分民间刊物的来源。韩东和作为诗社社长的杨争光，成了要承担责任的人，并最终由韩东独揽罪责。自此，韩东和杨争光的关系蒙上阴影。后来虽在西安和天津"分别见过一面，相处得极为尴尬"，韩东说，"记得是我主动提出与争光断交的"。除了韩东一贯的决绝态度，此事也表明了他对人与人关系的敏感。这个敏感，造成了诸多交往的障碍，甚至会一语成谶——

你进来带进一阵冷风

屋里的热浪也使你的眼镜模糊

看来

我们还需要彼此熟悉

在这个过程中

小心不要损伤了对方

下面是韩东对这首诗的回顾："《常见的夜晚》的写作灵感来自王寅、陆忆敏的来访，他们在我家住了有十天。""此诗的最后一句'小心不要损伤了对方',竟然一语成谶。我和王寅近年来虽然见过多次,但早已形同陌路,不再亲密了。责任肯定在我,这里不提。我想说的是,一首成功的诗有时是有预言功能的,不仅仅是生活的一个记录。所谓的诗意也许就隐藏在这部分的神秘之中。当年我不是很懂,不懂生活和诗歌的这种更深层次的互动。"(《我曰诗云》)

韩东观看周围的人、事,从关系入手,他作品中常见各种各样的关系,而最早在《孩子们的合唱》里出现的"交叉跑动",或许是韩东看到的世界基本关系形态——两个非同向运动的人,在某个偶然的时刻相遇,在相遇的时间段里,运动速度暂时减缓,但各自的运动方向并未改变。经过不长时间的聚首,两个运动体又各朝自己的目标远去。这人世无法避免的"交叉跑动",韩东在很多作品中或隐或显地重复确认。甚至,小到"你的手"一夜之间的伸缩,也可以是一次交叉跑动:

你的手搁在我的身上
安心睡去
我因此而无法入眠
轻微的重量
逐渐变成了铅

夜晚又很长

你的姿势毫不改变

这只手应该象征着爱情

也许还另有深意

我不敢推开它

或惊醒你

等到我习惯并且喜欢

你在梦中又突然把手抽回

并对一切无从知晓[1]

　　韩东的诗歌，追求的不是深厚博大，而是精微准确。他总是从一个生活的细小缝隙入手，并沿此深入钻探，钉子一样慢慢敲入存在的深处或低处，展露出自己对生活的独特认知。就像这首《你的手》，放置在"我"身上的手传达出爱意，信任，或许还有任性，而"我"因为这手象征着爱情或别有深意，因体恤或依恋不能推开，直至慢慢习惯，并喜欢上手的放置。而这时，"你的手"却在睡梦中无意间突然抽回，并对"我"的心理变化一无所知。就这样，在夜里，你的手在"我"身上完成了一次交叉跑动。

　　这交叉跑动的人世境况，大多是短暂的聚合和分离，只

---

1. 韩东：《白色的石头》，上海文艺出版社，1992年，第17页。

是小小的偶然和错位，无法称为人类重大的困境，最多是轻微的荒诞，引起的也不过是对人生的感喟，甚至都谈不上感叹。然而，这或许正是韩东的追求，对困境和荒诞过于突出的强调和过于激烈的表达，是韩东极力避免的，他所取的，几乎是与此相反的方向："荒诞常在。有富裕无聊导致的荒诞，也有贫穷执着导致的荒诞。有有根有据的荒诞，也有虚妄狂想的荒诞。有退后一步即能看清的荒诞，亦有身在其中而不自知的荒诞。人的生活就是荒诞，体现在他的工作和追求中。"[1]这渗入人生的小荒诞，是我们每个人都要经受的，如常见的甲乙那般——

甲乙二人分别从床的两边下床

甲在系鞋带。背对着他的乙也在系鞋带

甲的前面是一扇窗户，因此他看见了街景

和一根横过来的树枝。树身被墙挡住了

因此他只好从刚要被挡住的地方往回看

树枝，越来越细，直到末梢

离另一边的墙，还有好大一截

空着，什么也没有，没有树枝、街景

也许仅仅是天空。甲再（第二次）往回看

---

1. 韩东:《幸福之道》，重庆大学出版社，2011年，第65页。

头向左移了五厘米，或向前

也移了五厘米，或向左的同时也向前

不止五厘米，总之是为了看得更多

更多的树枝，更少的空白。左眼比右眼

看得更多。它们之间的距离是三厘米

但多看见的树枝都不止三厘米

他（甲）以这样的差距再看街景

闭上左眼，然后闭上右眼睁开左眼

然后再闭上左眼。到目前为止两只眼睛

都已闭上。甲什么也不看。甲系鞋带的时候

不用看，不用看自己的脚，先左后右

两只都已系好了。四岁时就已学会

五岁时受到表扬，六岁已很熟练

七岁感到厌倦，七岁以后还是厌倦

这是甲七岁以后的某一天，三十岁的某一天或

六十岁的某一天，他仍能弯腰系自己的鞋带

只是把乙忽略得太久了。这是我们

（首先是作者）与甲一起犯下的错误

她（乙）从另一边下床，面对一只碗柜

隔着玻璃或纱窗看见了甲所没有看见的餐具

为叙述的完整起见还必须指出

当乙系好鞋带起立，流下了本属于甲的精液

这首以《甲乙》命名的诗，我们能看到的，主要是甲的活动和他视野之内的事物，甚至要跟随他的眼光经历他的琐屑和显然无聊的回忆。如果去掉首尾，这首诗几乎是写甲特殊的生命状态。但"甲乙二人"开始就出现了，两个人就产生了关系，从头尾的话来看，关系还相当亲密。甲并没有因为亲密就更多地关注对方，他在意的，始终是自己，作为对等方的乙，显然被忽略了。经作者有意提醒［"只是把乙忽略得太久了。这是我们／（首先是我们）与甲一起犯下的错误"］，我们知道，对甲的过于关注，是因为诗人把更多的笔墨花在甲身上，而他也有意引导读者建立这种共谋关系。这一共谋，可以解读为男性过分的自我关注，对女性不经意的忽略，甚至可以引申到更复杂的人与人之间的非平等状态。但对"到语言为止"的韩东的诗，最好不做如此引申，也不用去设想，如果作者把更多的篇幅花在乙身上，她除了看到碗柜和餐具，还会看到些什么、想到些什么。我们只要知道，通过这首诗，韩东写出了一种极为常见生活状态，而这状态一经写出，便让人内心悚然一紧，意识到我们在日常生活中，大概曾经忽略了什么重要的东西。

没错，这就是韩东看到的生活，也是他写生活的意义。但不是有无数的人在写生活吗，韩东写下的有何不同？——不同在于，韩东写的生活，是人面临的最基本的事实："我们的发明仅在于某种定向：身边的、每日如此的、视而不见的、日常的。"[1]悖论随之而来，转瞬即逝的偶然，带来的是亘古如常的琐碎的每一天，面对如斯流转的世界，人要如何克服存身其中的虚无感？

四

有一年冬天，为了避免伊沙和于坚在一起过多谈论诗歌，互不佩服的韩东和伊沙住在一个房间。几天的谈论下来，伊沙觉得，原先以为不讲理的韩东特别讲理，而且讲的是大道理："韩东真的有此能耐，将大道理讲述成一种思想的快感。我知道我自己是需要大道理支撑的人，我对自己身体的把握中有时需要摸着那些如今已被视为很酸的东西——理想？灵魂？……我在韩东的话语中获得了某种令人满足的证实感。"且慢，韩东不是要抛弃这些大道理吗？他的诗不显然是从某个细微的感觉出发吗？什么时候开始，韩东会谈论大道理，并能给出"令人满足的证实感"呢？

今天，达到了最佳的舒适度
阳光普照，不冷不热

---

1. 韩东，《三十年河东狮吼》三。

行走的人和疾驶的车都井然有序

大树静止不动，小草微微而晃

我迈步向前，两只脚

一左一右

轻快有力

今天，此刻，是值得生活于世的一天、一刻

和所有的人的所有的努力无关，仿佛

在此之前的一切都在调整、尝试

突然就抵达了

自由的感觉如鱼得水

愿这光景常在，我证实其有

和所有的人的所有努力无关

哦，原来如此？《在世的一天》，一刻，是值得生活于世的，不知所来而来，也不与任何人的任何努力有关，更无法用什么方式向别人确证，但它"突然就抵达了"，"我证实其有"，体验到这在世的一天"达到了最佳的舒适度"。自证其有的人，获得了亲证的报偿，他双腿变得"轻快有力"，"自由的感觉如鱼得水"。这自证其有的方式，是否就是"令人满足的证实感",从而让理想、灵魂等得到安顿，并进而让人感受到大道理之中的思想快感？

这首诗，我觉得差不多是韩东对《有关大雁塔》或《你见过大海》的自赎，那些身外的历史与己无关，只是被记录下来的历史；而现在，这亲证的一天，是本真的、真实发生的，和个人的命运相关联[1]。

如此亲证，也从另一面标示了现代人的困境——人生相对，价值模糊，个人从生存的丛林中挤出的，不过是一条处于雾霭中的小路。人人各行其是，失去依持的人，难免滑入虚无的深渊。对韩东来说，也确实如此："作为一个作家我们只有一条真实的道路，那就是指向虚无。"[2]然而，我们不能就此轻率地断定韩东是虚无主义者。对韩东来说，与其说他因人世的相对而指向了虚无，不如说他是一个明确意义上的绝对主义者。他曾经说，"我只有在无限和绝对的感召下才能感受和创造有限的美"[3]，并在一次争论中宣称："最理想的状况，创造者本人就是这样一根接通终极绝对和其作品的管道。"[4]这接通，拒绝了对传统和历史文化的借用，却仿佛

---

1. 参见海德格尔著、孙周兴译：《林中路》，上海译文出版社，1997年，第334页，注一。
2.《韩东散文》，中国广播电视出版社，1998年，第311页。
3.《韩东散文》，中国广播电视出版社，1998年，第223页。
4. 见《一首诗引发的诗观之争》。

在偶在的飘荡中触及了终极绝对，从而反证了自身的非虚无状态。

不妨说，很多人在韩东作品中感受到的虚无，甚至他自己所说的虚无，都可以恰当地理解为韩东正视虚无的勇气——他的"写作并不是价值意义的取消，而是它的悬置。它不相信任何先入为主的东西，不相信任何廉价得来的慰藉，不以任何常识作为前提，它的严肃性不在于它有无结论，而在于自始至终的疑问方式"[1]。韩东的卓越表现在，即使怀疑的终极是虚无，也绝不退归到历史、政治和文化的庇佑里去，而是以其自始至终的疑问方式，清空过于芜杂的世界，直面空无而平等的生命，让自己的心灵诚实地与清空的世界相遇："唯一的评判是你有没有你自己的依据？你是否遵循了自己？是否集中了足够的精力，足够诚实？以及你的怪癖是否得到了执行或者有表达的机会。"这个集中精力的写作者，要不断反省自己，不断地练习，就像那首《铁匠》：

> 他是铁匠师傅的徒弟
>
> 年轻的肺鼓动着风箱
>
> 他呼吸，火焰也随之抖动
>
> 待师傅用火钳钳住他的心

1.《韩东散文》，中国广播电视出版社，1998年，第250页。

放在了膝盖的铁石上

"还是一块废铁，
看不出未来的形状。"
徒弟离开风箱，提起大锤
师傅的小锤也从不离手
轻点在大锤将要落下的地方

这首诗，与柯艾略的故事简直若合符节。徒弟精力弥
满，呼吸足以吹动火焰。但这青春本具的光彩，并不天然是
成才的保证。富有经验的老铁匠冷静而理智，他的话既是对
真实的铁块，也巧妙地指向徒弟。目前徒弟跟一块废铁相
似，他的未来要从跟随师傅的小锤落下大锤的训练开始，在
锻造的过程中渐渐呈现。师徒的表现，只暗示一种可能，不
许诺，也不否定，而成长的样子，就藏在一次次轻重不同的
敲击动作中，就藏在一次次的《重新做人》之中：

无数次经过一个地方
那地方就变小了
街边的墙变成了家里的墙
树木像巨大的盆景

第一次是一个例外
曾目睹生活的洪流
在回忆中它变轻变薄
如一张飘飞的纸片

所以你要走遍世界
在景物变得陈旧以前
所以你要及时离开
学习重新做人

　　我几乎觉得，这首诗写的，正是我的成长过程。或者，谁都曾有过这样的经验吧，小时候觉得高大的墙，参天的树，随着自己慢慢长大，忽然发现墙不再高，树也不再参天，甚至因为看得太多，墙和树都蒙上了岁月的旧纱，没了当年的巍然和苍翠；很多曾经让自己惊心动魄的往事，隔了些年月回看，让人惊动的幅度减轻了，变得淡淡的；一个开始给人无限震动的景致，看的时间长了，渐渐能看出其中的破败……对这常见的景象，或会有人感叹时间的无情和人心的思变吧，但在这景象中看到生生不息的人，不会在感叹中停留，也不会在以往的任何经验中停留，而是将其普遍化为一种共同可感的成长图景，督促自己保持向上——"所以你要走遍世界／在景物变得陈旧以前／所以你要及时离开／学习重新做人"。

2003 年，韩东再次谈到诗歌的语言问题："语言并非世界，乃是世界之光。在光照下，世界得以呈现、被看见。"[1] 在这两首诗里，语言成为光，成长这样的抽象情景，在两首诗里生动地呈现，显示为一种绝对的样貌，通向每个人的成长。韩东自己的诗，因为要在纷繁复杂的关系之中不停检验自我的感受，让自己的写作也处于不断的"断裂"和更新之中，不能有任何意义上的因循守旧，故此，他或许就是在师傅的小锤轻点和自己的大锤锻炼之下，不断"重新做人"，"顺着偶然出现的路标，被带向人迹罕至处"。

五

如果你已经习惯了既有的对韩东诗歌的评价，大概乍听到韩东谈论薇依的时候，一定会像我一样感到茫然："薇依的书早在六七年前我就读到过，是那本《在期待之中》。那本书至今我已经读了不下七遍，在我的阅读史上是绝无仅有的。这本《重负与神恩》亦然，拿到手不到一年的时间里我读了四遍。至少对我个人而言，这本书是非同寻常的，说它

---

1. 韩东：《关于语言、杨黎及其它》，载《作家》，2003 年第 8 期。

是我的《圣经》也不为过。"读到这里，你禁不住会怀疑，韩东会不会把他《有关大雁塔》里删掉的段落，重新放到后来的诗里？

清除政治、历史、文化的负载，写自己特殊的生命状态，感受每个人不得不经受的命运，甚至亲证某种绝对，是韩东诗歌常见的四种形态。这四种不同的形态，在韩东的诗中交替出现，虽然后来的作品较之前更显邃密，但其间的逻辑是一贯的。但这四种形态的诗，在起始意义上却有一个共同点，那就是对历史甚至任何大师系统的断弃，现在，韩东召唤来了自己的"大师"薇依，并把她的书称为自己的《圣经》，确实让人觉得茫然，就像他那首《野人摄影师》初读之时给人的茫然之感：

感觉就像一个野人

又黑又瘦又小

只穿一件衣服

像块布

赤脚亲近草地

爬梯子就像爬树

手中的机器属于现代文明

眼神却来自远古

因此才有了和你们不一样的作品

前六句写的摄影师，尽管外形奇特，不衫不履，但仍可以辨认出，他就是我们日常能够看到的摄影师形象。最后三句，忽然笔头掉转，写摄影师手中的机器。这机器是现代文明的馈赠，使用者也有相应的操作技艺，与常人不同的是，他有来自远古的眼神，而这眼神起自远古，源于那颗与古圣先贤一样古老的心灵——"心灵是古老的（少说也有两百万年的历史），它（心灵）进化得很慢"[1]。

　　面对亘古如斯却日新又新的生活，用心灵感受的韩东，喜欢走到源头上去，似乎"有一种对源头或者前文明的热衷"，"作为独特的不可复制的生命个体，一定有其文化或者文明之外的'前身'……对源头的眺望并不是要写出比如《诗经》里那样的诗，而是要看见草创时期陈规的稀薄之处生命的本真及其如何创建"（《我曰诗云》）。诗虽写的是摄影师，却也不妨看作是韩东的自况，有了这来自远古的眼神，接通了源头，尽管使用的是属于现代文明的机器或语言，仍会创作出与他人不一样的作品，诗歌中才会出现不同的人世景观，而那个与古老心灵沟通的自己，眼睛也将出现神奇的变化：

1.《韩东散文》，中国广播电视出版社，1998 年，第 199 页。

我的眼睛在退化，也在进化，

一只用来看近，一只负责看远。

看近的那只看远模糊一片，

看远的那只看近了无所得。

隐约中启动了第三只眼，

能在黑暗中看见黑暗的人心。

方法是向内看，穿过

贪婪的欲望和可悲的自怜。

据说还有第四只上帝的眼睛，

可以看见他人如己、

血泪之畔展开无边福祉。

我的眼睛在退化，也在进化。

　　这首《我的眼睛》从开始就让人生疑，为什么"我的眼睛在退化，也在进化"？即使因为年龄增长，眼睛看远看近有所区别，不也是两只眼睛同时的吗？可现在诗中的两只眼睛，居然"一只用来看近，一只负责看远"，究竟是怎么回事？更让人疑窦丛生的是，"我"还"隐约中启动了第三只眼"。那么，这首诗从开始就是抽象的吧，那个看远看近分开的左右眼，是一种接近于现实的抽象，指"我"能看现实的眼睛，退化到既近视又远视。隐约中开启的第三只眼睛，则是进化出的灵魂之眼，能超脱现实之眼的局限，认出人的本心。但这属人的第三只眼，尽管可以"向内看"，穿过"贪婪的欲望和可悲的自怜"，可在黑暗中能看见的，仍不过是"黑暗的人心"，不免让人气沮。幸而有第四只，"上帝的眼睛"，这属神的眼睛，"可以看见他人如己、/血泪之畔展开无边福祉"。这双眼睛看见属人的欲望和自怜如看见自己，能在黑暗和血泪旁展开福祉。末句"我的眼睛在退化，也在进化"回到了开头，但最终的却不是最初的，最初退化的只是现实之眼，进化的是灵魂之眼；最终退化的是现实之眼和灵魂之眼，进化的是上帝之眼，或者也可以说，是灵魂之眼的进化，才知道有一只上帝之眼。只是，这第四只眼睛，不过是"据说"，并非亲证。对第四只眼睛的态度，既可以看出韩东对自我的忠实（没有未得言得），也可以看出他某些思考上的局限（仍在谈论自己没有亲证的东西）。

无论如何，在我看来，这不断进化的眼睛，差不多可以隐喻韩东诗歌的进步之路。在 2008 年的《中国诗歌到汉语为止》（修改版）中，韩东说："我所理解的汉语并非'纯正永恒'的古代汉语，而是现实汉语，是人们正在使用的处于变化之中的现代汉语。这便是我们所处的唯一的语言现实，虽然唯一但内容丰富、因素多样。它的庞杂、活跃和变动不居提供了当代诗歌创造性的前提。因此，任何一劳永逸的方案都是不存在的。因此语言问题说到底还是一个现实问题。对现实语言的热情和信任即是对现实的热情和信任。诗人爱现实应胜于爱任何理想，无论是历史纵深处的传统理想，还是面对未来的‘全球化’的理想。诗歌是对现实的超越，而非任何理想之表达。"[1]

这一要求，让韩东的诗歌始终置身于不断变化的现实之中，没有任何意义上的故步自封。这或许是韩东自写作以来一直面临的情景，他要不停地试炼新的内容，不断地更新写作语言，刊落任何附加与装饰，在写作的任何一个方向上都不停地进化，直到长成一棵树，一棵没有叶子的树。如此，我们又回到了《西蒙娜·薇依》：

要长成一棵没有叶子的树

为了向上，不浪费精力

为了最后的果实而不开花

为了开花不要结被动物吃掉的果子

不要强壮，要向上长

弯曲和节疤都是毫无必要的

这是一棵多么可怕的树呀

没有鸟儿筑巢，也没有虫蚁

---

1. http://blog.sina.com.cn/s/blog_62ea2fcf0102el59.html。

它否定了树

　　却成了一根不朽之木

　　以我的阅读感受来说，薇依几乎可以对应韩东精神生活的起点和终点，他对既有世界任何一处的怀疑，对自我感受的绝对忠诚，对人世关系的复杂认知，几乎都能在薇依的著作中找到契合点。而最让韩东服膺的，是薇依抵达的绝对："薇依的著作所达到的精神高度是绝对。在我看来，它不仅触及了真理，可以说就是真理本身。"[1]就是这样的薇依，"要长成一棵没有叶子的树"。这棵树为了最后的果实而不开花，为了向上生长而不要强壮，甚至没有鸟儿愿意结巢其上，没有虫蚁喜欢聚居其下。最终，"它否定了树"，却活到了变动不居的世界之外，变成了"一根不朽之木"，像任何不朽一样，得以免于时间飞镰的不停砍削。有了这首诗，我们也就能够明白，对薇依的热爱的服膺，并非新的大师系统神灵附体，或某种历史文化借尸还魂，而是，且必然是韩东诗歌逻辑的结果。

　　我们当然不会混淆，这是韩东对薇依的赞颂，不是对自己的描述，但也不妨从这个方向确认韩东的志向——不是每个人都愿意长成一棵没有叶子的树，也没有人能预先知道自

---

1. 韩东：《夜行人》，重庆大学出版社，2011年，第138页。

己能否长成一根不朽之木。一个像韩东这样不断否定着既有世界，又在自己的生命感受中生长的诗人，会始终自觉地不停向上，"为了向上，不浪费精力"，因为他早就知道，自己"要长成一棵没有叶子的树"。

小说的末法时代或早期风格

——霍香结《灵的编年史》

一

一面在技艺探求上愈发精细入微，一面却因为对体裁的强调而胃口越来越差，于是小说变成了极其娇弱的物种，可容纳的东西越来越少，仿佛一个脑袋巨大而身形孱弱的畸形存在，早已显出日薄西山气息奄奄的样子来。沿着这样一条越规划越窄的航道，最终剩下的不是技艺小打小闹的钻研，就是故事编排的强自聒噪，小说写作者只能遗憾自己没有生在那个蛛丝马迹都如大象脚印的小说创生时代，用尽浑身解数只不过弥补了前人未曾留意的一点罅漏，筋疲力尽地维持着一点创新的样子。这表现让我们差不多可以断言，小说已经无可避免地进入了末法时代，那个诅咒一样的"小说已死"感叹，过段时间就会癫痫性地发作一次，并最终成为事实。

从这个背景看，霍香结《灵的编年史》同时具备了逆流而上的勇气和奔涌向前的锐气。

二

"说破源流万法通"，精神世界的所有事情都该有一个秘密通道，不同的知识序列可以在某种意义上对比甄别，深思有得的人当然该有能力跟任何方向的深入思考者交谈。正是在这个意义上，小说对人类精神成果的多重容纳，简直是它的题中应有之义。

霍香结为《灵的编年史》准备的三个指向不同的副标题，几乎已经明确地宣示，作品将尝试勘验那个精神的秘密通道，恢复小说肇造时的良好胃口——"鲤鱼教团及其教法史"，跟主标题一起，提示这是一部历史或起码涉及历史的作品；"秘密知识的旅程"则是对作者称谓的秘密知识的探究，明确属于哲学（或宗教）；"一部开放性的百科全书小说"，无可置疑地强调出此书的小说属性。四个标题放在一起，是不是作者想要暗示，这个作品将试图打通现下早已分茅设蕝的文史哲界划？

《灵的编年史》果然涉及了方方面面的知识，儒家，墨家，道教，佛教，密教，印度教，琐罗亚斯德教，犹太教，基督教，伊斯兰教，诺斯替，新柏拉图主义，共济会，炼金术，量子力学，相对论，现代生物学，心理学，人类学，人工智能，外星文明……中西华梵，南海北海，往古来今，作者似乎有意把人类在探究、信靠、想象道路上取得的所有卓越精神成果，都有序地置放进书中。不妨试着把这本书看成沟通人类不同方向精神成果的一次尝试性写作，它将散落在不同地域和领域的卓越精神成果当作某个更为复杂完整体系不同形式的显现，然后用想象出的法穆知识体系容纳这千差万别，最终以略显古怪的小说形态集中表现出来。

庞大最容易带来的问题是杂乱，在一个作品中陈放如此多量的知识，就必须将之区别于一本选编的百科全书。霍香结对此有足够的警惕，出现在作品中的法穆典籍分类法——经、史、律、论、子，或道、法、德、律、义——就可以看成他对以上所列知识的整体认识。作者最终的说法更为确切："这次的写作始终遵循一个标准，不涉及第一经典体系，而是在全部所谓异端的思想范畴。也可以说在所谓第一经典删改形成之前的各种教宗以及经典形成后因需要发展而产生的异端思想那里。这些思想全部重新组合，形成一种新的知识，即法穆。法穆是一个全面的整体知识，是这些年的心路历程。"也就是说，书中看起来庞大的知识群落，其实是作者对各知识系统深思有得的那些部分（异端），甚至直探各系统的源头，最终形成了作品所称的法穆知识体系。

对一个企图在作品中构造完整世界甚至宇宙知识系统的人来说，如果霍香结无法迫使自己相信，他灵魂的命运取决于眼下的这个作品，他便同写作无缘了，"没有这种被所有局外人所嘲讽的独特的迷狂，没有这份热情，坚信'你生之前悠悠千载已逝，未来还会有千年沉寂的期待'——他也不该再做下去了"。在一个被迫和经典生活在一起的时代，霍香结凭靠着某种独特的迷狂，摒弃了作为陈词滥调的知识，生成了对知识的特殊判断，完成了一次自我许可的经典拣择，用带有肉身色彩的文字免除了对知识必然枯燥的偏见，让既往的一切有可能成为现代的精神营养。

三

无论要处理多么庞大复杂的知识系统，写作的艰难首先在于逼使作家更深入地勘测自己的内心，检验自己未能留意的空白和涵拟之处，因而更加诚恳地回身认识自己和自己身经的时代，意识到自己此前并未意识到的问题。新作品创造了进入一块从未踏足的空白之地的契机，这是写作者有效自我检讨的最佳可能，也是对以写作为志业者的基本要求。从这个方向上看，《灵的编年史》是一本自我之书。

在天赋和感觉被过分鼓吹的情形下，现下的多数小说写作已经丧失了对有效知识的兴趣并以此为荣，庞大的知识容量对现在的小说写作来说已经称得上是珍罕之物。但对霍香结来说，展览巨量的知识储备根本不是他的目的所在，他最为着力的是一种被称作想象学的陌生之物，并以此区分于此前作为小说核心的虚构："想象学首先强调想象知识是一种被体验过的知识，因此她既不是虚构，也不是非虚构。对主观而言她是真实的，对客观而言她又是虚构的。虚构学是从文本的角度划分的。想象学是从写作经验角度确指的。"如此，我们或许可以重新定义《灵的编年史》中的知识，即这是一种经过自我内在体验的知识，因为在心灵上完成了实证，便不再是虚构而出的主观臆想，而是生成为一种可以切实调理身心的客观。

如果不是修行这个词已经在使用中变得陈腐不堪，我想说，这样的写作其实是一种修行的过程——通过想象产生可被体验的知识，能够切实地整理一个人的身心，写作成为一种不断自我认知和自我调整的过程。也因如此，对霍香结而言的写作，就必然是"自我成长的一个缩影。在文本中成长，文本在想象中成长"。这也就难怪他会在关于本书的一则笔记中说："严肃，庄严，刻板，通过这次的写作全部得以释放。这次写作在很多方面改变了自己。"无论作品的外形如何庞大繁复，写作最终是回身向内的旅程。我甚至想说，能够回身向内并对自己有些微改变（当然也由此带来了作品的改变），才是一次写作真正重要的成果——如果不是唯一重要的话。

内不离外，与内在成长相应的，必然是一个写作者对自己置身时代的认知。虽然《灵的编年史》涉及了古今中外众多的知识，重要的叙事年限放在 13 世纪和近现代，但只要稍加留心就能发现，作者关注的，始终是眼前的这个时代，"我生在自己的时代，并理解这个时代，才是我写作的资源"。对霍香结来说，我们置身其中的这个时代，"应该是那些能够站在人类各种文明源头具有俯瞰能力的人的最佳恩赐"。或许只有具备了如此苍茫的大志，所谓对时代的认知才不是跟随着时代的亦步亦趋，而是内在先一步抵达时代的核心，然后整个时代和世界在准确的想象里重新运行。

四

一个有雄心的写作者，其拥有的技艺也不应只是单纯的当下技艺，不应只是试着恢复过往的某些技艺，而必然是复合了过往诸种技艺在内的"现艺"。

霍香结对世界各地的文学作品有自己的认识系统，在自己的写作中也有所吸收。他的各类随笔和笔记，既有对东西方小说传统的研判，又有对 20 世纪以来小说创作的梳理，有取有舍，由此形成了自己系统的小说观。这个小说观既要求作品有百科全书的汪洋恣肆，又需打破情节律，表现集体心理，让汉语小说有可能避免对欧洲和拉美的亦步亦趋，回到东方尤其是中国传统。在我看来，这个小说观的重点是："颠覆小说的基本元素：情节，人物，环境。给予小说更大的宽松和自由。"我不知道是这个小说观指导了《灵的编年史》的写作，还是《灵的编年史》促成了此一小说观的形成，反正这个作品试图恢复小说在开端时的好胃口，把各种不同序列的知识放进作品；又遵从内心的感受，企望用作品开启自我命名的想象学；复用九宫的结构方式，尝试打破小说固有的线性叙事而完成非线性叙事，最终成为一个繁复地包含诸多过往技艺的"现艺"作品。

根据作者自己的陈述，所谓非线性叙事，即"在众多的混乱当中击碎线性的框框，然后又找到合理性"。从小说使用的九宫结构来看，事情的发展不再有先后，"各宫是平等的，它是一个位置问题，不是卷次先后问题。写作时有时间先后，但不是线性发展"。这个非线性的叙事设想，牵扯到物理上世界观的转变，即从传统热力学的稳定连续时空转向现代量子力学和平行宇宙世界观，"其结果就必然导向了一种猜度和不确然的结束，实际上并没有结束，结束的仅仅是全部文字的边界"。应该是作者的这一努力方向决定了作品的开放性质，让文本具备了有边无限的特质，并勾画出了某种现代思维下的世界（宇宙）图景——流转，循环，叠加，复杂的织体，不确定的结局……

或许有必要提到"制作"这个词——对造物来说，他们制作了宇宙或世界；对立法者来说，他们制作了礼乐；对写作者来说，则是制作了想象的世界。因为共同分有了制作的特征，写作其实可以看成对造物和立法者制作的世界的模仿；又因为造物和立法者与写作者的位格不同，人在写作之初就表明了与造化和立法者争权的雄心——凭人为技艺创制的想象世界，与造物妙手天成的自然社会和立法者精心搭建的人类社会，形成特殊的竞争关系。只有在这个意义上，我们才可以有限度地承认，霍香结"我把自己的作品当作圣书来对待"的话是合理的，《灵的编年史》展示出的复杂世界观、庞大知识系统、向内的探求和庄重的语调，都可以让人明确意识到，这是一次有意的文字创世之举。

五

任何一个方向的中外小说家的写作试验，本质上几乎都是一种封路游戏，各种领域、各样类型、各色手法，几乎都树立着一些"到此一游"的路标，冷冷地观望着后来者。或者也可以这么说，自小说（或任何一种文体）诞生开始，就注定处于其末法时代。小说的探索领域被前辈精细开掘之后，影响的焦虑会严重困扰后来者，前代的文学造诣"不但是传给后人的产业，而在某种意义上也可以说向后人挑衅，挑他们来比赛，试试他们能不能后来居上、打破纪录，或者异曲同工、别开生面"。筚路蓝缕的创始者，永远不会面对一条现成的路，他只能靠自己从洪荒中开辟出来。

或许是出于对新的写作形式的犹疑，在笔记中，霍香结反复思考着这次写作的文体——"我本人并不认为有别的方式不可以是小说的。小说可以是学术，是诗歌，是历史研究，也可以完全是经学。""诸教之争。文明的冲突。在此书之中可以穷尽。小说当经来写。这就是这部书的全部意义。""在开放性百科全书写作这个范畴，该文本属于灵知类型的写作。小说可以当经来写。经史皆文的奥义所在。"不妨说，《灵的编年史》是一部企图用非线性方式陈述现代精神高度的拟经性的叙事作品，作者的知识、才华、品味，乃至于性情、感受力和判断力，都通过这样一种形式表达出来，那些看起来庞杂的经验，在作品里形成了一个足供思考的整体。对这一文本的评价既借用不了小说传统现实主义的理论框架，也无法使用任何一种现代小说的理论尺度。甚而言之，在固有的小说评价坐标所及的每一个点上，作品都刻意与之保持了距离。

因为吞吐材料的庞杂和形式的新颖，《灵的编年史》显现出新事物特有的贼光，明亮得一时还很难看明白它所有的内涵和未来可能。与此同时，正因为是新事物，作品本身还显得不是足够成熟，过往知识未经完全提炼的残骸尚留在这一新的织体之中，想象而出的客观性知识还有很多未必经得起更为深入的内在检验，非线性技艺的转折之处还有些不够流转如意（甚至在三维世界中是否可以真的有非线性叙述这回事都需要怀疑），某种因不够自信催迫出的大腔圣调还时常出现，满是沟纹疮痍的涩口、扎嘴之处所在多有……任何一个新事物的出现都难免会有一个牙牙学语的阶段，不够圆熟和从容，本来就是一个精神产品新出现时典型的"早期风格"。

不应小看任何一个开始——虽然不必过于郑重——对小说而言，只有当某种生涩的早期风格出现之时，我们才隐约看到一点末法时代倒转的可能性。

不完美的启示

——与《天幕红尘》有关

　　在谈到一本影响了自己的书时，E.M. 福斯特回顾了自己五十年的读书生涯，推举但丁《神曲》、吉本《罗马帝国衰亡史》和托尔斯泰《战争与和平》为最伟大的三部著作。他爽利地表示，虽然三部书如同三座雄伟的纪念碑，但他并未受过它们的影响，尽管他在阅读这些书的时候正是最容易受影响的年龄。在福斯特看来，"这三部书太雄伟巨大了，人们不容易受纪念碑的影响，他们只是略一注目，赞叹，然后还是我行我素"。沿着福斯特思考的方向，不妨这样设想，陈列在书架上的一本本经典太过精致、完美、无懈可击，甚至连书中明显的瑕疵在嗜好者看来都可能是作者的主观故意，我们偶尔因觉得作者疏忽而泛起的一丝内心浅笑，都不得不立刻收进肚囊，免得说出来成为自己不学的口实。或许正因为经常遭遇这样泰山压顶式的完美作品阅读之苦，我们在接近另外一些还没有经文学史或评论者认信进入万神殿的作品时，心态会较为悠闲从容，有一点余裕对作者的败笔或纰漏小小地微笑。更重要的，这些明显的粗糙或破绽偶尔会带我们离开作品营造的艺术幻境，不时露出作者构思或写作时未能遮盖的针脚，刺激甚或引诱读者沿着这个方向联想到写作者的思路，不知不觉跟随他参与一次对小说进而是对人心和人生的探险旅程，而不只是像三心二意地对待经典那样只是眼睛参与，成了一次走马观花、浅尝辄止的随团旅行。

当然，我想讨论的有缺陷作品不是像福楼拜的《布瓦尔和佩库歇》那样因各种具体原因没能完成，或者像福克纳重要的小说那样为了一个绝难达到的目标而尝试各种小说技艺时显得混乱、无序以致中断，甚至也不像海明威的《过河入林》，以一种公认失败的方式完成了对自己更为深入的剖析，因赢得马尔克斯的称颂而成为别样的经典。即将提到的这本小说，作家本人不但还没有堪称伟大的作品为她撑腰，以便我们可以把为经典作家的失败之作准备的辩护词重申一遍；小说本身也有明显的漏洞，这些漏洞并不具备反过身来成为另外一种荣耀的可能性。这么说吧，这本小说很容易被铁口直断的评论者归类到因作家的故弄玄虚、色厉内荏、虚矫自负或趣味低下而导致的失败之作中。

即便不考虑现今的小说已经走进了一条因竞争惨烈而不断追求技术花样翻新的怪异路线，就算从传统小说要求的基本要素来看，豆豆的《天幕红尘》——甚至把她迄今为止的另外两部长篇《背叛》和《遥远的救世主》都算上——显然缺乏精雕细琢，决绝一点甚至可以说在大部分优秀作家锱铢必较的技术角力部分用心不够或有心无力。对熟读各类小说经典或熟悉小说理论的人来说，《天幕红尘》太像哗众取宠的商战小说，人物乍一出场已经成熟，高明者始终高明，世俗者一贯世俗，到结尾也几乎没有任何变化；情节呢，几乎是作者为了表现人物而另外设计的，跌宕和起伏都太过剧烈，有些随意或陡转的段落简直形同儿戏。男主人公叶子农是个高深的思想者，退可以反身而思修治内心，进可以运筹帷幄决战商场，除了乌合之众的盲目行为造成的影响或伤害，他几乎对任何属人的诱惑和缺点免疫；两位女性主角都像《虬髯客传》中的红拂女，一眼就从凡尘里识别出英雄，并死心塌地一意追随。习惯了现代小说路数的读者如果不是立刻对其弃之不顾，也说不定会在读完后产生一种时空错置的乖谬感觉，那些几乎只在传奇作品中存在过的古典人物，穿越般来到了小说所写的时代，堂吉诃德一样寂寞地面对着现代小说这完美庞大风车。

现代人固然相信人性的曲木造不出任何笔直的东西，其实自荷马史诗以降，关注人性本然而不是应然的作品就后来居上，超拔世俗的人物不再是绝大部分作品的主角，作者们开始写不那么好或品格含糊的人——"虽是好人却有过错，或者有过错但并非坏人"。现代意义上的虚构作品，极力避免完美的人物转而写各种有缺陷的人几乎已成定谳，小说家早就明白，正如现实中不存在纯是罪恶、毫无半点美德的怪物一样，世界上也没有十全十美的人，因而小说里的人物也就不必纯善无恶。甚而言之，有的作家认为，小说的灵感和创作才能是从他们身上最卑下、最污秽的部分中提炼来的，取自一切痛苦和卑污之物。不用说向喜自我沉思的小说了，即使以造梦著称的好莱坞，不是也得让超凡的蜘蛛侠在面临爱情时处境尴尬吗？小说的"正确"前提建立在人性的均质基础上，违背了这个均质性的小说创作，标准苛刻的阅读者会恰当地目为海外奇谈或异想天开，并不会怎么认真对待——这或许就是豆豆的小说在以严肃著称的纯文学界名声寥落的原因。

《天幕红尘》无疑是违背了这个正确前提的作品，它要做的不是展示人性的均质，而是致力塑造一个迥迈俗流的思想者形象。叶子农不出户知天下，像是躲在某个精灵会所里的高超隐士，知晓全部人间的秘密却在世事的喧嚣之前不动如山。或许指出这里所谓的高超与毫不自私自利的高大全人物不一致是必要的，叶子农完全不同于欧阳海们，我甚至私下揣想，在长于思考的叶子农看来，高大全人物的纯公无私，很可能只是一种未经反省的盲目激情。叶子农或豆豆小说的男性主角，不像西方戏剧或小说里的人物，非要经过对自身缺陷的洗炼，历千辛万苦才在某种意义上完成人格的成熟，如浮士德那样拘谨到要先与魔鬼订立契约，或如拉斯柯尔尼科夫那样惨烈到要以罪行为代价完成自我成长。豆豆在作品中展示的心性品质不是现代小说要求的细微、复杂和微妙，而是要用思想把握社会和人心整体层面的运行脉络，也让人物在变动不居的时代中更好地认识自身，展现从俗世的捆缚中解脱的可能。叶子农是一种明显高于均质人性的人，其思考的深入度和对事情的判断，远远超过普通人甚至绝大部分以思考为业的人的水准。

与几乎已成定理的人的平等思路相异，豆豆小说中的人物思维和认识是高下立判的，她的人物给出的始终是判断而不是商略，有着高下分明的思想水准和认识层级，很像是《庄子》或《世说》的某种隔代传承，而不是对西方小说的有意借鉴。我无法简单指称这一传承的好坏，只对这种较为罕见的异质保持着善意。说得明确一点，或许是因为自己过于明确的高下立场，我对为了弄清是非和高低而努力的人有明显更高的热情。这样说我也给自己预设了一个过于艰难的前提，即我如何知道我说的热情不是未经检验的盲目信任而是认真思考后的选择？即使是思考后的结论，其中是否仍可能有盲目信任的因素？在思想和道德相对性发展得如日中天的现在，在一个喜爱丰饶的含混、人的正常心理和疯狂表现之间的界限日益模糊的时代，任何企图明确划分高下的做法都容易招致反对，不被人称作某种意义上的专制主义已属幸运。不过，我无法更改自己的心性倾向去故意不喜欢一个作品，却愿意顽强地把即使是偏见也表达出来经受认真者的质问。何况，建立在高下基础上的人物判断，在某种意义上也是对小说内涵的一种丰富，为未来的小说写作开拓了一条或许开阔或许问题猬集的新路，沿着这一道路的谨慎试验和思考，将有助于拓宽小说的前途而不是人人拥挤在技术的窄路上玩各自的封路游戏。

在小说里热衷思考当然不是什么太阳底下的新事物，我们早已在当代作品中见识了许多喜欢思考的大作。一些喜好思辨的小说作者更喜欢用小巧的机智挑出某一庄重思想的逻辑死角，然后得意地转身而去并自以为是地宣布一个深沉的思考者已被自己击败——像白居易的《读〈老子〉》："言者不知知者默，此语吾闻于老君；若道老君是智者，缘何自著《五千文》？"《天幕红尘》在思考上显得诚挚深厚，贯穿小说始终的对偈语般的"见路不走"的思辨、认知和实行，虽然多少有些理想成分，但随着小说的展开一层层深入，不少已成滥调的词如实事求是、客观规律等都在"见路不走"的驱动下更新，变得富有意味，很多地方让人豁然开朗。叶子农的思辨和说辞虽然偶有疏失，但总体上保持了较高的水准，他在小说中的作用与苏格拉底在柏拉图作品中的作用类似，主导，训诫，引领，只缺乏柏拉图笔下的苏格拉底那种机智委婉的反讽。小说中的抽象讨论最终指向对中国现实的判断，以身经的世事而言，我实在无法简单认同这个结论，但我愿意相信这判断是叶子农（作者？）的真实想法，并真诚地表达了出来。在我看来，这样的真诚表达远胜于一切口是心非者给出的模棱两可标准答案。我不想举出一些精彩的段落来印证这些思辨的精妙，也无法确证我认为的精妙是否每个人都能认同，因为说到底思想的是否出色是如人饮水冷暖自知的事情，谁也无法替代谁拿出结论。剩下的或许只是一个略显盲目的信念——如果读者愿意跟随叶子农（作者）一起思考，小说里有些乍看之下抽象的对话和刚硬的思辨段落就会显出生动的气息，有着洞穿世情和社会表层的力量，给人一种不同于其他小说中提供的"移情"或"共历"的别样欣喜之感。

虽然无法说服别人同意《天幕红尘》具备思想深度，但作品中思想者的问题却可从思想本身入手勘察。从豆豆发表的第一篇小说《死比活着容易》开始，主角或主角挚爱之人的死亡一直是她偏爱的结尾选择，《天幕红尘》中叶子农最终也被极端组织枪杀。各种各样的流血结尾，是不是跟主人公或作者的某种极端的思想偏向有关？不管豆豆此前小说中人物的死亡是出于什么原因，起码叶子农的死，有他自己主动的选择在里面。甚至可以说，从叶子农出于对罗家明的义气承担起挽罗家于既倒的责任开始，他作为一个隐士般思想

241

者的形象已经被置于疑问之中——叶子农出于义气主动担当了责任，但这种对责任的承负以及跟随其后游走在法律边缘的商业投机行为，对一个高明的思想者是否必要？叶子农利用政策漏洞完成上百人的移民之后，已经卷入了世俗的风暴眼中，这才有了后来奥布莱恩对他的陷害，也才有了他后来的被杀。没人会责怪叶子农出于义气承担责任，因为义气让人高贵，是人最可贵的德性之一。不过义气向来是双刃剑，一面是高贵，另一面是野蛮，对朋友的义薄云天不可避免地要损害另外一些人。对普通人，人们会赞赏他的义气，但对一个以思想为主要特征的人物，我们期待他有容纳和消化义气负面效应的能力，用更高级别的思想能量化解义气所含的戾气。这一点很不幸没有在《天幕红尘》中看到，不能不说是小说一个较高级别上的误差。不过我还是对自己这个判断有些隐隐的怀疑，豆豆是不是本来就没想把叶子农塑造成完美人物，他身上的不完美恰好是作者要提请读者注意的，小说在表层之下是否还蕴含更深的寓意呢？在这一点上，我没有在小说中看到明显的暗示，也就不能把自以为是的有任何倾向的结论加到豆豆身上，姑且存而不论罢。

　　考虑到现代长篇小说的世俗出身，豆豆塑造高超人物、表述高深思想的尝试看起来的确让人骇怪，难道她要离开小说已被经典规划好的道路另寻一种可能——一种在核心部分显示出人追求整全知识的热望，尝试着理解所有事物与人的利益之间一致性的努力？如果我们不把"小说"只当作对 romance 或 novel 的对位翻译，而是扩展为一种对人心和人生探究的叙事艺术，豆豆的小说就是在这个方向上往更高处探索的尝试。她的小说不处理低端或均质的人性，或是着迷于对人类心灵一隅的抚摸品咂，而是在虚构中致力模仿好的和高尚的生活，展示人在更高向度而不是更低向度上的可能性。不过，正像探究人性的暧昧、复杂、委婉曲折的小说家必须参与对人性的多面暗角了解的竞争一样，这类准备把小说当作一种更高端的书写方式的写作者，也必然把自己逼上一条更为艰难的路，他们必须对自己的人物思考的问题有把握，并在一定意义上能与某些卓越的思想者一起思考，让自己的思考与对方形成真正的对话甚至超越他们。在这个意义上，小说与爱智慧的哲学区分已经不是非常严格。

思辨的爱好也几乎决定了《天幕红尘》的写作是判断在先的，小说的情节、人物和走向作者早就想设定了，而不是像大部分小说创作强调的所谓作者跟着人物走。在现代小说写作中，判断在先差不多是个贬义词，甚至被悬为厉禁，这大概也算得上是古代跟现代创作的一个重要分野。

即使对豆豆的小说相对偏爱，我也不想援引伏尔泰的话为她小说的败笔和不尽如人意之处辩护："只有真正的天才，特别是那些打开新途径的先驱，才有权犯大错而免于责罚。"豆豆看似与现代小说不同的写作方法根本不是新鲜事物，只算是古典叙事传统的一个支流余裔，说不上戛戛独造，何况在显和隐的层面都存在着这样那样的问题。只是读多了技术上相对圆熟却不能启人思索的小说后，豆豆的作品因难能而显得可贵。怎么说呢？那些精巧的作品太像思想平常却心细如发的皓首穷经者的大作，找不出一处瑕疵，却偏偏烦琐拖沓让人得不到一点收获，"尽管到处是水，能解渴的却连一滴都找不到"。沉在这类作品里大兜圈子，我宁愿读豆豆这样漏洞不断却孤帆独航的小说，因作者限于天赋或思考的深度而留下的罅隙，差不多正是那个小说背后认真的作者努力工作的痕迹，有意无意地提示了某种可能的写作路线或思维向度。当然，这样的说法仍然可能是我无心为之的自我辩解，因为没有一把公认的标尺可以真的量度出一本小说与另一本小说在品质上的差别，以上的文字最多能表明的或许只是我偏爱偏向着这一类型的小说而已。

降落现实的转境时刻

——须一瓜《致新年快乐》

  《致新年快乐》进行到三分之一左右，组队行动的反扒志愿者与一伙窃贼狭路相逢，大敌当前，一贯勇猛的郑氏兄弟中了美人计，完全丧失执行能力。"双胞胎一直目瞪口呆，他们完全反应不过来——开始是对这伙美女扒手猝不及防，后来是对各种混乱迟钝，他们都被马尾辫的美丽温柔转了境，一下子回不到过去的执业状态，脑子各自空白，下意识就不接受车里发生了扒窃。"在同伴抓住女扒手之后，他们也还是"不愿相信，眼前这个楚楚可怜的泪眼婆娑的马尾辫，是他们一贯乐意追捕的猎物"。

  小说临近结尾，成吉汉和猞猁一起追击逃跑的银行抢劫犯，前者一面疯狂驾车，一面打开高保真汽车音响，"在音乐中，所有的光影、人形、景致、颠簸与离心力感，飞逝的街道、远方的山岚雾气，乃至抽象的事物，所有的一切，全部在车行旋律中刷新、变形、升华，尤其是辅之以速度时，音乐绝对让成吉汉脑浆沸腾，血液狂飙"。这个平常看起来张皇羞涩的人，在音乐的致幻作用下，已经进入癫狂的幻觉状态，那个熟悉的成吉汉彻底消失了，他的"温柔与暴烈是随时转境的，没有过渡期"。

引起我注意的，是上面两段文字中出现的"转境"一词，有些新鲜的意味。不知道这词来源于佛典还是方言，但意思在上下文里可以看得清楚，即人被某些事物强烈影响，从而忘记了自己置身的现实，脱离了原本建基于日常的思维、情感和行动轨迹，脑子转入另外一种特殊情境之中。如果以上理解没有太大的偏差，那这一词语是否可以作为一个特殊的关键词，用来看待《致新年快乐》这一有着明显理想意味的小说？也就是说，这部小说是否可以整体上理解为一个有意延长的转境时刻？

一

从人物来看，须一瓜的这个小说，主要围绕新年快乐工厂的负责人和保安展开，他们身份不同，天性各异，人生遭际也不相同，却最终奇妙地组合在一起，形成了一个反扒志愿团队。我们不禁要问的是，什么是这个团队成员最终能够组合在一起的理由？

不妨先从负责人成吉汉说起。作为《致新年快乐》的重要人物，我们大致可以看到他从小到大的各种情形。刚进小学的时候，成吉汉就成天穿一件橄榄绿上衣，把这当作他的警服，甚至因为等衣服熨烫好而上学迟到。高中时，在一辆长途车上，成吉汉跟一个小偷扭打起来，即便后来小偷的同伙持刀现身，成吉汉仍然"死死扭住行窃者"，以致大腿挨了一刀。再后来，看到一个女人背着孩子跳河，成吉汉立刻从车里蹿出来，跳下距离护栏十多米的冰冷河水里，差点送了命。不难看出，成吉汉拥有急公好义的"自然德性"（natural virtue），也即这一德性不是后天培养出来的，而是他身上天然具备的，不妨看成他的天性。这一天性，在积极意义上，通常会被称为疾恶如仇、见义勇为；在消极意义上，则往往会被认为是缺心眼、二百五。

与此同时，成吉汉对音乐无比痴迷。大学时，他就"买了很多很多很多盗版、正版的音乐碟片"，在新年快乐走马上任不久，他则采用先进的网络音频纯数字化体系，升级了全厂的广播音响系统，更新了全厂一百多只扬声器，还为自己"专门整出一间高档听音室"，甚至连学习滑板也"在音乐声中追风而行"。即使朋友因救他而去世，他的首要反应也不是悲伤，而是对方"非常了不起，终止在那么棒的音乐里。我一直在想，我在那个时刻，谁会为我播放我最爱的曲子呢"。这种对音乐的痴狂状态，不妨看成对美或艺术的天然热爱，当然，也可以换个角度看成不切实际。

小说中的另一个重要人物猞猁（林羿），也就是保安队队长，天性几乎处处与成吉汉相左。他沉着、冷静、富有现实感，不会轻易被外在现象迷惑，"似乎天生就有'清晰判断并尊重各方利益'的能力，再纷乱的情况，再凌乱的枝节，再巧言令色，好像都不能阻挡得住他对事情核心的把握"。他也从不动辄激动，几乎一直能够保持冷眼旁观的姿态，绝大部分时间处于清醒状态，能从各种表象中推断出事物的本质，所谓"对人对事，他有直达本质的奇怪天赋"。这一天赋可以说是"天生的猎人直觉"，让他能够从人群中发现坏人，辨认出谁会是麻烦的制造者。拥有如此天性的人，当然会得到周围人的信任，因此，不光老板对他依赖有加，他的恋人知道他是"敢担当、能担当的那种男人"，就连一贯嚣张跋扈的厨子阿四，也觉得猞猁身上有令她"又爱又怕的什么东西，微妙地威慑着她，让她不敢唐突造次"。

围绕成吉汉和猞猁的，有始终"透着无所畏惧的沉着与英勇"的边不亮，"简直就是复仇似的和所有的小偷扒手恶人宣战"，是这个组合里"最坚忍、最手狠的一个"。当然，也不能忘了郑富了、郑贵了这对双胞胎，"他们有一个共同的爱好，就是假扮警察"，虽然"不过端一个朝不保夕的保安破饭碗，还成天管天管地管空气"。跟成吉汉出于自然德性的疾恶如仇不同，也没有猞猁对人和社会的天生直觉，边不亮和郑氏兄弟可以说是因为自己的人生遭际，无意间加入了这个对恶的抗争行列（当然，不可能完全排除天性）。或者可以说，他们的选择是被迫的"人为德性"（artificial virtue）——因为不幸的遭遇，边不亮对坏人积攒了刻骨的仇恨，用猞猁的话说，他"这么变态、这么不要命地疾恶如仇，是他心里装满了恨"。郑氏兄弟呢，则是因为从小脑子迟钝，总被人欺负，"所以他们觉得警察威风凛凛，无人敢欺"，因此热衷于扮演警察，遇到不法之事表现得积极又勇敢。

通常，一个人的成长过程，就是其天性被引导，并逐渐与世界和解的过程。可小说中的这群人，不管是因为对天性的执着，还是出于后天的自我选择，即根据他们的自然德性或人为德性，围绕着对扒手的愤慨，组成了一个小小的反扒团队，尝试着实现他们惩奸除恶的理想。也就是说，他们因为自己的天性和遭际，把与世界的和解过程强行扭转，从而进入了转境状态。了解世界运行逻辑的人当然明白，他们面临的将是什么，比如成吉汉的父亲，早就判定自己的儿子是一个高贵的蠢蛋；比如阿四，她关心外甥郑氏兄弟、爱护成吉汉，疼惜边不亮，敬畏猞猁，感受得到他们身上那些罕见的东西，却也知道两兄弟的颟顸、成吉汉的没正经、猞猁和边不亮的伤痛与隐疾，几乎看得见这群看起来正气凛然的人失心疯一样的人生轨迹。

阿四这一刘姥姥般充满世俗智慧的人，几乎可以代表现实世界对这群人的态度，也让人意识到，由亢奋的德性刺激构成的转境时刻，因为与现实世界并不贴合，定然不会长久维持。或者，就像猞猁意识到的，"人生也许就是如此吧，总有绚丽的七彩气泡在飞；总有人只为生命的荣耀而战，总有些傻瓜，一辈子目光远大，只看到远方诗性的光芒，永远看不到自己一脚狗屎"。当这群踩着一脚狗屎的人要凭靠自己的德性强令转境降落于现实之中，伴随着的恐怕必然是天生的缺陷和难以避免的千疮百孔。

二

我相信，新年快乐工厂的负责人和保安们，从来没有规划建立一个稳固的小共同体，他们只是在特殊的时代情形之下，因为种种有意无意的机缘，先是自发，后是半自觉地组成了以反扒为首要之务的临时团体，并努力维持着团体的运作。这一团体的运作，差不多只相当于一个有意延长的转境时刻，只是在小说里，这一转境状态阴差阳错地降落在现实的地面。

《致新年快乐》发生的时间距离现在二十多年，回想起这一时间段和对它的思考，我们大概会为自己曾经的轻视暗叫一声惭愧。那个时候，新年快乐工厂所在的地方，还"一派贫困杂乱、无序而生机盎然。很多城市化的基础设置、机构配置，都在应对人口快速增长的疲惫招架中"。就是在这样的城市化初级进程中，就是在这样的无序和生机中，就是在规范化还没有完全取走各种可能性的这一时期，开始逐渐积聚在一处的人群，还没有被固定安置或有意驱逐，社会还有一丝透气的空间，容得下荒诞的想象和离奇的行为，不少先天或后天德性没有被完全规制的人，尚能寻到一个空隙来尝试他们在人世的各种可能，来安置他们正向的转境时刻。我们不妨记住这个时期，因为我们即将或已经开始怀念——或许，这也是小说题目使用了具有怀念气息的"致"的原因？当然，更重要的，这是作品人物停留的时代。

郑氏兄弟的行为，差不多可以说是这一时期的宽松氛围催生出来的。喜欢多管闲事的郑富了出面制止小混混动手，却被双方合起来打了一顿，阴差阳错地上了报纸。或许是上报纸的虚荣刺激了他们，或许根本就是天生爱管闲事，此后"双胞胎一起迷上了社会警务管理。穿着保安制服，有事没事在人流密集处巡视，一碰到小偷的、打架的，夫妻在街上打闹的，他们就出手。警察没来，他们就说自己是警察，警察来了，他们就说自己是保安"。沿着这一自发的运行轨迹，郑氏兄弟和边不亮先后加入新年快乐保安队，"在成吉汉的直接领导下，治安巡逻的范围日益扩大"。在幼儿园血案中大得民心之后，这一队伍更是"膨胀得不行，也锐气风发得不行，恨不能铲平天下所有不平事"。是的，尽管是转境，却跟任何一个活物一样，先是自发地产生，然后，管理者有意无意地纵容，涉事者或明或暗地鼓励，被救助者真心实意地感戴，都成为输入这一团体的精神能量，让他们有机会给人间投下一点多余的善意。

一个转境时刻能延长并有机会落地实行，肯定不能只依靠精神能量。幸好，新年快乐的少主成吉汉慷慨任侠，反扒志愿团队的住所、工资、装备、巡逻车辆、健身场所，甚至受伤之后的医药费、营养费，都由这一提款机供给。只是，天生容易混淆现实与幻想的成吉汉不会意识到，离开他的物质支持，以行侠仗义为己任的转境不会在现实中存在，并且，他对音乐的喜爱，还进一步掩盖了团体的现实根基，从而让成吉汉误以为建成了自己的非凡汗国，并在某些时刻显出近乎辉煌的色彩。看，这是英雄们的凯旋，一个属于他们的完美转境时刻——"一行挂彩的、疲惫的小队伍一进厂大门，忽地，新年快乐四至的白色栅栏内，大小灯齐放光明，维纳斯喷泉狂飙。阿依达的超长小号在夜空穿云裂雾，连接天国。光辉而磅礴的音色，让小小厂区，神迹般壮丽辉煌，是的，整个厂区，高分贝地响起了威尔第的《凯旋进行曲》。在那个夜晚，在那个远离市区万丈霓光与红尘之外的乡镇一隅，在那个月光隐约、夜色清幽的郊区厂房，辉煌的音乐，瞬间成就了天上人间的光辉遗址。音乐里，从天而下的金色高光，打亮了那天地间、唯一的非凡舞台。"

尽管有成吉汉的物质输入，尽管期望"出钱、出力、出血，他们一起维护那个了不起的世界"，尽管默许和激励让这个转境时刻恍若正义的化土，但任何停留在地上的转境都难免与外在世界有交叉，现实会以雄强的逻辑摧毁这一异质的人造世界。因为自我定位不准确，这个团体的成员常常忘记自己的身份，越俎代庖地干起警察的活儿。对这一点，警察心知肚明，但念在他们对不法之徒的威慑作用上，平时也就睁一只眼闭一只眼，并在制服一次抢劫行动后，扶持他们成立了"反扒志愿队"。但警察没有忘记严肃指出，"反扒志愿者，只允许以志愿者的身份活动，绝对——不许假冒警察，严禁——严禁使用警械等任何违法行为"。当然，陶醉在自己正义情怀中的转境中人，多数会忘记这些告诫，继续行走到违法的边缘，"以警察口吻对歹徒们威武训斥"，甚至"避过警察，偷偷使用手铐、警棍等警具"。

不止如此，当冒充的警察身份获得暂时承认的时候，原本封闭在转境中的欲望和权力，就有了向现实世界索要回报的意愿。成为新年快乐的保安之前，郑氏兄弟已经感受到，"虚拟的公权也是公权力，只要管理相对人以为是真的，那就是真的"。"公权力对人的侵蚀，比铁块生锈还容易"，而冒充人员缺乏监督，一旦开始腐败就是绝对的。郑氏兄弟收取着腐蚀带来的利益，享受着没有监督的公权力带来的恣意，于是，他们对坏人的看法会发生改变，并能接受私了。加入新年快乐保安队，成为反扒志愿队成员之后，他们继续接受或明或暗的贿赂，"双胞胎也已经不止一次逮住她（按：指女贼）后放行，也就是说，不止一次受贿。猫和老鼠已经进入一个双方默契的互助互益循环"。即便猞猁大打出手，他俩仍然为行贿者（当然更是为自己）辩护："她是有小偷病。是病人。我们所以这样，是为了保护她的家。哥俩还说，人家都怀孕了啊……"

当然，不止郑氏兄弟在毁坏这个转境时刻，成吉汉和边不亮虽未收受贿赂，但也早就超出了一个志愿者的本分，让自己处于违法的边缘。一贯冷静的猞猁本是这个团队的基石，最终，因为关心则乱，他也越过了该有的界限。无可避免地，这个本来应该是有限的、局部的、始终小心翼翼的、已经足够延长的转境时刻，走进了无边的现实，也就再正常不过地来到了它的崩塌点。队友死亡，执掌现实的人即将索回他的权力，那个或许会越来越值得怀念的时代，就要无可奈何地走到它的尽头。

三

这样一个涉及转境崩塌的小说，很容易呈现出苦大仇深的样子，让读者对其中的人物充满同情，为理想境况的消失忧心忡忡，并有可能进一步引向对无情现实的痛斥。但《致新年快乐》的诉求并不在此，相反，在整个作品中，时时呈现出谐谑的意味。比如成吉汉喜欢古典音乐，这一爱好影响了保安队的人，连冷静的猞猁都会让音响室循环播放威尔第的《凯旋进行曲》，愚笨的郑氏兄弟也学会了用口哨吹出《威风堂堂进行曲》。更不用说，这爱好唤醒了厨子阿四那个成吉汉命名的"古老的音乐灵魂"：

有一次，她做的粉蒸排骨没有熟，食堂一片郁闷蛙声。阿四辩称是那天十一点多放的音乐不对；成吉汉居然就查那个时间点厂里的广播系统音乐，一查是《肖斯塔科维奇的钢琴三重奏》，成吉汉哈哈大笑后表示，那个音乐的确不合适蒸熟排骨。成吉汉宣布：以后阿四蒸排骨，音响室绝不许播放肖氏钢琴三重奏。阿四是很能顺竿高爬的，立刻说，前天下午的曲子，非常合适蒸粉丝包子——那包子你不是说非常非常好吃？就那个声音好。成吉汉让人马上播放阿四说的前天下午的音乐。拉赫玛尼洛夫《帕格尼尼主题变奏曲》一出来，阿四就腰杆挺直，一脸怎么样的自得神气，仿佛那音乐就是为她蒸包子谱写的，没有听完，成吉汉就跳起来了重拍阿四的肩。没错！成吉汉指着空气中看不见的旋律，说，你对！我看到了，好吃的包子，就是这样熟的——纯美的、白色的水汽袅绕中，它们——慢慢、慢慢、慢慢变熟的——淡淡的忧伤在蒸腾，热腾腾的炊气，散发着包子的复杂的美好香味——成吉汉嘎嘎咕咕地狂笑，看不出真言戏言，匪夷所思的魔怔，令周围人侧目。

从这段文字，或许可以看出整个小说的调性——正面看起一本正经，似乎炖菜、蒸包子真的需要音乐的辅助，侧面看，叙述中又渗透着戏谑成分，反衬出此前一本正经的好笑。也可以反过来说，虽然小说整体上显得谐谑，但内里却透出一种古怪的认真，牵连着人内在某种值得珍视的东西。这或许是作者有意的选择，这群看起来没心没肺的天真汉，有着各自的莽撞、草率和尴尬，却又不时给多难的人间点上一星灯光；与此同时，他们也并非让人省心的老实人，而是处处表现着自己的不着调、不靠谱和不正经，仿佛随时准备把肃剧演成谐剧。或者不妨说，《致新年快乐》的叙述语调，一直在对人物的信赖和反讽中不停转境，甚至在某些时候显出狂欢的气息，你以为该对他们大加赞扬了，却转身就是一脸揶揄；眼看他们就要遭人鄙视，却又忽然气派得威武堂皇。

不只是在谐谑和严肃之间，这个小说几乎在任何一个问题上，遵循的都不是单一的直线逻辑。反扒志愿团队的所有成员，从成吉汉到郑氏兄弟，几乎无一例外地有着自己的伤痕，或者年幼失母，并在同一场车祸中留下了残疾；或者遭人诬陷而丢掉工作，并因此导致了母亲的去世；或者缺失母爱还遭恶人欺凌，几乎家破人亡；因脑袋迟钝而被人欺负的双胞胎兄弟，在里面算是受损较轻的，却也有足够的理由痛恨这个社会。但他们并没有因此满腹哀怨，相反，在不尽完善的社会情境和人群处境之中，他们隐藏起自己地裂深处的伤痛，把这一切转化为对坏事的抗争，"全力以赴演绎着人世暖和时光"。

有了上面的说明，我们自然不用担心作者会把小说处理成因恶成善的大团圆故事，也不用担心这个临时搭建起来的草台班子会成为某种不切实际的榜样。"受过伤的心总是有璺的"，一个认真的写作者，不会放任自己的人物脱离具体环境优入圣域，也不会把伤痛轻易转化为通往天堂的地砖。毋宁说，《致新年快乐》始终警惕着这种一惊一乍的大反转，并有意无意地传递出复杂的信息——未经反省的自然德行和被迫选择的人为德行，都很难值得信任；企图把不切实际的转境状态长时间维持在地面，必定随时面临崩塌的危险，而其中的人也难免会被置于绝境。果然是这样，猞猁对自我的过度信任造成局面失控，双胞胎此前的勇敢在关键时刻失效，成吉汗容易模糊现实与幻想的天性导致了最后的灾难。失望的父亲收回了交托给儿子的工厂，"彻底失去信任的王子，将失去他的自由国土"，一段历史终结。

不过，小说并没有因为这个结局而给人物定谳，比如以此责备他们的虚妄自大或天真幼稚，相反，我们始终能感觉到作品传递出来的某种哀婉气息。或许，这气息如作品里人物感受到的那样，是"直觉到那种源于灵魂深处的默契感吧，这个默契，来源于可依靠的强韧力量，源于邪不压正的信念。甚至源于某种哀伤"。在不断转换的叙述语调中，作为读者的我们，既感受着人物身上散发出的独特光亮，也不断思考着他们此后的命运——继续担任保安的郑氏兄弟在度过了最初的难过之后，还会如以往那样见义勇为吗？骑摩托车离开的边不亮，此后会用什么方式来消化始终伴随着自己的伤痛呢？离家出走的成吉汗，能就此意识到自己存在的问题吗？沿着小说给出的这些信号，如果读者在思考人物命运的同时，继续追问转境的合理性问题，意识到未经反省的德性可能的局限，进一步检查不同性情在当下时代的表现，是否能算得上这个作品小小的成功？确切点说，尝试多角度理解每个人物，引发细心阅读者的持续反省，是不是这个小说，甚或所有叙事作品的题中应有之义？

试走未行之路

——关于陈谦的小说

两条道路在秋木林中分岔

可惜我不能两条都走

作为旅人，我久久地站在岔口上，

极目眺望其中一条道路的尽头，

直到望见它消失在林木深处。

……

我将会轻轻叹说，

——在我年老的时候：

两条道路在林中分岔，

我选择了人迹罕至的那条，

人生就此迥然不同。

——罗伯特·弗罗斯特《未行之路》

259

一

　　20 世纪八九十年代的一批中国年轻人，不管是由乡村入城市，还是从中国到异国（主要是美国），差不多都经历过双重生活，和由一个从卑微转为自豪的阶段吧——那个曾经遥不可及的乐土，我们不是终于置身其中了吗？或者，用弗罗斯特的诗来说，一个人不是有机会走向一条未行之路了吗？那曾经说不上道理的禁忌，无法摆脱的束缚，累累赘赘的人事，在转身奔赴美丽新世界的同时不就可以一刀两断，抛诸身后吗？人们从此面对的将是白纸一样崭新的生活，"好写最新最美的文字，好画最新最美的图画"不是吗？

　　当然了，生活不会就此一劳永逸，那个美丽新世界也不是极乐净土，一旦踏上就可以莲花化生，不再食人间烟火。不过不用着急，"艰难困苦，玉汝于成"的桥段会成为新的神话，激励另外一批人去开始他们新世界的生活。即便遭到不同文化的伏击，弄不好也会催生出些民族国家的微言大义，把日常行为生生提炼出一副金刚不坏的"普世"框架，好用来证明新殖民主义、后来者理论或后什么后什么这类更新不已的世界性概念。

　　话说到这里，爱好文字却懒于思考的人或许早已摩拳擦掌——你看，所以人总是要回到自己的日常生活，开门七件事，相夫兼教子，这不是文学的永恒主题吗？最终文学会回到吃饭、旅行、爱情、争吵、和好这些不是？或许这就是很多在国内显得不疼不痒、无足轻重，最终是以凡俗书写日常的文字，却在某个范围的华文圈子大行其道的原因？而且，除了跟某个特殊年代相关的作品，一不小心，我们也会把20世纪80年代末去美留学、后在硅谷工作的陈谦的小说，划入这个不必进入文学的日常生活范畴——那些家庭间的恩怨、夫妻间的情仇、抚育子女的艰辛，不正是陈谦小说的主题之一吗？

表面上看起来，陈谦小说的主题确实是这样的，原生家庭带来的没法摆脱的影响，夫妻之间无法弥合的性格差异，子女带来的拖累之感，理想人生设想的无法实现，转瞬间已经步入中年的尴尬……仿佛掀开温暖灯光笼罩下人家的窗帘，屋内种种不如意的生活情境呈现在眼前，牵丝攀藤，无休无止，仿佛《繁枝》中立蕙的感慨，即便那些外人看来被成功光环围绕的家庭，内里并非如此："你看，我去看叶阿姨，就听说了何叔叔去世、锦芯肾衰竭这些非常坏的消息。我去见锦芯，又扯出了志达跟锦芯婚姻出问题这条线。今天跟施密特医生见面不到半小时，又知道了锦芯曾服毒自杀。我都不知道这树下的河有多深的水。"或许这就是陈谦小说区别于凡俗书写的第一个原因，她清楚地意识到，生活不是炫耀，也不是委屈，而是一条隐藏着无数潜流的绵长河流，人要有准备面对那些水下可能更深的漩涡。

那个更深的漩涡，翻译出来，大概可以说是生活的真相。T.S. 艾略特在《四个四重奏》里借鸟儿之口说，"人类／不能忍受太多的真实"。我不太相信，人会有足够的力量承受太过残酷的真实，不过，所有对真实的探索，在某种意义上却是文学的题中应有之义，因而如何保持触碰真实的分寸，是写作在文字之外的一个重要部分。在这个意义上，陈谦对真实的探索，就显示出相当出色的节制。就拿小说中经常出现的对婚姻的认识，人物看到的真实往往是："成个家，两个人（谁牺牲）就要有取舍了，要不日子怎么过？""你早晚会懂的，婚姻这东西，不平等是最可怕的。"或者竟至于是："如果有人告诉你，他离婚是因为妻子的爱让他觉得窒息，你能明白吗？"

面对这些真实，陈谦小说中的人，起码是那些有过自省的人没有回避，如同面对创伤："最要紧的是对创伤不回避。就像面对一个伤口，不要捂。"或者如同对待仇恨："当你宽恕别人的时候，受益的不是那个被你宽恕的人，而是宽恕者自己。"并且，无论即将面对怎样的真实，经历过苦痛的人，知道自己的界限，明白人性"最好不要被考验"，不在假想条件下预测自己的情感反应，他们得留着精力郑重地对待事实，而不是把力量用在揣测上。当然，这样说有个必要的前提，即要让这些看起来温和的结论有效，背后需有对人心的犀利认知做基础，否则一不小心就会成为乡愿，用似是而非的结论取消了人生的残酷性，因而也削减了小说的力度。

二

唐诺在《眼前》中说过一段话，我觉得可以用来理解很大一部分人的心理："准备做坏事或至少不愿做好事的自私之人会这样，因为我童年受过苦被施暴，所以现在我有某种道德豁免权，社会还欠我、人生还欠我、你们所有人都还欠我不是吗？"经历过一个特殊的时代，并在这时代之中受到创伤，或者自小生活在贫苦环境中的人，是不是经常会有这样的心理？这种情形，是不是出于一种推卸责任的欲望？是不是如丹内特所说，"只要你把自己变得足够小，你几乎可以外部化任何东西？"如果小说也跟着流行的风气把本该个人承担的责任外部化，那写作的意义何在呢？

说得稍微具体一点，陈谦的小说，跟很多直面自我的作品一起，构成了对上述问题的反驳，也即取消了向外界推卸责任的企图，把所有的问题首先建立在自我反省的基础上。陈谦很多跟那个特殊时代相关的小说，都是建立在这个自我反省的基础上的，并没有企图推卸责任，就像《特蕾莎的流氓犯》里的那个长大后的女孩后来明确的，"她为了她十三

263

岁的嫉妒，利用了那个时代"，"我是常想，将它推给时代，很多人都是那样做的，由此寻得太平。像你我的父辈，像你我的兄长"；或者就像那个长大后研究历史的男孩意识到的，"我少年时代做下的事情，一直咬噬着我的内心。那种感觉之磨人，它没法跟别人说的……它让我看到一点，那么大的一个时代背景里，那么多的悲剧。很多很多，很可能就是由像我和我的家庭的人参与造成的"，因此他想找出真相，"想看一看，在动乱的时代里，时代巨大的悲剧是怎样一笔一画地给写出来的"。

在陈谦的小说中，有不少跟那个特殊的时代有关，《谁是眉立》《下楼》《残雪》《我是欧文太太》等等，都很难得地贯彻着自省意识。这样说，并非要把时代的责任全部反向地推卸到个人身上，而是提醒，在反思时代问题的时候，不要忘记了自己也是时代中的人。当然，在说到个人责任的时候，我们也必须意识到，"现代以来的中国，也许是时代和社会的力量太强大了，个人与它相比简直太不相称，悬殊之别，要构成有意义的关系，确实困难重重"。这样的能量慢慢累积起来，那个反省的声音即便在喧嚷的潮流之中显得并不起眼，是不是人物起码可以从刻板的时代套路中站立起来，拥有独属于自己的生命？

稍微深入一下，差不多就可以发现，对属己责任的推卸甚至完全地外部化，并非特殊时代的产物，而是几乎适应于任何时期。就像陈寅恪在《艳诗及悼亡诗》里说的："当其（社会）新旧蜕嬗之间际，常呈一纷纭综错之情态，即新道德标准与旧道德标准，新社会风气与旧社会风气并存杂用……值此道德标准社会风习纷乱变易之时……有贤不肖拙巧之分别，而其贤者拙者，常感受苦痛，终于消灭而后已。其不贤者巧者，则多享受欢乐，往往富贵荣显，身泰名遂。"《何以言爱》中的勤威，在面对自己该负的责任时，会强调自己的贫苦出身，然后理直气壮地说："你没有理由恨我。"他的贫苦，他的顺应，都给他的推卸责任提供了支援，就像小说中人意识到的："顺着这个思路说下去，勤威就将自己撇得越来越干净了。"或者像《爱在无爱的硅谷》中的王夏，过着看起来随性自在的生活，却又不对任何事负责，其实"他是被'艺术'这两个字害了，以为做了艺术家，就要这样或那样，其实怎么会"。

只是，人意识到了这样的状况，又该如何选择呢？道歉？"他准备了那么多年，就为着说一声道歉。这道歉还有意义吗？它不过是形式。"或者，即使意识到了问题的所在，仍然用自己的方式表达理解，就像苏菊对王夏："按王夏的艺术潜力来讲，他是个 loser。可是，那是他自己的选择啊。我现在大概懂了，他是当作另一种自我实现的，或许是要补偿那些天天压裤线的日子呢……自我放逐也是需要很大勇气的。"到这里，我们是不是会对陈谦的小说生起疑问——仿佛她小说中的人都有可能是对的。如果这样的情形都能被理解，那她是怎样认识人性的？

三

在名为《小说存活下去的理由》的文集后记中，陈谦说到了自己写作的理想："对人类生存困境进行思考和追问，应该是小说存活下去的理由。好的小说，应该能够帮助读者更好地理解他人，理解生活，进而在面临生活的选择时，行为有所依据。如果从小说中我们不能找到榜样，却能够体察到警醒，也是收获。"假如我理解得没错，陈谦的意思应该是，她致力理解的是人性深处的困境，并期望通过小说为这困境给出某种榜样或警醒的力量。对一个年轻时就到美国生活的人来说，她给出的会是怎样的警醒呢？

经历过城乡或国内外双重生活的人，几乎等于在青年时期忽然转向，走向了一条原本可能的未走之路。这条未走之路会给人带来无处安顿之感，离开前不开心，去了美国也不开心。这不开心，当然与离开了他们在一块土地上习与性成的言行举止有关，他们要在另一个世界经受考验，直到学会新的一套规范。而更为重要的或许是，那些在离开前足资凭借的"强大的压抑气场"，那可以让人"一路滑行到老"的东西消失了，人心原先没有也不会敞开的部分在另外一个环境中得以打开，此前对人心和人生的设定就此有了改变的可能，不少人的"人生就此迥然不同"。其中最为重要的，应该是对自我的认知发生了重大的改变，个体的实现变成了非常重要的部分，人便从此前的禁忌中慢慢脱离出来，进而导致了选择的不同。

在《望断南飞雁》中，南雁已经随丈夫在美国过上了安稳的生活，可她仍未得到内心深处的满足："我听你们的话，做实验员，培养标本，处理细胞，照顾小白鼠。不是实验员不好，可那不是我要的生活。"进而开始抱怨："我们十几年的夫妻，你都不晓得我想要的生活是什么。"或者像《繁枝》中锦芯的女儿告诉她的："最重要的是你们要幸福，而不是为我们活。我们都要长大离家的，最要紧的还是你们要开心地过你们的生活，而不是仅仅为了我们。"在这个方向上，《残雪》中那段关于喂鸽的话，几乎可以看成施受间不对等之爱的一个象征："他们掰面包时，总是两指一捏，随意乱掰的，那些面包屑多是跟人指尖尺寸差不多的半英寸见方小方块。人是方便了，但鸽子呢？鸽子是习惯吃细长的虫子的。抢到面包屑的鸽子，总要试很久，却怎么也吞不下去……我不怀疑那些人对鸽子的爱，可他们只以他们认为是'爱'的方式去表达自己的爱，却从来不问一问，那是不是鸽子能够消受的。"

自然，我们可以很轻易地把这一切归于文化优劣带来的极端变化，而国外的文化有着明显的优势地位，但陈谦的意思仿佛没有这么简单。看陈谦的小说，有时会觉得是在看某种心理侦探小说，开始看起来天经地义的一切，随着作品的展开渐渐变得摇摇欲坠，甚至会在某些时候出现极大的反转。大部分时候，小说则在人心的两端来回摆动，既认识到个人实现的必要性，也没有轻易地否定每种文化携带的不同经验内涵，有时甚至还会探究某种个人实现的合理性。即便在如何明确的个人实现合理情形下，陈谦笔下的人物也不会忘记提醒，"规则是经验的总结，肯定是有道理的"，"婚姻是社会的，而不是自然的"。有些社会的明显暗礁，就像《虎妹孟加拉》里的老虎，未必能够轻易触碰："野兽可以训练，但无法驯化。而且虎是独行兽，有强烈的领地意识，兽性发作时，血亲都要拼得个你死我活。现在的人，迪士尼的片子看多了，会出问题的。"

蔼理斯在《塔布的作用》中提到了由克制而来的塔布（taboo，禁忌）的变化状况："生活永远是一种克制，不但是在人类，在其他动物也是如此；生活是这样危险，只有屈服于某种克制才能有真正意义上的生活。取消旧的、外加的塔布所施加于我们的克制，必然要求我们创造一种由内在的、自加的塔布构成的新的克制来代替。"或许我们可以说，无论一个人走向了怎样人迹罕至的未走之路，从其一生的情形来看，他走的仍然只能是自己的性情标示出来的路，并非可以同时走在两条路上。陈谦小说的意义，大概正是为人在人生这条唯一的路上可能遇到的问题提供提示。只要注意到陈谦的提醒，小说的阅读者或许就能在小心地维护日常生活或大胆地试走未行之路的时候意识到——"看顾自己内心其实是人生最重要的事情，对吧？"

别有根芽

——张新颖的多文体写作

一、猜谜

　　回顾自己老年文章众多的原因，金克木说到一位老先生的启发："大约是一九七二年之后，我偶然遇上了一位旧识前辈文人。他邀我同去故宫看新展出的画。那时看展览的人很少。他和我一幅又一幅看中国古画，还不时低声议论，竟有两个小时之久。他已年过七十，我也满了六十岁，居然不知疲倦。我听他从独特的视角谈人物画，发出特别的见解。有时我问他问题，他多不答复。他好像是对我讲了他无处去讲的对艺术尤其是古代人物画的与众不同的看法。他爱重复说的一句话是'猜谜子'，意思是许多人看画谈画是猜谜，不求实证。这使我想到，原来我们观察艺术往往是猜谜。这岂止是对艺术？"[1]

真可能不止是对艺术。就拿文学来说，大而言之，对任何一本书的阅读；小而言之，对每句话的具体理解，都很难片言而断，不免有个猜谜的过程在里面。具体到张新颖的写作，他既有专著，又有论文，是卓然成家的学者；同时，他又写与专业相关或不相关的随笔，很多读者为之着迷；然后呢，还写得一手好诗，我曾见到有人读了他的诗久久静默；这还没有说他前后两本沈从文传记，其实是一种叙事方式的探索，这就让人起了猜谜的心思——是什么让一个人在文体上跨过一个又一个领域，还保持着相当程度的水准呢？

二、栖居

《栖居与游牧之地》是张新颖第一本评论集，收入他从大三到硕士毕业后一年内写的各种论文。文分四辑，照后记的说法，"第一辑是自己在当代文化中的切身感受和认识"；"第二辑和第三辑的文章代表了我这几年用力的两个方面，一是八五年以后的中国当代文学，一是现代主义时期的台湾

---

1. 金克木：《百年投影》，北京大学出版社，1997年，第12页。

文学"；"第四辑是读书时随便写下的，写得自由散漫，当然算不上研究什么的，自己有所得而已"。[1]

很难概括这些文章究竟表达了些什么，即便含糊一点都不可能，因为每一篇文章都有不同的关注重心。拿第二辑的"当代文学批评"来说，就谈到了马原、残雪、余华、吕新、史铁生、张炜、张承志、王朔、刘震云、王安忆，这辑开头的一篇《新空间：中国先锋小说家接受博尔赫斯启悟的意义》，讨论了马原、孙甘露、格非和余华与博尔赫斯或隐或显的关系。从这名单看，习称的先锋作家占了很大的比例，但当时或后来更引人注意的文章，却似乎是《平常心与非常心——史铁生论》和《大地守夜人——张炜论》，而张承志、王朔、刘震云和王安忆，也似乎无法单纯放进先锋的序列。这就不免让人纳闷，张新颖当时关注当代文学的重点是什么？

后记应该可以揭开部分谜底："我在八五年入大学，其时当代文学变化之巨大颇有目不暇接的感觉，在当时整体的文化氛围和文学形势下，培养起来的文学观念和趣味自然会不同于以往时代的观念和趣味，而我一直是在一种狭窄的意义上关注当代创作的：当代创作应该为文学提供新的质素和可能性，在这个意义上，并非所有在当代写作的作家都可称

---

1. 张新颖：《栖居与游牧之地》，学林出版社，1994 年，第 285—286 页。

为当代作家，也并非所有的当代作品都是当代文学。"[1]也就是说，虽然处在时代氛围之中，可无论是当时风头正劲的先锋小说，还是在另外方向上摸索文学边界的作品，张新颖都期望辨识其间的当代性，既看到先锋小说对观感传达的更新、对恐惧的消解、对荒谬和困境的无效克服，也在先锋之外的作品衡量平常心和非常心之间的张力、感受生存的欢乐和生命的飞扬、指认文学主张与文学实践之间的微妙分际。

有了对第二辑的认知，大概就可以推测此书的第一辑和第四辑。第四辑写到张爱玲、黄碧云和西西，不妨看成张新颖关注文学当代性的另一种体现，试从她们的作品中发现新的质素和可能性。这质素和可能，虽然并非张新颖所处时代的，而是来自特殊时间或特殊空间，看起来零零散散，却"应该是双方每一细弱、微妙的信号都能得到热情的回应，且不断激起新的互相投射与互相证明，促使双方都趋向于自身的实现与完善"[2]，充分携带着因时代和自身而来的"有所得"。

第一辑"当代文化感言"，可以看作对当代性更为开放的思考，用现在的说法，或许可以称为对某些总体性"现象"的论述，包括当代文化的反抗、知识分子边缘化以及属于每个人的表达难题。其中《中国当代文化反抗的流变——

1. 张新颖：《栖居与游牧之地》，学林出版社，1994年，第 286 页。
2. 张新颖：《栖居与游牧之地》，学林出版社，1994年，第 258 页。

从北岛到崔健到王朔》，以北岛、崔健和王朔作为"时代精神"的先觉者或代言人，勾勒 20 世纪 70 年代中后期到 90 年代初期当代文化反抗的流变，指出三者在社会层面上，"接受的范围从小到大，接受者的层次却从高到低，从先觉者、文化精英到具有反叛意识的青年学生再到社会大众，基本上都有各自的对应项；从诗歌到摇滚乐到小说，其形式越来越趋向通俗，其精神内含呈现日益'向下'的变化"，最终在受众最大的时候夭折。此后，张新颖很少再写这类论述总体现象的文章，或许如此文结尾所言，"这一个大的文化时期终结了"[1]，新的时期需要新的写作方式？

关于这本书，要问的其实还有很多，比如，明明有那么多可供选择的文体，为什么要写文学评论？或许是因为章培恒 1985 年对新生的讲话，"中文系是培养文学研究人才的，不是培养作家的"[2]，而文学评论是文学研究中能够轻松上手的那一个？或许是因为其时文学评论热门，很多人因为写文学评论而功成名就？或许根本就不是因为以上这些，仅仅是因为热爱（Eros），"文学就其小而言，是我的家，是我居住的地方和逃避之所；言其大，则是空旷辽阔生机勃勃的原野，我的感受、思想、精神在这原野上自由游牧，以水草为生。现代人已经不太知道什么是游牧了，我也不知道，但我

1. 张新颖：《栖居与游牧之地》，学林出版社，1994 年，第 4—5 页、第 21 页。
2. 张新颖：《风吹小集》，黄山书社，2017 年，第 81 页。

渴望知道。过往的山河岁月，幸运的是我为自己的精神游牧找到了一片无边的草场"[1]。

大概真的没有那么多为什么，只是因为文学是自己的栖居与游牧之地，而评论恰好在某个瞬间走进了一个热爱写作者的视野，就这样，游荡不停的精神暂时找到了接纳那无以名状的一切的载体。

三、主体

上面故意没有谈《栖居与游牧之地》的第三辑，因为这部分文章有一个特殊的位置，很难说是文学评论。本辑所收，是关于台湾文学的研究文章，包括对《文学杂志》的爬梳，王文兴、欧阳子、罗门三位作家的专论，以及几个新世代小说家的札记。

这部分文章，其实是一个课题，照陈思和的说法，"新颖在读研究生期间主攻中外文学关系。他做的学位论文题目，是我指定的：西方现代主义文学对台湾文学的影响"。接下这个课题之后，张新颖"从研究夏济安入手，引出一份杂志的特色与一种思潮的形成。这种由细部入手，再展示宏观的研究方法，不但表示了对研究资料的尊重，也保持了

---

1. 张新颖：《栖居与游牧之地》，学林出版社，1994年，第287页。

研究者丰富而健全的艺术感性。……本来在研究了《文学杂志》以后，新颖将继续研究《现代文学》杂志的，本集中几篇关于台湾作家的专论，就是为这个题目所作的准备"[1]。只是，这题目至研究生毕业才只做了个小小的开头，陈思和期待着完成，张新颖自己也说，"这个课题我还会做下去，进而还可能扩展到对整体的台港文学的关心"[2]。

像任何"计划永远赶不上变化的速度"一样，等工作四年后的张新颖再回到校园读博士的时候，研究方向却发生了不小的变化。为什么？应该不是因为前面的题目涉及的资料难以搜求，也不是因为对港台地域的陌生，或许，是出于一种内在的紧张："（研究《文学杂志》）那时……思路基本上是比较文学的影响研究模式，希望能够在这一模式下梳理20世纪中国文学和外国文学的关系……但就是在那时，心中的不安和疑惑也很强烈，所以写了几篇论文，就决定不能再这样写下去了。"当时写的台湾文学的研究文章，"如果仔细，也依稀可见与此同时对这一思路、重心和方式的微弱的反抗"[3]。

所谓比较文学的影响研究模式，侧重一地文学对异域文

1. 陈思和，《序》，见张新颖：《栖居与游牧之地》，学林出版社，1994年，第7—8页。

2. 张新颖：《栖居与游牧之地》，学林出版社，1994年，第287页。

3. 张新颖：《20世纪上半期中国文学的现代意识》，生活·读书·新知三联书店，2001年，第291—292页。

学的借鉴、模仿和改造，分析外来文学对本地域文学影响的诸多因素，究其实，里面隐含着中外文学的高下主次之分。张新颖所谓"对这一思路、重心和方式的微弱的反抗"，应该就是对以上思路很大程度的调整，即尝试取消内外之别和由此产生的高下主次之分，把两者看成同一整体的组成部分："如果要把二十世纪中国文学看成一个整体，看成一个文学史的发展过程，那么中外文学关系就包含在这个整体之内，参与到这个发展过程之中，不存在'内部'/'外部'的二元对立。相应的，也就不存在由'内／外'之别而隐含的不同研究活动的意义大／小、价值高／下、方向主／次等等的区分。"[1]这个意思或许可以表述为，中外文学关系在 20 世纪中国文学的整体思路之下，变成了对等的主体。

经过了不短时间的困惑和思考，到开始写作《20 世纪上半期中国文学的现代意识》的时候，"一下子跳出来了'中国主体'的观念，苦恼一下子被扫去大半，心里亮了许多"[2]。至此，中外文学关系的高下主次再度调整："我关注的重点不在于双边关系，而且更重要的是，关注重心的转变内含了基本立场的转变：在未必自觉的西方中心论的作用之下，中国现代文学自身的问题往往变成了西方思想、意识乃

1. 张新颖：《栖居与游牧之地》，学林出版社，1994 年，第 149 页。
2. 张新颖：《20 世纪上半期中国文学的现代意识》，生活·读书·新知三联书店，2001 年，第 292 页。

至文学技巧在中国文学中的投影，中国文学自身的问题被挤压掉了，因而它自身就被当成了一面扁平的、只有映照功能的镜子，特别是关于现代意识的探讨，这种倾向尤为突出；而我想讨论的却是中国现代文学和中国的现代意识。"这个调整并没有倒向拒斥外来文学的影响，只是借以强调，中国的现代意识"接受西方现代意识的启迪和激发，同时它更是从自身处境中生成、并对自身的历史和现实构成重要意义"。[1]

因为有了对"中国主体"的自觉意识，这本专著在考察每一个具体人物或现象时，都能站在与以往有所区别的位置，更为深入复杂地认识现代文学上的人与现象。比如以此视角观察，章太炎就不再只是古文经学家和种族革命家，而更是"以中国固有的文化典籍与大乘佛教唯识宗、欧陆哲学诸书互相参证发明，旧学新知，自由出入，思想资源丰厚多元又能融合为一，从而建立起个人自主的思想核心，对当下的学说、潮流独抒己见，尤其在对近世思潮的批判中显出相当的深度"[2]。比如以此视角观察，鲁迅对诸多问题的判断，不是单纯拿来外来标准，而是一种经过主体深入消化吸收后的自觉选择："鲁迅现代思想意识的根基在于个体自我的内

1. 张新颖：《20世纪上半期中国文学的现代意识》，生活·读书·新知三联书店，2001年，第4页。

2. 张新颖：《20世纪上半期中国文学的现代意识》，生活·读书·新知三联书店，2001年，第34页。

部需要和个体自我的内部建设，他的'别求新声于异邦'，并不只是照搬过来，而必须通过个体自我内部的深处，吸收和转化为个体自我的主体性世界中的有机因素。"[1]

不止章太炎和鲁迅，书中论及的王国维、张爱玲、路翎、沈从文，包括对新诗和都市文学的思考，各有细致周密的论述，却都没有须臾离开"中国主体"。"传统文化和外来文化相遇时的变化中主体的选择性是首要的。这是由承受外来文化的一方的内部决定的。"[2]按照学术著作要求的原创性标准，是不是可以说，《20世纪上半期中国文学的现代意识》考察现代中西文学（文化）相遇时中国主体的选择性和内部情形，深入而具体地分析一个个人和一个个群体，标示出了现代文学研究更加深阔的可能？换个方向，如果把张新颖的写作看成一个整体，这本书是不是可能显示出另外的意义，那个作为术语出现的"主体"，会不会在此后的文章中变化出更加复杂的意蕴？

四、切身

即便是一个观念吧，我们发现了的时候，往往就有了将

---

1. 张新颖：《20世纪上半期中国文学的现代意识》，生活·读书·新知三联书店，2001年，第76页。
2. 金克木：《文化猎疑》，上海三联书店，1991年，第1页。

其完型的冲动。就像张新颖想到了"中国主体"之后，就期望能够"把中国文学的现代意识当成一个具有完整过程的整体，就像一个生命一样，来描述它的发生、发展、高潮、衰落，这样的描述能够提供一个清晰的脉络，提供一个相对独立和自足的系统"。可真实的世界哪会这么整齐，等到深入研究每个特殊的具体，"我发现我的设想只能是一个设想而已，事物根本就没有像设想的那样发生、发展。在研究中我得出了一个关于中国文学现代意识的基本看法：它不断发生，甚少发展，不成系统。在一二十年代就出现的现代意识不一定就在后来的时间里得到继承和发展，说不定多年之后还要重新来过；后来者的水准和高度不一定就超过先行者；它散乱地出现，不可能有一个自足的系统"。[1]

这种对观念的发现以及随后而来的对观念完型冲动的克服，是张新颖思维的一个特征，即并不固定地倚靠在某些固定的观念和主张上面，而是一直随着每一个具体的对象调整自己的认识和写作方式，因此思想和文字都呈现出某种特殊的流动性。比如前面讨论的"中国主体"，会流动成为批评家主体："批评家的观念和趣味，他的观察、描述和判断能力，他的发现、阐释和想象能力，他的修养和风格，他的人格和信念，是从他个人的人生经验和所受的教育总量中，从

---

1. 张新颖：《20世纪上半期中国文学的现代意识》，生活·读书·新知三联书店，2001年，第292—293页。

人类悠长丰富的文学传统中，从他所置身的广阔深厚的生活世界中，一点一滴累积形成的。这一点一滴累积形成的，是一个独立、坚实、自主的个体，虽然他不带着尺子，他却不是内心一片空白地面对作品。他带着足够的谦虚和作品对话，同时他也带着足够的自尊和作品对话。他面对作品说话，却不仅仅是对作品说话，他更是面对着批评和作品共同置身的广阔深厚的生活世界说话，面对着批评和作品共同拥有的文学传统说话，同时，他也可以是面对自己的人生经验和教育总量，自己对自己说话。"[1]

文学的当代性也好，20世纪上半期中国文学的现代意识也好，并非直线发生发展的"中国主体"也好，恰恰是这些磕磕绊绊、一言难尽的情形，共同构成了我们置身其中的世界，因而文学也好，文学评论或文学研究也好，就生成了"内在于"我们时代的样貌："'内在于'时代并不是完全认同这个时代，或者完全混同于时代，他对这个时代也有感知、认识，也有不认同、不妥协，也有反省、批判，也有欢乐和痛苦，但是这些都是在时代里面做出的，他的感知、认识、不认同、不妥协、反省、批判、欢乐、痛苦也把自身包括在内的，这是和自以为可以置身时代之外或之上完全不同的。也正是因为在里面，包含了自身，所以他的感知、认

1. 张新颖：《置身其中》，上海文艺出版社，2011年，第12页。

识、不认同、不妥协、反省、批判、欢乐、痛苦，才贴心贴肉，有实感。"[1]

应该没有人能够把自己的身躯或心灵完全从时代中抽离出来，因而也就必然要身经这个时代的欢乐与痛苦，昂扬与沮丧，离开置身的时代，说不定时代也会背身而去，剩下的只是枯燥的概念和空泛的感喟。写作也好，生活也好，都无法脱离切身的实感，因而"'最稳妥的永远是只做我们面前最切身的事'，此生就是我们面前最切身的事，踏实，不逃避，有耐心，学会和那些麻烦、问题相处，学会对它们有耐心。再活一次，真的没有此生对我们更为切身"[2]。我不知道，这个内在和切身，是不是可以说是张新颖文章的深层特征？

五、流连

文章写到这里，几乎已经偏离了原先的设想，因为上面的表述，很容易让人误以为张新颖是那种艰深晦涩的理论家，而事实恰恰相反，无论是评论文章还是学术著作，张新颖的文字都以清通自然为人所知。"他善于把自己的感情不加掩饰地寄托在评论文字中间。……感性、贴切、没有任何外在的理论障碍，一下子就沟通了评论主体和评论对象之间

1. 张新颖：《置身其中》，上海文艺出版社，2011年，第308页。
2. 张新颖：《此生》，上海书店出版社，2012年，第38页。

的交流。"[1]"他的学问，他的表述能力以及文章的语言口吻，都给人留下极深的印象。文气从容，明晰安静，内在的守持和始终如一的贯彻力，是他的特征，也是如今学界最为宝贵的东西。"[2]这还没提经常会有人谈到的温润、从容、舒展，以及我觉得最值得重视的节制和准确。

话说回来，我有点怀疑上面的长篇大论，很有可能是出于我潜意识里的故意。读张新颖的文章，人们往往会注意到文笔的优美，却照例忘记了他深细的材料功夫；往往会被平实的讲述吸引，却照例忘记了他坚实周全的主张；往往会体会到细节的深曲，却照例忘记了他开明阔大的视野。时间久了，几乎会以为作者原本就没有照例后面的那一面。其实，从来就没有单独的照例之前，就像张新颖谈到《碑》，"讲的是平常人的故事，甚至连故事也说不上，只是平常人的哀死乐生，不是至人的远虑，所以平常人的生死大痛做了人生的底子和土壤，并且从这生死大痛中生长出来鲜活不尽的生趣，就像枯草下冒出了绿青青的芽子"[3]，远处的生死和近处的哀乐，原本就是同一件事的两面。在谈论张新颖的随笔之前，提到这个问题或许不是多余的，因为离开这个前提，

---

1. 陈思和，《序》，见张新颖：《栖居与游牧之地》，学林出版社，1994年，第6页。
2. 张炜，《代跋：半岛的灵性——读张新颖有感》，见张新颖：《打开我们的文学理解》，山东文艺出版社，2005年，第260页。
3. 张新颖：《火焰的心脏》，花山文艺出版社，2002年，第120页。

随笔写作很容易被误会为某种取巧的偷懒或原创性消失的无奈。

在分类如此普遍的今天，我们很容易把文学研究和随笔区分开来，似乎文体真的是这样截然分明的样子，或者写作者这段时间写论文，另一段时间写随笔。事实恐怕并非如此。就拿张新颖来说，他的论文写作一直是跟随笔写作相伴相生的，在第一本评论集《栖居与游牧之地》出版之后不算太长的时间，随笔集《歧路荒草》也付印问世。这个评论集与随笔集相伴相生的过程，一直是张新颖著作出版的常态，也一直是他写作的常态，这只要查看一下他作品写作和出版的目录和日期，就可以清楚看出来。或者更进一步，论文也好，随笔也罢，原本就没有什么分别，张新颖并非从定义产生的某类文体的写作者，而是在成长中形成了自己对世界的独特感受方式，并不断寻找把这独特感受表达出来的独特形式。文体的分茅设蕝、各自为政，说不定只是我们习惯了学科或各种怪模怪样的分工之后生出的分别心。

当然，并不是有了独特感受就必然出现好的文字。拿《歧路荒草》来说，张新颖就谦称里面的声音"杂乱、琐碎、微弱、含混"，并检讨这些文章，"有些竭力想以一己的方式发出自己的声音，有些则是通过模仿别人，或者是通过模仿一种说法而说话"。或许，这就是书名取为"歧路荒草"的原因。不过，谦虚归谦虚，作者还是悄悄地写出了自己微弱的自信，"我把六十篇长短不一的文章分成五辑，以如此不够整齐的面貌，呈献给精神宽厚的朋友们。就像生命过程本身不够整齐却必须不随意中断这一过程，写作也是一样"[1]。这样的不整齐，不完美，岂不就是中国文学现代意识的样子，岂不就是我们置身的这个世界的样子，岂不就是切身的生命不断偏离某些东西的样子？因此，随笔，甚至任何一种写作，都不妨看成是"从集体力量中偏离出来，从时代的进程中偏离出来，从宏亮的声音和公共语言的使用方式中偏离出来"[2]。

幸运的是，这个微弱的自信至今也没有成为强势的自信，却恰好可以让张新颖来确认写随笔这件事："如果可能，我愿意是个随笔作家。过去这样想，现在也是。"为什么会如此？因为随笔写作能触碰到自己的边界，让人紧张："我更看重写作中的捉襟见肘，这是重要的提示，清楚地标出了自己这方面那方面——知识的、情感的、想象的、表达的，等等——的欠缺。我常常把自己推到这样窄迫的境地。……这种紧张帮助我挣脱画地为牢的自我束缚，趋向之前未曾见识和体会过的许多东西，趋向更多一点、再多一点的自由——很多快乐也随之而生。"于是，写作的人意识到，"我有那么多的不足，我得通过一点一点地写，探触限制我的边

---

1. 张新颖：《歧路荒草》，上海人民出版社，1996 年，第 237 页。
2. 张新颖：《歧路荒草》，上海人民出版社，1996 年，第 12 页。

界在哪里；我得通过一次一次地探触，试着加把劲，把这个边界往外推，能推出一点点，就扩大了一点点"。[1]

这样一次一次地扩大边界的写作，不正是随笔的题中应有之义？——蒙田最早使用"随笔"（essai）这个词的时候，本意正是"尝试"。当然，即便出于自觉的尝试，恐怕也无法只用蛮力写作，而是需要灵魂深处的力量。这个力量的来处，我觉得是张新颖对文学近乎本能的热爱，用他自己的话说，是迷恋，或者，流连："这本小书低回流连于其生命痕迹和精神氛围中的这些人。"[2]"在其中穿行，游荡，低徊流连，沉迷不已。"[3]有心的读者一眼就看出来了，迷恋也好，流连也罢，应该都是"栖居与游牧之地"的变形记。时间走过了长长的刻度，那个流连于阅读和写作的人，仍然优游于他那个广阔的世界。

关于随笔这个谜语，好像还需要一层谜底，怎么证明这些随笔写得好呢？这可真让人为难。或者，就举我印象很深的几篇随笔的名字，读起来看看？——《书简与照耀内心的光》《此生就是我们最切身的事》《没能成为的那个人》《明知是本差书，还买回来了》《斜侧身体站立的姿势》《沧溟何辽阔，龙性岂易驯——琐记贾植芳先生》《不任性的灵

---

1. 张新颖：《沙粒集》，译林出版社，2019 年，第 62—64 页。
2. 张新颖：《有情》，上海书店出版社，2012 年，第 1—2 页。
3. 张新颖：《迷恋记》，上海书店出版社，2010 年，第 1 页。

魂》……是的，这些文章，让我们有机会练习成为不任性的灵魂，"从以自我为中心的情绪、感情的控制下解脱出来，学会克制，也即意味着学习把它放到适当的位置，放到众多的人事之中，放到世界之中。这个时候，才可能看到世界"[1]。

六、有情

前面的部分，有意没有提到张新颖致力最多的一颗不任性的灵魂。这颗灵魂，我猜，也很可能是本文开头提到的，金克木遇上的那位前辈文人。这样猜测的原因有三，一是两人乃1940年代的老相识，二是所述年龄正好相符，三是"猜谜子"是沈从文的常用语。即便如此，猜测仍然可能出错，不会弄错的是，沈从文是张新颖为之写了最多文字的人，包括《沈从文精读》，包括二三十篇跟沈从文相关的文章，当然更包括那两本传记性质的《沈从文的后半生》和《沈从文的前半生》。

最早出现的，是《沈从文精读》。我还记得初读这本书时的激动心情，在作者细密清晰的梳理下，我此前零零碎碎读过的沈从文仿佛就此合成一个整体，他那些不同风格、不同类型的作品都有了妥帖的生命出处，人生如中断小说写作

---

1. 张新颖：《风吹小集》，黄山书社，2017年，第8页。

转业文物这样的重大转折，也有了属于沈从文自己的合理解释。第一讲"《从文自传》：得其'自'而为将来准备好一个自我"结尾，似乎是对沈从文一生后发的预言："对于更加漫长的人生来说，自我确立的意义就不仅仅是文学上的了；这个确立的自我，要去应对各种各样的挫折、苦难和挑战，要去经历多重的困惑、痛苦的毁灭和艰难的重生，在生命的终结处，获得圆满。"[1]

或许是因为体例的限制，或许是因为没有能够把心目中的沈从文更为丰富地呈现出来，张新颖接着写了很多相关文章，深入沈从文早年的教书生活，探讨沈从文与音乐的关系，思考沈从文从事文物研究的心态，考察沈从文传统在当代文学中的回响，甚至把沈从文零散的文字剪辑成诗。除此之外，张新颖还一直准备写沈从文后半生的传记，"二〇〇五年完成《沈从文精读》后，本来打算接着写沈从文后半生的传记，而且以为很快就能写完，不想却因各种各样的原因一拖再拖，现在反倒不敢计划了"[2]。

上面的话写于 2010 年，两年多之后，相似的话在另一本书的自序里又说了一次。思之思之，鬼神通之，2014 年，《沈从文的后半生：1948—1988》刊于《收获》长篇专号，书随后出版。这个延迟完成的计划带来了另一个意外的作品，

1. 张新颖：《沈从文精读》，复旦大学出版社，2005 年，第 47 页。
2. 张新颖：《有情》，上海书店出版社，2012 年，第 2 页。

就是 2018 年出版的《沈从文的前半生：1902—1948》。至此，张新颖心目中沈从文的生命形状，终于更为完整地呈现了出来。

有意思的是，这个呈现并非按时间顺序依次写下来的，而是先有"后半生"，再有"前半生"。作者原本觉得，"沈从文的前半生，在已经出版的传记中，有几种的叙述相当详实而精彩；再写，就有可能成为没有必要的重复工作"，但"《沈从文的后半生》完成后，这一想法有所改变。不仅是因为近二十年来不断出现的新材料中，关涉前半生的部分可以再做补充；更因为，后半生重新'照见'了前半生，对后半生有了相对充分的了解之后，回头再看前半生，会见出新的气象，产生新的理解"。[1] 或许，正是有了这个互相交织的"照见"，才让我们在以往习见的形象之外，看到了一个不太一样的沈从文。

沈从文的不一样，正像张新颖在写这两本传记前就意识到的，大概缘于他对历史和人世的"有情"，这个"必由痛苦方能成熟集聚的情"，"即深入的体会，深至的爱，以及透过事功以上的理解与认识"[2]。从两本书来看，尽管沈从文在起伏动荡的时代遭受了无数艰难困苦，但他并没有被打垮，那原因，应该就是"一个人甘受屈辱和艰难，不知疲

1. 张新颖：《沈从文的前半生》，上海三联书店，2018 年，第 1 页。
2.《沈从文全集》，北岳文艺出版社，2009 年，第 319 页。

倦地写着历史文化长河的故事，原因只有一个：他爱这条长河，爱得深沉"[1]。大概正因为这有情，才让后半生的沈从文没有"不写"或"胡写"，而是重新积攒出了完成新的自我的能量，没有被时代淹没。"虽然在二十世纪中国，这个方面（按：指社会的、时代）的力量过于强大，个人的力量过于弱小。不过，弱小的力量也是力量，而且隔了一段距离去看，你可能会发现，力量之间的对比关系发生了变化，强大的潮流在力量耗尽之后消退了，而弱小的个人从历史中站立起来，走到今天和将来。"[2]

到这里，我其实很想说，这个拥有独立主体的沈从文形象，并非一种必然，而是写传记的人"创造"出来的。写作者有意收敛起自己的才华，始终贴着传主，把研读的欣悦和心得，细细密密地放置在这个特殊的生命流程里。正因为如此，我们没有看到一个戏剧化的沈从文，即便他人生中最艰难的时刻也没有，有的，只是他隐藏在琐细日常里踏实的生活。生活不是戏剧，传记也不是，在这两本看起来平实的传记里，沈从文独特的生命形状，没有惊惊乍乍地跳跃完成，而是从艰难的日常里一天一天活出来的。

到这里，我其实更想说，如果放弃某种似是而非的虚构和非虚构的严格界限，两本传记合起来，是不是可以恰当地

1. 张新颖：《沈从文精读》，复旦大学出版社，2005 年，第 247 页。
2. 张新颖：《沈从文与二十世纪中国》，复旦大学出版社，2014 年，第 46 页。

看成一个独特的成长小说（bildungsroman）？"主人公首先接受家庭和学校教育，然后离乡漫游，通过结识不同的人、观察体验不同的事，亦即通过主人公在友谊、爱情、艺术和职业中的不同经历和感受，认识自我和世界。主人公的成长，是内在天性展露与外在事件影响交互作用的结果。外在印象作用于主人公内心世界，促使其不断自我省察和反思。错误和迷茫是主人公成长道路上不可缺少的因素，是其走向成熟的必由之路。"[1]除去大量使用了现代学术确认为事实的材料，这合起来的两本传记，不是已经几乎拥有了成长小说的所有重要元素？

七、新水

前面已经谈过了张新颖的文学评论、学术专著、随笔、传记写作，已经够丰富庞杂了没错吧，但这还没有说到他的诗。如果从能够见到的 1988 年最早一首诗算起，张新颖写诗的时间已经超过三十年，仍然是跟其他文体相伴相生的过程。在这篇已经够长的文章里，就不再分析具体的诗，只谈一点对张新颖写诗这件事的认识。

照张新颖的说法，他原本认定自己不是写诗的人，偶

1.《德语文学史实用辞典》，转引自谷裕：《德语修养小说研究》，北京大学出版社，2013 年，第 39 页。

尔为之，不过是留存一点年轻时代的痕迹。后来，他慢慢想明白，"原来我有一种几乎是根深蒂固的偏见：如果写诗是'使用'字、词、句子，'使用'语言，那么，我不喜欢这种'使用'行为，还是不写为好"。中年以后写得多些，那是因为"似乎多了一层个人生活：与字、词、句子交流，与语言交流。……这种交流在日常相处中发生，不必刻意，却也不可缺少"。[1]也就是，对张新颖来说，从使用语言的有隔变成与语言交流的不隔，写诗才成了一种需要，一种内在的需要——"与语言交谈不是用语言交谈／就像与风交谈与光交谈／与黑暗和沉默交谈"[2]。

有没有可能是这样，一个活生生的人，他阅读，他写作，评论也好，随笔也好，都安放了自己的一部分情感和心志，可还是有些部分，比如情绪的起伏，轻微的不安，或者是重大的感慨，再怎么用力也无法用别的形式安顿下来，无论怎样都找不到合适的出口。怀揣着如此万端怅触，有一天，某个字从脑海深处冒出来，接着是一个词，一个句子，慢慢地，就成了一节，最后，一首诗就这么完成了，深处的

1. 张新颖：《在词语中间》，作家出版社，2017 年，第 1—2 页。
2. 张新颖：《三行集》，上海文艺出版社，2021 年，第 174 页。

神经稍稍安静下来。就这样，一次又一次，虽没有一劳永逸，但"诗救出一些瞬间，安慰了我们"[1]。

或许也可能是这样，每个人都别有根芽，总有心灵深处的某些部分，需要自己去与之相处，去摸索它的边界，去创造出一种形式来表达，论文也好，随笔也好，诗也好，都不是为了身外的什么目的，当然更不是为了某种早已被定义的标准，而是一个人不得不独自摸索的过程——这或许就是张新颖要用多种文体写作的原因？在这个过程中，人要学着忘掉自己曾经写过的那些，学着改变自己早已在光阴里略显生硬的姿态，每一次都把自己变成不同以往的新水——

不如早一点把时间放到时间里

把水放到水里　把沙放到沙里

早一点两手空空

放掉绑架一生的僵持姿势

自由的手把自由还给了整个身体

浸润于丰富的时间

而新水——总是新水——活跃不居[2]

---

1. 张新颖：《独处时与世界交流的方式》，华东师范大学出版社，2020年，第67页。
2. 张新颖：《独处时与世界交流的方式》，华东师范大学出版社，2020年，第14页。

源流与通变

——《蝉蜕：寂寞大师孙诒让和近代变局中的经学家》臆解

一、解题

《蝉蜕》为历史小说，或从史实，或出虚构，要之不离作者所理解之孙诒让，书中所言，不必强分何为虚构，何为史实，看成作者心目中完整的孙诒让形象即可。是书原名"末代大儒孙诒让"，修改后新题"蝉蜕：寂寞大师孙诒让和近代变局中的经学家"。不论是"末代"还是"寂寞"，皆属叹惋，标示出孙诒让置身新旧两造的孤独彷徨之感——其学其行，在近代大变局中，似乎只有萧条冷落的命运。

光绪三十二年，父执俞樾辞世，孙诒让撰挽联曰：

一代硕师，名当在嘉定高邮而上，方冀耄期集庆，齐算乔松，何因梦兆蹉跎，读两平议遗书，朴学消沉同坠泪；

卅年私淑，愧未列赵商张逸之班，况复父执凋零，半悲宿草，今有神归化鹤，检三大忧手墨，余生孤露更吞声。

挽联中有对俞樾的学术评价，有两人的情谊说明，亦复有对其著作的论列，而更见孙诒让心绪的，是上、下联中的最后两句，"朴学消沉同坠泪"，"余生孤露更吞声"，一面感叹旧学的零落，一面大生身世之感。说"末代"，说"寂寞"，似乎再恰当不过了。

对读俞樾遗言，于古学之消沉，二人感慨相通：

吾一生无所长，惟著书垂五百卷，颇有发前人之所未发，正前人之错误者，于遗经不为无功。敝帚千金，窃自珍惜。子孙有显赫者，务必将吾全书重刻一版，以传于世，并将坚洁之纸印十数部，游宦所至，遇有名山胜境，凿石而纳之其中，题其外曰"曲园全书藏"，庶数百年后有好古者，发而出之，俾吾书不泯于世。

除此之外，俞樾的遗言里，有针对当时文化局面的具体之言：

吾家自南庄公以来，世守儒业，然至今日，国家既崇尚

295

西学，则我子孙读书之外，自宜习西人语言文字，苟有能精通声、光、化、电之学者，亦佳子弟也。

结合上面"窃自珍惜"一段话，俞樾这里的意思颇为迂曲——是真的鼓励子孙"习西人语言文字"，"精通声、光、化、电之学"，以此作为自己对西学的理解？还是意存反讽，化用了《颜氏家训》里颜之推对齐朝一士大夫的不屑（齐朝一士大夫曰："我有一儿，年已十七，颇晓书疏，教其鲜卑语及弹琵琶，稍欲通解，以此伏事公卿，无不宠爱，亦要事也，吾时俯而不答。"），表明自己不希望子孙数典忘祖？

如果俞樾是前面的意思，那说明他的思路已经开始与新兴思潮有所融合；如果是后面的意思，则悲愤之意大于寂寞之感，仍标示了一种向上的可能。俞樾去世之前，曾赋诗云，"又见春秋战国风"。写下这句诗的时候，那个讲读经书不辍的垂暮老人，面对着绵延至今的"三千年未有之大变局"，已经看到了古今的变通，他有的，会只是寂寞吗？

或者来看孙诒让的《兴儒会略例》：

窃谓今日事势之危，世变之酷，为数千年所未有，中国神明之胄，几不得齿于人类，似非甄微广学搜书购器所能支撑。鄙人秉资暗弱，与经世之学，凤未究心。然念家承诗礼，忝列士林，睹此危局，腼然人面，不愿坐视夷灭，窃冀有魁杰之士，勃然奋兴，与襄宇同志集成兴儒会。大旨合全国各行省四万万人为一体，以广甄人才，厚植群力，志气搏一，筋节灵通。运会大昌，则蔚起以致中国之隆平；外敌凭陵，则共兴以围异族之犷暴。以尊孔振儒为名，以保华攘夷为实。万不得已，亦尚可图划疆而守。此区区移山填海之微志也。

"天行健，君子以自强不息"，感慨寂寞，终不是儒者的向上一路，于绝大的困境中思所振作，才是儒者的当行本色。以此为标准，沿着此书，略检孙诒让之生平学术，参以近代之大变局，看他如何在困局中完成了自己的"蝉蜕"，应该是一件有兴味的事情。

二、师承

孙诒让（1848—1908），幼名效洙，又名德涵，字仲容，号籀庼居士，浙江瑞安人，世有"晚清经学后殿"，"朴学大师"之誉。著有《周礼正义》《墨子间诂》《契文举例》《温州经籍志》《札迻》等。自小，孙诒让就随父孙衣言读书：

和孙诒谷相比，诒让其实更像他，好静嗜读，小小年纪

297

竟可以在案前坐上三两个时辰。六年前离家赴京任职，孙衣言一直把襁褓中的诒让带在身边，待他稍长，便亲自教习。尽管他可像其他京官那样，送儿子去国子监念书，但他没有那样做。他太爱自己的儿子了，在他眼里，诒让是一块未经雕琢的玉石，只有当父亲的亲自用心才能雕凿成器。[1]

《〈札迻〉叙》言："诒让少受性迂拙，于世事无所解，顾唯嗜读古书。"则孙诒让天性近于书，"性情对人而言就是命运"，其一生之行迹，多与书相关。所谓"受性迂拙"，能制心一处，免于务多好杂之失。又《周礼正义叙》云："诒让自胜衣就傅，先太仆君即授以此经。"又《清儒学案》引《家传》："先生少好六艺古文，父乃授以《周官经》。其后为《正义》，自此始。后从父官于江宁，是时德清戴望、海宁唐仁寿、仪征刘寿曾皆治朴学，先生与游，学益进。"此则除其父之身教外，又有朋友间的切磋琢磨，且自主选择汉儒家法，持之以恒，终而有成。

张之洞虽年长诒让不过十余岁，却是诒让的恩师，他在同治六年任浙江乡试副考官时，遴选诒让为正榜举人，所以今日得见，分外亲热。

1.除特别标明者，本篇中楷体引文均出《蝉蜕：寂寞大师孙诒让和近代变局中的经学家》原稿。

张之洞为孙诒让座师（明、清两代，举人、进士称主考官为座师），对其肯定独多，一则谓"琴西（孙衣言）前辈之子，经子小学俱用功"，再则谓"经学淹灌，著书满家，实为当代通儒之冠"，并积极谋求刊印《周礼正义》。孙诒让对张之洞虽尊重有加，但学问来源与其无关，对其行为也偶有微词，颇有"吾爱吾师，吾更爱真理"之概："广雅师（张之洞）负中外之望，戊戌、己亥两次改政，师委蛇其间，无所建白，不佞深不谓然，不免腹诽。""师为大臣，不谊拘引嫌之曲谨，徇将顺之小忠。"孙诒让对张之洞的评价，不涉学术，而是他的大臣身份。张之洞的存在，更重要的是孙诒让能从他的政治选择和行为方式中，较为直接和深入地了解当时世界发生的问题，以及当时人思考的解决方案，并对其此后的人生选择造成影响。

"俞樾可以断定，对世任解惑授业而言，没有任何人能超越你的尽心尽职的父亲。"俞樾不容置疑地对孙诒让说。

上已说明，南皮张之洞为孙诒让座师，无学问上的承继关系。俞樾跟孙衣言交好，且熟悉孙诒让，但二者最终也没有成为师徒。也就是说，在学术上，孙诒让除家学外，没有及门之师，于此，孙诒让在《答日人馆森鸿书》中，谈到了自己的特殊认识："诒让少耽文史，自顾秉资暗（原文为闇）弱，无益时需，故益隤然自废，恣意浏览。久之，略有所窥，则知凡治古学，师今人不若师古人。故诒让自出家塾，未尝师事人，而亦不敢抗颜为人师。诚以所治者至浅隘，不欲自欺欺人也。曩者曲园先生于旧学界负众望，贵国士大夫多著弟子籍，先生于诒让为父执，其拳拳垂爱，尤逾常人，然亦未尝奉手请业。盖以四部古籍具在，善学者自能得师，固不藉标榜师承以相夸炫也。"师承关系的负面，是互为标榜，而其正面，则可能是引人深入堂奥。孙诒让既弃师承不取，而是直接"尚友古人"，则不妨看其自我确认的师承关系，以见其学术源流。

三、源流

孙诒让的学术和事功，有其来于传统和时代的深深根基。就传统而言，举其大端，约略有三。

有清一代出现了清学。清初时，有北派李塨，注重实践；南派顾炎武，注重经学；南派黄宗羲，注重史学；他们都反对王阳明的空说和玄想，认为心学误国，主张"经世致用"。清学的全盛期是乾隆、嘉庆年间，产生了以惠栋为代表的吴派和以戴震为代表的皖派，合称乾嘉学派。乾嘉学派主张走质朴之路，从名物训诂着手，进而探讨古书义理，阐明大义，所以又称朴学。乾嘉学派把做学问的范围扩大了，派生出目录、版本、校勘、辑佚、金石、年代、历史地理等专门学科。

乾嘉之学为有清一代学术之冠，一度有天下尽归于此之势，孙诒让耳濡目染，自然有得于此。《答日人馆森鸿书》尝言："我国三代以来，文籍传者尚多在。为经世治事之学者，览涉一二，略通大义足矣。若以论乎专家研究，则贵有家法。盖群经诸子，文义奥衍，非精究声音训诂之学，不能通其读……我朝乾嘉以来，此学大盛，如王石臞先生念孙及其子文简公引之之于经、子，段若膺先生玉裁之于文字训诂，钱竹汀先生大昕、梁曜北先生玉绳之于史，皆专门朴学，择精语详，其书咸卓然有功于古籍，而诒让自志学以来所最服膺者也。"又《札迻》自序谓："诒让学识疏谫，于乾、嘉诸先生无能为役，然深善王观察（念孙）《读书杂志》及卢学士（文弨）《群书拾补》，伏案研诵，恒用检核，间窃取其义法，以治古书，亦略有所瘳。"不过，对乾嘉的整个学术路径，孙诒让也有自己的审慎认识："及其蔽也，则或穿穴形声，捃撴新异，冯肊改易，以是为非。"乾嘉之学损益校勘，大有功于古籍，然其流弊，则枝辞碎义，忽视整体，末流难免"穷末而置其本，识小而遗其大"之责。

"自《周官经》面世，就面临无数非难和责骂。争论首先集中在究竟谁是作者这个问题上，对此从古到今有许多不同的说法。今文经学派不相信此书是周公所作，汉武帝认为此书是孤本，没有证据可证明是先哲之作，汉儒何休甚至以为这是六国阴谋之书，是伪经。古文经学派则相信此书是周公为了天下太平所制定的经世大法，古时的官制典章都出自此书，而汉儒郑玄信之尤笃。宋代王安石变法，组织经义局，推崇《周礼》，遭到苏辙、苏轼兄弟俩的激烈反对，欧阳修对《周礼》也表示怀疑。但到了现如今，我们乾嘉学派则认为古文经学派的说法最为可信。"诒让信口说来，滔滔不绝。

清中期以后，乾嘉之学仍占优势，今文经学因应时事而有复兴之势，古文经学随之崛起。其间之代表人物，今文经学有廖平、康有为、王闿运、魏源、皮锡瑞等，古文经学则有朱一新、章太炎、刘师培等，人才皆一时之选。孙诒让虽不是今古之争风口浪尖上的人物，但无疑站在古文经学的立场，章太炎《瑞安孙先生（诒让）伤辞》云："南海康有为作《新学伪经考》，诋古文为刘歆伪书。炳麟素治左氏《春秋》，闻先生治《周官》，皆刘氏学，驳《伪经考》数十事，未就，请于先生。先生曰：'是当哗世三数年。荀卿有言，狂生者不胥时而落。安用辩难？其以自熏劳也。"主今文经学的康有为的话，或许更能说明问题："先生（孙诒让）礼学至博，独步海内，与吾虽有今古文之殊，然不能不叹服之。"其实自乾嘉上出，追溯至经学成立之因，则所致力由学术而至于经世，偏于今文或偏于古文皆有可能，要在关键处的抉择。而说到经世之志，孙诒让的学问也自有出处。

"遍求永嘉先贤的著作，以充库存呀。"诒让见黄绍箕听得很认真，便说得详细起来，"我们永嘉学派的老前辈，都是既善于读书又著述丰富的人，但历经宋、元、明、清四个朝代，他们的著作已大多散失殆尽，其中幸存的部分，则流入私人的书库成为密藏，人间绝少传本，现在的人往往很难看到。为了搜求先贤遗著，往往靠借钞私家藏本，提供最多的是归安陆心源丽宋楼和钱塘丁丙八千卷楼两家。家父还曾向翁叔平大人求书，得其旧藏四库副本《许及之集》，钞录后，校勘其中错误之处，再归还给翁大人。就这样日复一日，先后得到永嘉宋代先儒刘安上的《刘给谏集》、刘安节的《刘左史集》四卷、许景衡的《横塘集》、周行己的《浮沚集》、薛季宣的《浪语集》、许及之的《涉斋集》、叶适的《习学记言》和《水心文集》、戴栩的《浣川集》、刘黻的《蒙川遗稿》等。后来选其中七种，加上叶适的《水心别集》、陈傅良的《止斋文集》、刘季仲的《竹轩杂著》、王致远的《开嬉德安守城录》，以及本朝谷诚的《谷艾园文稿》、孙希旦的《礼记集解》和《尚书顾命解》、方成圭的《集韵考正》，命我校勘后编成《永嘉丛书》。"

《蝉蜕》中简略概括过永嘉学派："是由温州经学家们创建的一个儒家学派，宋代周行己、薛季宣时初露端倪，到陈傅良、叶适时根深叶茂了。宋代是程朱学派和陆王学派占统治地位的年代，但别具一格的永嘉学派，以鲜明的经世致用的政治主张，与程朱学派和陆王学派形成三足鼎立之势。"于此派，孙诒让幼承家学，孙延钊《孙衣言孙诒让父子年谱》中称："时衣言方欲以经制之学，融贯汉宋，通其区畛，而以永嘉儒先治《周官经》特为精详，大抵阐明制度，穷极治本，不徒以释名辨物为事，亦非空谈经世者可比。因于四子书外，先授诒让以此经，藉为研究薛、陈诸家学术之基本。"孙诒让代其父所作《艮斋〈浪语集〉后叙》云："南北宋间，吾乡学派，元丰九先生昌之；郑敷文（伯熊）、薛右史（季宣）赓之。敷文之学出于周博士行己，接乡先生之传。右史之学出于胡文定公安国。师法虽不同，而导源伊洛（二程）流派则一。故其学类皆通经学古，可施于世用。永嘉经制之儒所以能综经义治事之全者，诸先生为之导也。"孙诒让本人对永嘉先贤心向往之，《答陈子珊书》谓："窃谓有宋一代，当以薛季宣、陈傅良两先生为大师，而薛之博奥，陈之酿雅，则又各擅其长，莫能相尚。"耳濡目染，浸淫其间，永嘉学派通经致用之义，孙诒让所取甚多，其后之种种事功，得益于此者也甚夥。日后温州以商业名世，或也与此有关？而这个经世的思路，在学术渊源上，恐怕也启发了孙诒让的接触西学。

这《海国图志》中的文章，也不是篇篇都使诒让憋气的，其中的《筹海篇》，便是诒让倍感兴趣百读不厌的。对魏源提出的"以我之长，削敌之短"的主张，诒让十分赞同。"守外洋不如守海口，守海口不如守内河"，"调客兵不如练水兵，调水师不如练水勇"，诒让更视其为真知灼见。如果此次法国军舰来犯，用魏源的计策治之，那蛮夷虽船坚炮厉，但远离后方，供应不济，我方以逸待劳，在飞云江中与敌周旋，不怕打不赢他们呢。

自万历十年（1582）利玛窦进中国，对敏感的中国学人来说，对西方的认识已经是迫在眉睫的需要。孙诒让于西学认识稍晚，不过困学有得，也有其独造之处。《沈俪崀〈富强刍议〉叙》言其爱读西书之过程："余少耽雅诂，矻矻治经生之业，中年以后，慄念时艰，始稍涉论治之书，虽禀资暗弱，不足以窥其精眇，而每觏时贤精论，辄复钦喜玩绎，冀以自药顽钝。"《镇海叶君家传》则言其关注之方向："余

305

少治章句之学，迂拙不解治生……于质力聚散、几何盈缩之理多相通贯，中土古籍所未闻也。"《孙衣言孙诒让父子年谱》则有其读诸西学之情状："光绪十一年春，诒让阅大字刊本徐继畲《瀛寰志略》十卷，有笺记十七条，最后一条附注'已酉二月'四字。阅古微堂重刊本魏源《海国图志》百卷，随手识记于册中，朱墨笔凡得一百三十余条，中有附注年月者。又阅海山仙馆刊本外人新译《地理备考》十卷，及上海制造局刊本外人新译《海道图说》十五卷、《长江图说》三卷，各于卷尾记明时日。"斯情斯景，有其不得已，也有其主动选择的成分在内。既知孙诒让生平与学术源流，然后观其成就与事功，差不多可以怡然理顺。

四、学术

孙诒让以学术为世所重，其最要者有二，曰《周礼正义》，曰《墨子间诂》。

从同治十二年起，诒让开始着手撰写《周礼正义》。他历时六年编纂了《周官正义长编》，完成资料准备工作。随后，着手著述《周礼正义》的初稿《周官正义》，其间历时十一年，《周官正义》完稿已是光绪十五年。

是书撰述之由，《周礼正义叙》曰："诒让自胜衣就傅，先太仆君即授以此经，而以郑注简奥，贾疏疏略，未能尽通也。既长，略窥汉儒治经家法，乃以《尔雅》《说文》正其诂训，以《礼经》、大小《戴记》证其制度，研揱累载，于经注微言，略有所瘳。窃思我朝经术昌明，诸经咸有新疏，斯经不宜独阙。遂博采汉、唐、宋以来，迄于乾嘉诸经儒旧诂，参互证绎，以发郑注之渊奥，裨贾疏之遗阙。"《叙》复言此书之得失："廿年以来，稿草屡易，最后迻录为此本。其于古义古制，疏通证明，校之旧疏为略详矣。至于周公致太平之迹，宋、元诸儒所论多阔迂，而骈拇枝指，未尽楬其精要……故略引其耑，而不敢驰骋其说，觊学者深思而自得之。"对此书的评价，章太炎《孙诒让传》谓："古今言《周礼》者，莫能先也。"梁启超《清代学者整理旧学之总成绩》言："清代经学家最后的一部书，也是最好的一部书。"前人对其成绩，主要局限在乾嘉范围，而孙诒让之意，或不止此。《叙》之末尾，意思一转，感叹时代之亟变，又申此书之意义，则以由对学术的确认而转为体认古今之通变："俾知为治之迹，古今不相袭，而政教则固百世以俟圣人而不惑者。世之君子，有能通天人之故，明治乱之原者，傥取此经而宣究其说，由古义古制，以通政教之阔意眇旨，理董而讲贯之，别为专书，发挥旁通，以俟后圣，而或以不佞此书为之拥彗先导，则私心所企望而且莫遇之者与。"

平生所著，除了《周礼正义》，诒让最看中的莫过于《墨子间诂》。初稿是赶在光绪癸巳年初冬写完的，为的是《墨子》成书于周安王十四年，那年也是癸巳年，西历为公元前388年。次年夏天，出资让苏州毛翼庭付印三百本，因为是用木活字排版的，便借用清宫说法，称作聚珍版。今年甲辰，距甲午印行聚珍本《墨子间诂》时隔十年，重校《墨子间诂》，是为精益求精。

墨子之学，至有清一代几成绝学，孙诒让《墨子后语小叙》："墨氏之学，亡于秦季，故墨子遗事，在西汉时已莫得其详。太史公述其父谈论"六家"之旨，尊儒而宗道，墨盖非其所喜，故《史记》掇采极博，于先秦诸子，自儒家外，老、庄、韩、吕、苏、张、孙、吴之伦，皆论列言行为《传》。唯于墨子，则仅于孟、荀《传》末，附缀姓名，尚不能质定其时代，遑论行事……今去史公又几二千年，周秦故书雅记，百无一存，而七十一篇，亦复书缺有间，征讨之难，不翅倍蓰。"王焕镳《〈墨子〉校释商兑·前言》曰："清代末造，异族交侵，有识者渐谂儒术不足以拯危亡，乃转而游心于诸子群言与夫西方学术，墨子由晦而稍显，时使然也。"栾调甫（1932 年作）《二十年来之墨学》中云："《墨子》书自汉以来，已不甚显闻于世。宋元而后，益弗见称于学人之口。独至晚近二十年中，家传户诵，几如往日之读经，而其抑儒扬墨之谈，亦尽破除圣门道统之见。"而这个家传户诵的基础，则是孙诒让在前人基础上的集大成之作《墨子间诂》。孙诒让自谓："覃思十年，略通其谊；凡所发正，咸具于注。世有成学治古文者，倘更宣究其旨，俾二千年古子厘然复其旧观，斯亦达士之所乐闻与？"梁启超《中国近三百年学术史》更是将其与近代墨学复兴直接关联："孙仲容'覃思十年'，集诸家说，断以己所心得，成《墨子间诂》十四卷……俞荫甫（樾）序之，谓其'……自有《墨子》以来，未有此书'。诚哉然也！……盖自此书出，然后《墨子》人人可读。现代墨学复活，全由此书导之。"

在这两个月中，诒让施尽浑身解数，破解甲骨文字共一百八十五个。用金文与《说文》，考释甲骨文字形；凭《礼仪》等经书，考证甲骨文字形；又将甲骨文字意，对比卜辞内容，以文义考证甲骨文字义；论定甲骨文字，象形字多，字形不固定；论证甲骨文，出于商、周之间。凡此种种，分两卷十篇，共五万字。上卷为《日月》《贞卜》《鬼神》《卜人》《官氏》《方国》《典礼》八篇；下卷为《文字》《杂例》二篇。书名，取为《契文举例》。

除以上二书，并此处所言《契文举例》，据 2009 年出

版的《孙诒让全集》，其著作或自定，或后人编定者，另有
《札迻》《荀子校勘记》《商子校本》《大戴礼记斠补》《周书
斠补》《尚书骈枝》《九旗古谊述四种》《周礼政要》《籀庼
述林》《温州经籍志》《汉石记目录》《温州古甓记》《汉晋
经籍录目》《商周彝器释文》《名原》《古籀余论》《古籀拾
遗》《永嘉瑞安石刻文字》《东瓯金石志》《六历甄微》《周
易乾凿度殷术》《亭林先生集外诗》《十三经注疏校记》《籀
庼遗著辑存》《籀庼遗文》等，在经学、史学、诸子学、文
字学、考据学、校勘学等方面都有突出的成绩，章太炎谓其
"治六艺，旁墨氏，其精专足以摩姬汉，三百年绝等双矣"，
绝非虚誉。

五、通变

无论已经在旧学上取得了多么惊人的成绩，一个满腹诗
书的近代人，不得不面对的事实是"三千年未有之大变局"，
周汉以来的所有学问，都必须通变以通过时代严苛的检验。

盛宣怀和费念慈建议，《周礼政要》的体例可采用以
《周礼》为纲，结合西政且指出西政源于中国，最后提出变
革陋政的方案，诒让觉得很有道理。盛宣怀和费念慈希望
《周礼政要》以古文经学贯穿始终，用来推行新政治理天下，

扫除康有为以今文经变法的歪理邪说，诒让感到正合自己的意思。盛宣怀还提出，《周礼政要》完成后，他愿出资刻印《周礼正义》作为答谢。费念慈在信中还说"生平最钦服仲容先生"。想到终于有人重视《周礼》，并欲以《周礼》推行新政，诒让心潮澎湃，难以抑制，当下命倚梅备好纸墨，挥笔著述。

《周礼正义叙》中，孙诒让已有通变之思路。"彼夫政教之闳意眇旨，固将贯百王而不敝，而岂有古今之异哉！"此通古今之变；"今泰西之强国，其为治非尝稽核于周公、成王之典法也。而其所为政教者，务博议而广学，以众通道路，严追胥，化土物矿之属，咸与此经冥符而遥契。"此则通中西之变。"盖政教修明，则以致富强，若操左契。固寰宇之通理，放之四海而皆准者，此又古政教必可行于今者之明效大验也。"此则越古今中外各具体之事而上，抽象成可以不断变化的政教系统，欲其放诸四海而可供参校，不妨比较西方所谓"言辞的城邦"。至《周礼政要》，则其义更著，融古今中西为一、切于实用之心，在在可见："中国变法之议，权舆于甲午，而极盛于戊戌。盖诡变而中阻，政法未更，而中西新故之辩，舛驰异趣，已不胜其哗聒……辛丑夏，天子眷念时艰，重议更法，友人以余尝治《周礼》，属捃摭其与西政合者，甄缉之以备财择，此非欲标揭古经以自张其虚骄而饰其窳败也，夫亦明中西新故之无异轨，俾迂固之士废然自返，无所腾其喙焉尔。”

父亲，德涵知道您的心意，您嘱咐我，尽快把《墨子间诂》印行流传，向国人宣讲《墨子》强本节用、兼爱非攻的要义，学习墨子传授给我们的兵法，掌握墨子教授给我们的技艺，告示国人技艺本出自华夏，告诉国人习西学而不忘中源。

《墨子·鲁问篇》：“子墨子游，魏越曰：‘既得见四方之君，子则将先语？’子墨子曰：‘凡入国，必择务而从事焉。国家昏乱，则语之尚贤、尚同；国家贫，则语之节用、节葬；国家憙音湛湎，则语之非乐、非命；国家淫僻无礼，则语之尊天事鬼；国家务夺侵凌，即语之兼爱、非攻。故曰：择务而从事焉。’”所思所作，以务为先，非徒炫文字也。孙诒让深明此义，故有言曰：“（墨子）身丁战国之初，感愤于犷暴淫侈之政，故其言谆复深切，务陈古以剀今……其用心笃厚，勇于振世救敝，殆非韩、吕诸子之伦比也。”前已言此书与近代墨学复兴有关，而此复兴，非只墨子研究，流风所被，有从墨子之行者。谭嗣同《仁学·自序》云：“吾自少至壮……私怀墨子摩顶放踵之志矣。”《与唐绂丞书》又曰：“自惟年来挟一摩顶放踵之志，抱持公理平等诸说，长

312

号索偶，百计以求伸，至为墨翟、禽滑釐、宋轻之徒之强聒不舍。"而后鲁迅与周作人，一者在《故事新编》中标举禹墨侠精神，一者"道义之事功化"的主张与禹墨大有关系。如此，则墨学之复兴并不只是书斋中的学问，而是经过近现代有志者的损益变通，有利于振作一国之精神的践履。凡此变通之义，不可谓非开辟于孙诒让。

《兴儒会略例并叙》即为兴儒会的章程。诒让对周朝制度最有研究，所以对兴儒会的章程也制订得缜密精细，一共分成二十一条，宗旨和方针大计是：总会设在北京，领导权由当代有名望的通儒掌握，首批入会者必须是志同道合的士大夫；提倡民主平等，总董选举产生，会员之间不分官阶大小、满汉文武、正途异途出身；采用西方议院制度，决策时少数服从多数，改变达官贵人独断营私的旧习；总会所办之事要印成月报，寄给各省分会，公示知照；监督省州县地方官员的政事，由各省分会呈寄总会备案。通过清议，把建议递呈给皇帝；入会者须交股金，每股十两银子，第一期先募十万两，用作会费和储蓄经商生息；设兴儒会海外分会，广招南洋、太平洋的华侨志士、富商巨贾入会；蒙藏回疆及黔广土司可造就者，知晓儒学有抱负者，一律收揽；开办新式学堂，设事务丛报局，开采五金煤矿，大兴农桑；设储财银钱局，自铸银圆流通于市；各省招募卫商团练数万人，平时自操生业，战时征用成军；把儒教传播到全世界，派遣懂外文的经师出国，向外国人传授中国的《四书》，教导他们要讲求仁义道德，使他们明白中国是文明先进之邦，儒家的中庸之道是真理，是所向披靡的，让他们明白中国人民有爱国心，有合群力，不可轻侮，这样，当需要交涉的时候，便可以引用国际告发，大胆争辩，使他们的皇帝和大臣折服。

《兴儒会略例并叙》本已摧烧，幸运的是，孙延钊在1930年"于黄仲弢先生哲嗣厚卿所觅得副稿，盖当时录示仲弢先生者"，上引即《蝉蜕》对此文的概述。孙诒让在《答梁卓如启超论墨子书》中，对烧毁此文之因有所说明："承询学约（按：即《兴儒会略例并叙》），乃前年倭议初成，普天愤懑之时，让适以衔恤家居，每与同人论及时局，忧愤填胸，即妄有撰述，聊作豪语，以强自慰藉，大旨不出尊著《说群》之意，而未能精达事理，揆诸时势，万不能行。平生雅不喜虚憍之论，不意怀抱郁激，竟身自蹈之。及读鸿议，乃知富强之原，在于兴学，其事深远，非一蹴所能几，深悔前说之孟浪，已拉杂摧烧之。"或许正是这个原因，孙诒让通古今中西之变的思路遇到阻碍，自此把通变之意落实为兴学之实践，用行动完成对通变的体认。

六、兴学

英国学者罗斯（W.D.Ross，1877—1971）在《亚里士多德》中说，亚氏的《政治学》，"不但关于教育的讨论未曾完篇，亚氏理想国的其他好多事情也付之阙如。是否他的想象力有所不足，或讲稿遗失了一部分，我们现在无可考明。也许他像柏拉图一样，认为具备了良好的教育，城邦所需其他种种就会跟着实现"。前引孙诒让致梁启超书，有谓"乃知富强之原，在于兴学"，是否孙诒让也认为，"具备了良好的教育，城邦所需其他种种就会跟着实现"呢？

新书报刊越发订得多了，每日需花一个上午时间才能够看完，下午料理各种事务和友朋信函，整理旧稿和写作新著，只能留待夜晚。诒让还不耻下问，抽暇向从上海聘请来的英文教员蔡华卿学习英文。对于时事和教育的事，诒让已到了如饥似渴的地步。

在谈论孙诒让的兴学成果之前，不妨先看一下他自己的学习情况。《札迻叙》："每得一佳本，晨夕目诵，遇有钩棘难通者，疑牾累积，辄郁轖不怡；或穷思博讨，不见端倪，偶涉它编，乃获确证，旷然昭皙，宿疑冰释，则又欣然独笑，若陟穷山，榛莽霾塞，忽觏微径，遂达康庄。"此正学有所得之况味，识此方有学而时习之乐。《孙衣言孙诒让父子年谱》载："自以读外国书，仅看译本为不足，意欲略识外国文字，使可直接看原书。时有普通学堂西文教习上海蔡君华卿，寄寓孙家，因乘便请其教读英文，即用普通学堂课本，蔡君口讲之后，诒让随手在课本上以朱笔细楷附注读音于英字旁，如是学习两三月，惟同时尚须兼顾著述旧业及地方事务，不能专心研读，复以脑力渐就衰退，深有得一遗十之感，戚友力劝止，乃辍学。"发愤忘食，乐以忘忧，旧学之外，复欲求新知，不知老之将至，正为人师表之象。

正月二十，瑞安普通学堂在卓敬祠学计馆原址开学，一共分中文、西文、算术三个班，每班学额三十名。中文班教授经、史、子、掌故、西政、西艺、舆地；西文班教授英文读本、会话、文法、世界史、世界地理；算术班教授代数、三角、制图，兼学物理、化学。三班通授国文、伦理、体操三门课。诒让任副总理兼总教习，主持学堂校务，除制订章程、安排课程，还要筹集经费、聘请教员，大小一应事务都要亲自操办，忙得不亦乐乎。

近代中国的积弱太明显了，有识之士莫不谋自强之道，孙诒让曾组团防保地方平安，也曾在著述中通古今中西之变，以期有益于政制，最后终于将心力集中于教育，所谓"非广兴教育，无以植自强之基"，"吾国之弱，在于下流社会知识太劣，虽有管、葛，无所措手"，要"以开学堂为第一要务"。《瑞平化学学堂缘起》云："迩来中土士大夫，始知自强之原，莫先于兴学。内而京师大学堂，外而各行省公私学堂林立，无不以化学为首务，而温州独未有兴者，斯不可谓非缺典也。不佞曩与同志探研西艺，流览新译各书，深知斯学之体精而用博，而苦无堂舍以资其聚习，无器质以闳其考验，故略涉其藩而未能深窥其奥窔。"兴学以来，孙诒让走出书斋，积极做事，有"勇于振世救敝"之风，章太炎《孙诒让传》所谓："行亦大类墨氏，家居任恤，所至兴学，与长吏楮柱，虽众怨弗恤也。"退而思，起而行，知行已渐渐合一。

苏慧廉道："按照您的说法，在远古的周代，王城郊区的一个甸，竟拥有三百七十所学校。那么以此类推，周代一个县管辖四个甸，每个县就拥有了一千四百七十所学校；一个都管辖四个县，每个都就拥有了五千九百二十所学校；再类推下去，周朝下属九州邦国，岂不是拥有了数万所学校吗？上帝，太多了，简直令人难以相信。孙先生，我想请教您的问题是，周代的人口有限，经济规模也不太大，能够容许存在这样大的教育规模，能够兴办这么多的学校吗？"

《蝉蜕》中的这个问号，最后孙诒让以实际行动予以回应。1905 至 1908 年间，孙诒让担任温州学务分处总理，因为致力兴学，温、处两府十六县建各类新学堂三百多所，《清儒学案》引史传文字谓："温州僻处海滨，士尠实学。先生与黄君绍箕创立学计馆及方言学堂，承学之士，云集飙起……先生办学三载，两郡中小学校增至三百余所，而所筹之款，均与地方官绅切实规画，资倡而力营之，卒底于成。"孙诒让去世后，翰林吴士鉴在《奏宣孙诒让入儒林传》中，谓其"深明教育，成效昭著"，"实于今日兴学前途，大有裨益"，后人称"浙中学界之开通，实诒让提倡之力，非过誉也"。内有得于身心，外有功于当世，孙诒让对永嘉经世之志的体会，在整理《周礼》时意欲的"剀今而振敝"，在研读《墨子》时熏陶的"择务而从事焉"之义，是否可以说已经在办教育的过程中部分实现了呢？孙诒让身后评价的起起伏伏和其后人经历的种种，是否也是他自身思想某种特殊的变化呢？对孙诒让生平和学术极深研几的两位作者，从其中感受到的种种，是否已经或即将写在他们此后的小说中呢？

附 录

一个"有恒"的人

——黄德海印象

一

套用一句已故贾植芳先生常用的自我调侃语，我与德海，可以说是"老关系户"了。

没记错的话，德海是我的师兄张新颖的第一个研究生，我还记得2001年他入学前，新颖兄和我闲聊，说起今年要招的学生，很不错，是个爱读书的人。我那时候刚留校，听了师兄的话，不免会格外留意一些，后来慢慢也就熟了——师兄的印象不差。

在这之外，我和德海，还有另一重关系。我们一直一起去听一位长者先生讲古典，坚持下来，也有十多年了吧。要说起来，德海的态度要比我认真，他硕士二年级起，就开始听讲，之后从未间断过，后来还帮着整理老师的老师的遗稿，尤其如繁难的虞氏易，也两年间啃了下来，中间不知几易其稿，下的功夫，难以估量。另外，他也一直帮老师整理讲授古典学术的录音，日积月累下来，也非常可观。此外，他还帮着做些与课程相关的杂事，俨然一位义务的研究生和课代表，尤为难得是始终如一坚持下来。两相比较，差距就显了出来，我虽然比他听课要早，但中间有过间断，2005年后才一直延续下来，所以，这也就成了我对德海印象很深的一点，踏实、勤奋、有恒——人而有恒，不可估量也。

踏实、勤奋、有恒，都是好的品德。德海的品德也真有让人钦佩的地方。2006年，我去援藏，古典学术课程没法参加听讲，那时网盘似刚流行不久，就委托德海把录音上传到一个网盘，以便我在外地也能听到。后来陆陆续续也有别人加入来听，德海也就坚持把录音上传，一直坚持到现在，一晃就是八年，那耐心、恒心、为大家服务的精神，实在让人起敬意。

先秦学术讲先德后道，《道德经》古本皆作《德道经》，德海朋友多，善与人交之外，品德诚笃、有恒，应该是更重要的原因，可谓不辱父母所赐的令名。我也相信，德海一直这样走下去，进德修业，好学不倦，好德亦不倦，晚年一定可以成为一位学有所成、其德如海的大人先生。

缺点不是没有，譬如有些急躁，偶尔还有些不够稳当，那可以慢慢改——事实上现在已进步很大了。

这样，如从专业这边论，年龄虽相差不大，但我比德海可说痴长一辈；不过如就古典学术那边来讲，我们又算是同学。因为勤奋、有恒，他在许多方面，学得比我要好，我们也已几乎完全平辈论交，但他客气，一直以"老师"称我，我知道那是"存礼义"的意思，内心里早把他当作一位"有所望焉"的师弟和朋友看待。

贾先生在世时，经常说，"乱了乱了"——"乱了乱了"很多是不好，但以学谊言，这样的可以分座论学的朋友，辈分"乱了乱了"，却是好的，因现在大学里所谓学术班辈，虚名而已，君子贵实不贵名，更不可落入封建宗法的樊篱。

古代的人说："一事不知，君子之耻"，现在当然做不到，不过研究学术，视野要广，格局要大，这却是应该的。今天一般的学人，学中国就只知道中国，学现代就只知道现代，支援意识薄弱，要开新局面，几乎没可能。我与德海，要说交谊，日常交往还在其次，学问的方向相近，才是主因——我们首先是学友，其次是文友，最后才是一般所说的朋友，所以，这"老关系户"，并无多少世俗的拉拉扯扯的意思。

现在能真正谈点学问的人少，所以，不用说，这首先是我的幸运。

二

勤奋、有恒、品德好，死心塌地向学，进步就快。

德海的进步，可以说是神速。我们共同听的课，古典学术为主，而又四通八达，他的学问进境自应不少，知识结构也大有转换，"非复吴下阿蒙"。学问可换骨骼，十多年下来，至少从文章看，他像换了个人。

我最初对德海的文章有印象，是他的硕士论文，记得没错的话，研究的是周作人后期散文和思想的变化——现在收入他的第一本评论集《若将飞而未翔》中的三篇谈周作人的文章，都与他的硕士论文有关。一般谈周作人，早期多于后期，"美文"多于学问，德海却不走寻常路，敢啃硬骨头，重点放在了周作人的后期，而且就从对那些常人不耐的"文抄公"式的文章的梳理解读中，谈周作人的学问结构、思想转变及其在业已屈身事伪的情况下仍对中国文化所抱有的愿心。周作人的学问向称纷杂，要从纷乱之中看出一个结构，并不容易，德海却从一团乱麻中，看出周作人的底色是"非正统的儒家"，其渊源不是理学家为代表穷究"性与天道"的"高明"一路（宋以后成为正统），而是以王充、李贽、俞正燮为代表的"疾虚妄"、讲常识的一路，并由此上溯先秦，梳理出周作人自己理解和推崇的儒学源流脉络——得此一见，整盘全活，不但由此可以理解周作人与本国思想学术的关系，而且他对古希腊文化和日本文化以及近代思想学术的去取标准，也清清楚楚，上下左右皆可贯通，由此再拈出周作人晚年自视为对中国文化传统补偏救弊的两个见解——"伦理之自然化"和"道义之事功化"，就没有落空，而且可以更加确切地理解周氏的用心。在这种背景下，再商量周氏见解的短长，其切中弊病之处，以及其局限所在，便都言之有物，非同一般研究的雾里看花、隔靴搔痒。

这肯定不是德海的第一篇习作，却是我注意到的他的第一篇，也应该是他正式认真写作的第一篇文章。一出手即如此，当然让人刮目相看。

看一个人的学问，甚至看一个人，要看他的学问结构，这是来自古典学术课上的传授，用在周作人身上，只能说是牛刀小试，但德海一出手即运用巧妙，亦可谓善学矣。当然，这也只是发端而已。

2004年德海硕士毕业，没有接着读博士。他的工作一开始找得不算理想，先去出版社，再到报社，后来又去另一家出版社，最后换到《上海文化》杂志，才算稳定下来，可说初入社会，多受磨砺。好在他坚韧，古典学术的研习从未间断，于当代作品、各科书籍也广泛阅览，我是亲眼看着他的文章渐渐好了起来。

这当然也和所学有关。讲古典学术的长者，学问渊博，偶尔也会谈起文章之道，他说：评论、论文也要单独成篇，写成艺术品，脱离对象也斐然可观，如此才有独立价值——这道理完全正确，批评家要从一大片论文腔、学报腔中走出来，秀异出群，卓然不拔，绝对应该走这一条路。

我没有走这一条路，原因与心仪的学问方向有关，也与对自己的判断有关。单就性情而言，我还是适合走平实一路——不那么正经地说句玩笑话，作为 A 型双子座，兴趣广泛，但在核心问题上又喜欢钻牛角尖，天然有适合自己的其他表述方式，以文章名家，志不在此也——写点评论、论文乃至教材，那是尽心，此外要再多花一点精力，那是绝对不肯了。"把文章弄弄好"，那在以前的我看来完全是余事，顺其自然进阶则可，专门花精力就完全不想了——而况文学天才代有所出，以我所见者而言，都是下笔成章、斐然可观，自己脱了鞋子也赶不上，就不做白日梦了。一个人，应该认识自己的优点和缺点，而且，只有充分认识自己的缺点，才有可能发挥自己的优点。——这是我以前的想法。

但"把文章弄弄好"，还有更深的意思：每一种思想，天然有适合自己的唯一的表达方式，把文章弄弄好，根本上来说，就是尽力寻找这唯一适合的方式，同时也就是调整自己的思想、使之无限趋近于准确的一种方式，犹如照相时的调焦——如此说来，它也几乎就是对每一个写作者的道义要求。所以，这个问题其实也无可回避——那么，到我弄明白自己真正唯一想表达的想法时再说吧。过了不惑之年，明白很多东西都有定数，勉强不得，那么，就弄明白自己能做好、也只有自己才能做好的事情，把它承担起来，生活问题应该也能解决，其他亦不必多想，夫子云："不忮不求，何用不臧。"

德海却谨遵师言，一开始就留意于文章之道，也有意识尝试着文体实验。他一开始工作，所作不算多，但已可见出有意识的变化。我记得他为所编金克木《文化三书》写过一篇序，就用了梦境之中和金先生对话的形式，当时读到印象很深。以虚拟对话为文，后来就成了他常见的一种写作方式，让人觉得新颖可喜。

再后来，过了几年，老师转来了德海的文章——《斯蒂芬·张的学习时代》。斯蒂芬·张是张五常的洋名，但德海只是借用，里面的东西，和张五常似有关又无关，照我看，倒是融合了德海自己和老师的问学经验，而出之以黑塞《玻璃球游戏》式的小说笔法（这并无夸大，观文可知）。文章不但好看，而且有哲理，更有摸索学问路径的经验之谈——在学问上有野心的年轻人，都应该看看。这篇文章是 2011 年 5月发表出来的，我读到还要早一些，那时，我就觉得，德海的文章已经好起来了。

说句题外话，这两年，老听到倡导批评文体变革之类的话，效果不知如何，耳朵都听得生茧子了。要我看，事不可必——文体之美，一大半靠天分，长于我的批评家中，文体好的，如张新颖、李敬泽、毛尖，都有天生的才能，下笔天然如此，非学所成；不过话说回来，也不是完全没有修习成功的可能，学习出来的，晚于我的德海是一个——他的例子也说明，文章之美，亦可学而成也，前提是要有他那样的勤奋、诚笃和死心塌地。

三

2011年3月，德海入《上海文化》杂志社，之后开始大量写起当代文学评论来。

这和主编，前先锋文学批评家、现先锋艺术评论家吴亮有关。看杂志的编辑意图，吴亮似乎认为，一个文化、评论杂志，要有自己的特色，除了刊发钟意的作者的文章，更应该发出自己的声音。老吴亮手下，只有两个兵——黄德海、张定浩，但这两人，都是年轻一代中的高手，文章好，出手快，眼光也敏锐，标志性特征是利颖如锥，于是理所当然，承担编辑任务之外，就成了"本刊观察"和"方法与文本"栏目的固定作者。

一个杂志，要有自己的声音——这绝对是个好主意。说实在的，现在的中国，每个文化或评论类杂志，都应该有这个意识——这样，才有自己的个性。当然，要有自己的声音，前提是要有人，而这个最困难——人才难得，可遇不可求。

《上海文化》编得好，我不只在上海常听人说起，在北京、广州也听人提及。按我的理解，口碑、风评这么好，新锐颖利的批评特色外，那些谈希腊、谈先秦、谈科学、谈哲学、谈艺术……乃至谈海权的文章增色不少。还有些年轻天才的作者，都不知道德海和定浩是怎么把他们挖出来的——亦可见其工作的尽心。

德海和定浩自己的评论文章，影响也渐渐大起来了。我也不止听一位作家和批评家说起。还有一位年轻女作家说，只信得过他们俩的批评文章，听得我额上写满"囧"字。

就我个人而言，当代评论现在已经看得很少，因为上相关课，也要写点此类文章，实在有点"疲"；并且，年岁痴长，许多事情，都有自己的判断，和学生时代不同，广泛参考，也不是很有必要。但德海和定浩的文章，收到杂志，总还是要翻一翻。这次要写德海，就把他的评论文章拿来读了一过，尤其评论我熟悉的作家作品的那些文章，就读得格外仔细些。读过之后，有个印象，许多最新作品，德海都读得很耐心，像余华的《第七天》、韩少功的《日夜书》、金宇澄的《繁花》、贾平凹的《古炉》《带灯》、刘震云的《我不是潘金莲》，都是这两年走红的作品，议论和争论得比较多，德海读得耐心，就有自己的认识，不是浅表的印象，而能发人所未发，有能使人深入一层的认识。

譬如，他对《日夜书》的"不过度"特征、《繁花》的"客厅"空间品质的解读，或者是我没有多想的，或者是我完全没有想到的。此外，就连对《带灯》《我不是潘金莲》这样解读空间不大的作品，他也说出一番自己的道理，颇能见出功力——譬如他评《我不是潘金莲》，看出当代社会运行的"两个互不相属的符号系统"，是主人公悲喜剧的根本原因，也是小说人物类型化的内在原因，不但发人未发，也确实很有见地；又如对"带灯"的心理解释，他借用了《诗经·郑风·风雨》中的句子——"风雨如晦，鸡鸣不已。既见君子，云胡不喜？"说出了一番一般评论者说不出的话：

> 与这个最终见到君子的女子不同，带灯在虚拟的精神层面，始终未获得实实在在的能量反馈，她的絮语只是清理自己精神垃圾的白日梦……不能从精神中获取实在的力量，这样倾诉就难免是宣泄……鼓舞不了人，也就不会有"既见君子"的欣喜。（《〈带灯〉的幻境》）

关于"带灯"，关于这部小说，关于贾平凹，这都是透底之言。也可见古典学术研习功不唐捐，虽然不过是拂叶摘花，内行人已不难看懂其招式和功力。

当下社会，很多人心理有问题，实实在在的能量何在，如何才能"既见君子"，是摆在每个人面前的问题，而不只是时代和命运出给一个小女子的难题。

实在说，所有人都应该认认真真地想想这个问题。

但千万千万，不要轻易给出一个现成的答案——那没有用。

四

能够耐心地读作品，给出自己的看法，发人之未发，让读者读过以后认识能深入一层，而且不时会有些洞见，这在当下，已是一个批评家最好的品质。

就我现在的看法，批评最好的品质，其实是在理解。理解透了，作品就自然显出自己所在的层次，评论已可不待言——当然，言也没关系。

德海的批评，就有这种潜质。他有时会有些过于锐利，那在以后可以慢慢收敛和化去。百炼钢成绕指柔，批评的高境界，和武术、为人等都一样，都不用拙力，更不用说蛮力——这当然不易做到（我也没做到），但每个宅心仁厚的评论家（在我看就是好的评论家的同义词），都应该听听这样一句话，或者不至于完全无益：批评是一个活的人说给另一个活的人的话，总要于人于己有益才是，否则不如莫言。——我也以此自警。

批评就是理解——或者，这是我的偏见？

当然，必然同时也有要补充的话，就是：这个世界上原没有那么多值得理解的东西。文学，也不例外——也许，还要更少些？

五

德海和定浩，都很勤奋，在文学批评领域，成名会很快（或者业已成名？）——以德海言，今年出了两本书，评论集《若将飞而未翔》及随笔集《个人底本》，手头的稿子，很快应可再编两本。他们这样的年轻评论家成群涌现，一定可以缓解当代文学界"批评的焦虑"，甚至可能在某些地方提升当代批评的层次。是有所望焉。

然而，我对德海的期望，还要更高些。事实上，那些当代文学评论的文章，也并未完全体现德海的实力。以文学批评和研究领域而言，他最好的文章，并非是那些评议当下作品的文章（虽然那些文章已经足够好了），而是写周作人、胡兰成、钟阿城以及迈克·弗雷恩的话剧《哥本哈根》的文章，再加上那篇论学的《斯蒂芬·张的学习时代》，可以说是他目前文章中最好的几篇（其中有的甚至有成为典范之作的潜力）——略加考察，会发现，这些文章之所以能发挥出他的水平，那是因为，他们处理的那些对象，文学之外，涉及学术，甚至还涉及尖锐的哲学问题。

评论这种体裁，到底还是会受到对象的限制，要说出高明的见解，也得对象有这余地才行——好的评论，亦如同谈话一样，最好的情况下，是主客双方互相激发，进入到一个此前见所未见的境界；否则，相互客气迁就，难免缩手缩脚。

德海发挥得好的文章，就有些这种气象。譬如，他谈《哥本哈根》的文章（《涉及一切人的问题——〈哥本哈根〉的前前后后》），牵涉到非常复杂的文学、历史、科学和伦理问题。从历史上围绕物理学家海森堡与纳粹德国原子武器计划的争议（海森堡是否有意拖延甚至阻挠该计划的进度乃至实施），到二战期间海森堡和玻尔在哥本哈根的会面在战后引起的众说纷纭的争论（在最好和最高意义上，海森堡是否有可能是企图在双方之间传递某种信息，以便促使至少在物理学家之中达成默契，从而无限搁置原子弹这个怪物问世），相关问题纷繁复杂、暧昧莫名，不但当事人都各自有不同的说法，甚至他们的说法在不同时期还都有所变化……就这么一个复杂和暧昧无比的问题，英国剧作家迈克·弗雷恩根据相关资料写出话剧名作《哥本哈根》，其中涉及非常严峻的科学伦理问题，然而，要真正解读这部话剧以及它所提出的问题的委曲隐微之处，却必须理解所有那些材料——当然，这样的努力也会有回报，就是让你对人性、历史和哲学（是的，哲学！——不是教科书里的哲学，而是热爱智慧、努力使自己更不卑贱、更不愚昧一点的学问）能够加深一点点理解——这已经是足够的回报，不是吗？但在一般人，不会为了这么一点在他们眼里似有似无、若存若亡的"抽象"利益支付代价，因为一望而知这样的工作极其繁难，也一望而知写作这样一篇文章需要付出艰巨的劳动，在这种情况下，德海能细细阅读和爬梳所能掌握的全部材料，抉隐探微，细细体察当事者的心理（难能可贵的是非常能够掌握分寸），乃至引瑞士著名作家迪伦马特的话剧名作《物理学家》以为旁助，进而仔细思考《哥本哈根》中牵涉的难题，以让最终的科学和伦理问题（根本上来说是有普遍性的）不失分寸地慢慢呈现，并让相关的启发逐步显示出来——这样的文章，我读了，只有佩服。应该说，这是迄今为止汉语文化界讨论《哥本哈根》最好的一篇文章，自身也是一篇美文，有着独立的价值。（顺便说一句，德海还有一篇谈女科学家丽丝·迈特纳的文章《用使人醉心的方式度过一生》，也非常可读和有启发性——这位科学界的女中豪杰，曾断然拒绝加入盟军原子弹计划的邀请，声言："我绝不和一个炸弹发生任何关系"。）

这样的文章，显而易见已超出了狭义的文学研究范围，但，文学本来不就是无所不包的吗？

它们讨论的对象，也已不限于当代中国的作品，但谁说文学评论的对象，就得是当代的、中国的呢？！

天地宽广，原不必画地为牢。

六

在年轻一代写作者中，德海的知识面，要算得上广；评论之外，他也多作随笔，涉及的领域也广——我甚至喜欢这些短小精悍的随笔文章，胜过那些堂而皇之的批评。这里面，谈文学，谈学术，谈艺术，谈时事，从古代到当下，从中国到外国，从古典学术到通俗小说甚至动漫，无所不谈，因为有他的性情，所以都好看，更难得的是有见识，在年轻一代之中真不多见——这当然和多年的古典研习有关，也可见他确有所得，也能变通转化，进境可期也。

要说可商量之处，就是这些不同来源的学问，似尚待形成一个自己特殊的结构，并呈现出自己特殊的问题——既是个人的，又是时代的，而又相关于宇宙人生的。有这些，学问方算成象，亦方有自己的生命。这来自老师当年的教诲，也加进了我自己的理解，提出来，仅供参考，如有偏差，勿从我可也。

当然，一切都应顺其自然，绝对不能勉强。同时，君子有显有隐，德海的文章呈现出的气象（已经很可观），并未显示出他全部的知识结构，所以亦不宜仅以所显现的这些观之。

我能略略理解这些，是因为我自己在承担责任之外，心心念念者，也另有所在，直到最近，才似乎摸索出一条似可贯通的路——这样，看类似情况的朋友，就更能理解一些。

道路通向天际，而又有雾霭存焉。虽有前人指点，路却须得自己去走，有时还少不了在暧昧不明之中摸索，而不管能走多远，路途有人声气相通，总算可聊慰寂寞。

在这欲翔未翔之际，所可与德海互相慰勉的，唯有"勿忘初心"一语。

刘志荣

2015 年 3 月 1 日，四季花城

更好的文学，更好的生活

——说黄德海的文学批评

对我来说，黄德海是一个让人身心振拔的朋友，他善于体贴你在烦琐世事中的无奈。不过在他看来，这无奈显然只能是个起点，接下来应该是反省、决断、担当的领地，从当下的生活里抬起头来，催促自己往更好的地方去，才是生活的大义。当然，这些意思他首先是行之于己的，表现出来，就有了他在人群中行色匆匆又坚定果决的身影。不大见面时，偶尔想起他急匆匆的样子，也就觉得应该做点什么，不至于太过偷懒或颓唐。

怎样做更好的自己，哪里才是生活更好的地方，这些问题不会随年龄的增长就自然明澈起来，往往会变得更加复杂、纠结不清，让人难以回答。不过，一个人如果不想在生活里随波逐流、彷徨无依，而是能容纳众流，做到"立己达人"，就必须凭思考和行动摸索更好的生活，并且不封闭自己，保持开放成长的状态，慢慢活出光彩来。"条条大路通罗马"，人们在生活里理解、接近不同程度的好，道路也各不相同。黄德海喜欢看书，有很多温暖的回忆，有一次是大学里"在摇曳的烛光里读完了黑格尔的《美学》，一种非常辽远的感觉充塞胸间，仿佛心中的某个部位被洗净，温暖明亮，引人欲泣"。读书给了他另一个奇异的世界，他在日常琐细中检验读书所得，也用书检查自己和身处的时代，循环往复，坚持不懈，是他提高自己的主要方式。因为学业和工作的契机，他关注现当代文学，同时又不局在文学的框子里，时常抬眼看历史或现实中动人的德行或功业，偶尔用文字表达自己的感想和敬意。十多年间积累下来，文章不多却也小有可观，大都收在即将出版的《若将飞而未翔》和《个人底本》中。

对得起一本书

黄德海经常说，看一本书，就要对得起它，不管说好说坏，对书、对己都要有个交代。怎样才算对得起一本书呢？

首先是仔细读作品，贴近文本中作者的用心。文学批评里以己度人、指手画脚是常见的策略，如果没有高屋建瓴的思考，没有艰难深切的生命体验，批评家手里的标尺挥舞得再漂亮，也难掩偷懒的痕迹，终究与作品隔着一层，看不到与作品真诚沟通的努力。黄德海批评的起点很普通，用他自己的话说，是"赤手空拳，与作品素面相对，从作品本身发现其秀异之处"。他有直接的阅读体验，又不执着于这些体验，而是将它们再次放回作品中、放回作者的整个创作历程里，参验、切磋，进而生发出对作品好或局限的认识。《关于〈很久以来〉的三种猜测》是一个典型例子。小说写抗战到"文革"结束后两个女人跌宕起伏的命运，读起来很像一部平庸之作，和作者的自我期许甚有差距。为什么会这样呢？黄德海提出三种推测，第一种推测最简单，这就是一部平庸之作，也最容易论证，照以往的文学惯例，"思想不独特，叙述不节制"，肯定是平庸。但这样判断下去总有些地方不够妥帖，难道这平庸是作者有意为之，要写出"非中断的线性日常"来，照见所谓大时代本质上的平淡无奇？再回到作品中，好像有这方面的意思，而且隐约可见作者更大的野心，他要借几个人的故事描摹出流淌在所有普通人身上的命运。这是第二、第三个推测。但这就是小说的秘密吗？再检查自己的阅读体验，他还是觉得平常无奇。到这里体验和分析都走到了边界，接下来是决断的时刻，种种要素综合考量，他得出结论：《很久以来》提供了"反思时代和命运的一种可能"，但从各方面说，"叶兆言的这本小说都显得有些过于拘谨了，因此还算不上走入时代和人性丛林的探险之旅，只能说是一次探索路线的重新设定"。

这个阅读体验与作品分析相互考校的过程，也就是黄德海说的"从具体开始"，"在深入、细致阅读具体作品的基础上，获得具体的感受，回应具体的现象，得出具体的结论"，温婉周致，一唱三叹，形诸文字貌不惊人，却有一种从容不迫的厚重韵味。在这个过程中，他进入作品隐微的深处，体贴出作者的苦心，也显出自己的用心。有些文章能明显看出这种考校的过程，比如关于《第七天》《我不是潘金莲》的文章；更多时候，这个过程会隐身于他对时代或创作问题的论述中。

耐心领会作者用心，是对作品"入乎其内"的过程，"入乎其内，故有生气，出乎其外，故有高致"，要真正把握住作者的用心，还需要站开一步，把作品放到更大背景里，给它一个恰切的位置。在这一点上，黄德海有一个进步的过程。2002 年左右的两篇文章，《在人群之中》和《被挽留的〈蛇为什么会飞〉》，写莫言和苏童不再刻意强调写作的姿态和角度，把人放回人群中，写市声喧哗，写操劳者的欢乐和艰难，小说里的世界因此大了起来。他描摹出莫言和苏童转变的轨迹，但为什么会有这些转变，这些转变对作家、对当时的小说创作、对读者认识时代和生活分别意味着什么，却交代得不够，文章读起来紧巴巴的，不够开阔。

2004 年，黄德海毕业、工作，在生活里奔波劳碌，却不忘聚心凝神，沉潜了几年之后，于 2010 年左右再次回到写作和文学批评时，说文论事大都化掉了黏滞不畅，让人有豁然开朗之感。他曾经两次比较集中地写周作人，两相对照，可以看出他的进路。2004 年的《从"抄书"到"两个梦想"》是他的硕士论文，细致分析 20 世纪三四十年代到 60 年代周作人思想的变化，梳理了周作人在"抄书"基础上提出"两个梦想"的过程，认为这些工作是在认识时代的基础上，对中国传统进行的重新阐发和改造，让传统获得了某种现代生命，也是周作人眼中可行的应对现代中国问题的道路。论文有理有据，对理解周作人的思想轨迹和现实关怀很有帮助，但也因为是论文，材料和想法相互推演，字里行间透着作者运思和行文的努力与艰难，文章不够轻盈、透彻。2010 年前后，黄德海又写了《周作人的梦想与决断》，篇幅小得多，视野却更显开阔，回答问题多而不乱，从小到大可以列这么几个：周作人这个时期的思想和他的现实决断是什么关系？这个阶段在周作人一生里有怎样的地位？他眼中的传统和鲁迅有什么区别？周作人的想法今天还有意义吗？如何评价周作人一生的工作？回答了这些问题，文章就跳出了周作人自己的文字圈，从高处再回头看周作人，简单明了，清清楚楚。"不识庐山真面目，只缘身在此山中"，当然要尽可能地站到高处。不过另一方面，如果没有《从"抄书"到"两个梦想"》里略显迟滞的推敲，恐怕也很难有《周作人的梦想与决断》里的意兴飞扬。

几年间一直关注周作人，其实是为了给自己一个交代。周作人的写作和生活里有黄德海自己关心的问题，把周作人写清楚实际上也正是澄清自己的过程。这是对得起一本书的第三个意思，也是最重要的一个意思。"好的文学评论是一次朝向未知的探索之旅，寻找的是作品中隐而不彰的秘密"，作品的世界和批评者的世界相互激发，共同照亮了一片混沌幽昧的领域，会有"发现的惊喜"。在这个过程中，作品里的好显现为具体的形状，它"跟阅读的作品有关，却绝不是简单的依赖"，因为它也是批评家的好，本来潜在模糊的意识里，现在随着阅读展开、自我辨析，逐渐变得清晰。

作品不同，"好"的样式也各不相同，黄德海善于体贴每一种"好"。有时是作家在写作形式上的创获，比如《第七天》里余华对新闻和现实进行的创造性转化，《繁花》里透过客厅描绘大上海的视角；有时是作家对世事的洞见，他叹服《日夜书》中韩少功对准现实焦点的努力，"理论里没有现实，世俗里没有精神"，责任被层层转移到善良者和柔弱者身上，小说里写的正是现实里有的悲惨严酷。他也赞赏韩东对日常里大小荒诞的描写，它们不是人类生存的根本性悖谬，而是人与人之间常见的情感或欲望的错位，构成"交叉跑动的人世境况"。比如《中国情人》，其中人们多多少少都在努力，却难以真正地沟通并融为一体。在这些描写里，韩东目光锐利，看到了人世某个层面的深处。面对纷繁的世事、人生的无奈和操劳，有的作家写人对自己和时代的超越，这意味着对卓越的追求，是向上的精神，黄德海会不吝赞美。《喀拉布风暴》写人的第二次成长，主人公或收敛年少时的骄横，或揭开心底自卑的伤疤，真诚地面对身边的人，跃出人生的某些牢笼，部分解放了自己，也得以接近生活里更高的幸福。在这部小说里，红柯改变了原来习惯的主题，起承转合间不够流畅，黄德海却珍惜、尊重这种转变，将其看作红柯的第二次成长。文章结尾富于诗意："一茎美丽的小小树枝，感受了世界的光风霁月，霜雪雷电，然后凝聚所有的力量，记下其中最让人震撼的部分和最隐秘的变化，小说这棵大树的年轮日历上，会悄悄刻写下这一切吧？"

黄德海也会说"不好"，当他看不到作品中作家真诚细致的努力时。他认为严歌苓的《陆犯焉识》是一朵假花，技巧娴熟地讲述陆焉识近一个世纪的对爱情和自由的"彻悟"，其中却没有真实生命与世界的撞击，没有生命在苦难和屈辱中透出光芒来的艰辛历程，所谓"彻悟"不过是一句空话。爱情和自由都是好词，但没有选择、担当和付出的支撑，只是高调地自我宣称，往往不是自我欺骗，就是亮出了一个幌子。反省这个词也一样，它本来的意思是返回自身，检查自己的执着和刚愎，目的是打开自己，淘洗自己的好，也容纳更辽阔的生活。但安妮宝贝的《春宴》中摆出反省的姿态，矛头所向却是时代的贫乏，在黄德海看来，这些反省其实都是自辩，他们"只关注自我却转身把责任推给他人和时代，然后一脸的淡然和无辜。如果我们真的处在一个'贫乏时代'，那么，这些人物和安妮宝贝的小说，一起为建筑这个时代备好了材料"。黄德海说的这些不好或许可以反驳，但是最好认真对待，因为这"不好"，也是用心体会出来的。

因为要紧贴直接的阅读体验，要回溯作家生长的历程，也因为要寻找作品在短期或长期文学变迁史上的地位，要阐发作品与时代浪潮和个体生存之间的互动关系，关心的问题太多，每每下笔，经常要思虑再三，因此黄德海的批评文章多淳朴厚重的气息，少轻盈飞扬的韵致。不过，这种风格大体上也正是他想要的，偶尔逸兴遄飞之际，他往往会收一下，提醒自己不要过于兴奋，只顾自我抒发，忘了和作家、作品的交流。但是当一部作品足够精彩的时候，写着写着，黄德海的文字会随着作品的好一起神采飞扬起来。批评《鱼挂到臭，猫叫到瘦》的《知青时代安魂曲》就是个例子，其中最后几句说得特别好，"不是因为作家经历了就必然应该产生一部好作品，而是有了一部好作品之后，那个此前晦暗的时代才被点亮，人物经受的种种无奈、屈辱和悲惨，才在如歌的行文中得以洗清，得到安慰"。同样，这些话也可以稍加改动，反过来用到好的文学批评上：当批评者艰难的辨析终于找到灵感的风标、行文如歌之时，就会照亮人心里某些晦暗的领域，先前所有的疑惑和劳作也都转化为发现和创造的欣喜。

再翻出一层意思来

由于天赋、机缘和自身努力，有些人、有些作品的好已经显出博大或精纯的气息，黄德海看到了就放在心里，再加以日积月累的沉潜含玩，然后在文章里和作品及其背后的人相互唱和，往往桴鼓相应，玉振金声，就像一段段美妙的合唱歌曲。前面说的《周作人的梦想与决断》是个例子，《匮乏时代的证词》《天马行地》是另外两个例子。《匮乏时代的证词》写阿城从小说开始一路走来，谈世俗，聊常识，出入古今中外，无视雅俗磈绊，目标只有一个，就是再次丰富人们的知识结构，抵制现代社会政治和其他样式的规训和催眠，以应对自鸦片战争以来精纯的气息日渐稀薄和贫乏的时代。《天马行地》则是努力地让胡兰成那乱花飞舞、曼妙炫目的文字落地，一以贯之，总结出胡兰成的问学之路。首先是立志的大而婉，继之以"见物之真，能与之亲"的格物，又要经得起学问关口和人间世中的猛峻，还要在时事艰难里识得将起未起的机缘，于立身边沿学会"勉强"、懂得修行，如此方能"日月常新花长生"，看到"天人之际的处处生机"。在这几篇文章里，黄德海胸怀所向，已经超越了当下的文学，开始追拟一些特出的人与文，触及更宽阔的时代和人生。有时候这些关注和追拟会超出文学，延伸到其他领域动人的德行、学识和事功上。金克木、张五常、刘小枫，以及乔布斯、丽丝·迈特纳、海森堡和玻尔，还有爱因斯坦，黄德海都写过文章，认真体味他们不懈向上的事业和人生。写爱因斯坦的那篇名为《你站在我的心中对我说话》，文章从爱因斯坦和别人的通信里拈出几个片段，拼贴出爱因斯坦对自然秩序的敬畏、超越俗世的果决以及应对人事的睿智、审慎和善意，"他似乎总能在别人思考结束的地方，再翻出一层。这翻出的一层，才是爱因斯坦很难企及的深邃之处"。

黄德海经常说文章是改出来的，就某一件事、某一句话会说这个还可以再翻出一个层次来，他的意思是说在看似思维边界的地方，隐着百尺竿头、再进一步的契机。这个过程可能需要些外在的助力，但这个念头却是要时时惦记于心的。这是在模仿爱因斯坦吗？不知道。不过，能看到的是，许多别人的好被他读到了自己身上，偶尔也会在文章里转化为一种特别的秀异，比如《咔嗒》和《一句话的底本》。两篇都是短文，《咔嗒》写从技艺娴熟到顶尖高手之间数次轻微调整的过程，从打篮球的奥尼尔、弹钢琴的小女孩，一直说到钱穆、多多和张子谦，小有《养生主》中庖丁谈论"道进乎技"的架势，没有日积月累练习技艺的甘苦，没有对生活用心的观察领悟，是讲不出其中况味的。《一句话的底本》

追溯一句大话的源头。这句话有无数版本，大体意思是：我在哪里，中国文化就在哪里。文章先追到托马斯·曼和梁漱溟，看到他们身处困境时的激越和担当，看到某些模仿者的骄横和空疏，又经由熊十力上溯到孔子的"道之将废也""文不在兹乎"，结合孔子身处的具体历史事实，从上下两句的"道""文"分别里看出孔子在激荡里的克制，硬生生从一句话里翻出好几层意思。最后对孔子的分析，力透纸背，感人至深。书读到这里，也才真正有了些大的意思，生活和书之间好像没有了隔阂，相因相生，相摩相荡，在人心里，也在人群中，积水成河，浩荡为美好的风景。

接下来，可以说一说黄德海整体上对文学的看法了。在某个阶段，文学让他惊异，他在中文系接受学术训练，也努力接近文学方面的事业和工作，但从来没有被文学的概念限制住。他喜欢把文学置入更大的背景中，看它和人们实践活动的关系，看它和人类其他精神领域工作的关系，认为只有这样才可见文学的生机和特别之处。现在主流的文学观念来源于西方，强调文学在审美上的自给自足，强调没有任何界限地展现人性的权利。这些想法的提出和坚持有具体的历史针对性，比如在18、19世纪的英国和法国，在五四运动和20世纪80年代的中国，针对的是强加在文学上的政治或道德牢笼，有很大的启发意义。但今天它们已经成为文学领域的主流"意识形态"，再加以特别的坚持，要么是画地为牢，要么是自我欺骗。黄德海的文学批评里贯穿着对现代文学观念的反思，试图再次打开加在文学身上的无形局限，让它和熙熙攘攘的尘世相通，和人性序列里的各个层级相通。

有些反思指向已经成为作品"合法性"依据的一些文学惯例或老调。有人曾质疑毕飞宇对笔下人物的绝对控制和小说里过多的议论，毕飞宇的回应有点矛盾，就前者他强调小说家的无能为力，就后者他坚持自己作为作者的权利。这两种说法都是现代小说家的经典辩护词，黄德海不觉得它们能说明什么问题，而是紧贴着作品追问那个"无能为力"是否经过了作家的自省，这个"作者的权利"是否成就了小说的品格。更多的时候，黄德海要分辨作品里出现的某些新鲜要素。余华的《第七天》争议很大，被指是负面新闻和微博谣言的大杂烩，完全没有了以往先锋姿态的锐利，黄德海却以为这个大杂烩好，它们让你焦灼，有疼痛感，不能置身事外，而这正是余华能力的体现，身边混乱不堪的世事喧嚣在他笔下转化为尖锐逼人的时代音调。至于先锋姿态，黄德海觉得倒是打破的好，它虽然洋溢着作者发现人性幽暗的惊喜，也很惊人，但总有用放大镜看生活局部的味道，有见木不见林之嫌，莫言、苏童、韩少功都有一个类似的打破文学放大镜的过程。另一个例子是豆豆，她的小说写求为隐士而不得的现代高人，在"以严肃著称的纯文学界"应者寥寥，黄德海觉得这映衬出现代小说眼界的狭隘，"写有缺陷甚至低端的人性，展示人的进退维谷、首鼠两端，把人放在现实世界中检视其卑劣和一点点闪光，几乎是严肃小说写作的'虚构正确'"。"非英雄化、去英雄化"据说是20世纪文学里的重大趋势，说如此可以更好地展现人的复杂性，但几乎完全忽略人寻求卓越的自由意志及其在人世间达到的高度，还有什么复杂的人性可言呢？这时黄德海的指向已经不仅仅是当下的中国文学，也包括其背后源远流长的现代西方文学传统。为此他一直上溯到《庄子》《世说》，上溯到荷马、柏拉图，用一座山林来为一片树叶张目，意在提醒我们文学曾经有多么辽阔，辽阔到能装得下所有的人性，装得下人类所有的生活。

怎样才能让我们的文学再次辽阔起来呢？在黄德海的文章里隐约可见两个路向。一个是接续传统层面的，应该回溯人类写作之初质朴的雄心，《文学作品的传奇品质》拉拉杂杂，从西欧的骑士传奇说到唐传奇，从赫西俄德、荷马说到莎士比亚、福楼拜，讲的就是这个意思，"概而言之，人凭着对世界的敏锐体验，从而自觉认识时空和自心，把人的'卓越'（aretê）展现出来。这种认知的自觉会让作品具备超凡的气质，与平庸的作品区别开来"。这个就是"传奇品质"，关于自己，关于这个世界，它说出了一些真正重要的东西。另一个路向是连通现实，文学应该放下自己的身段，与世浮沉，有意无意间碰触无量人心交织而成的壮阔和雄浑。王国维说"一代有一代之文学",西方也存在各种文体间的时代轮换以及交叉重组,一个时代的文学观念、文学体裁可能会停滞,但文学精神本身不会停滞,它慧眼独具,识得出时代深处或边缘的些许生机,又冷酷无情,任时间扫荡冠冕堂皇的高垒深壁,毫不吝惜。在电视剧《我的团长我的团》中,黄德海看到了《离骚》《天问》,看到了《国殇》《招魂》,甚至一部分《大雅》;在日本动漫《海贼王》中他看出了《西游》《三国》《水浒》,看出了《格列弗游记》和《荷马史诗》。这些当下的艺术样式大概提示着一种新的文学可能吧,在这种可能里,文学再一次焕发出勃勃生机,她植根大地,也向往天空的壮丽,关乎每一个人的生老病死、喜怒哀乐,慰藉人世里的无奈苦难,也标识人类可能的幸福生活。

在纸面上生动起来

收在《若将飞而未翔》和《个人底本》里的文章,粗粗按文体分一下类的话,有三类:论文体、对话体和寓言体。这只是一个简单的分法,有的文章里会同时混有两种文体或三种文体,不过三种文体间还是有一个递进关系,其间明显可见十多年间他努力和进步的轨迹。最初是学术训练阶段的论文,生活或读书有所得,就立论、验证,用某些条理规整流动的生命体验，真诚里稍带固执、生硬，显在文章里便是有点拘谨、放不开。2008年开始，黄德海试着写一些对话体的文章，在梦里和金克木对话，和朋友聚饮聊一本书或一个人，在书店里听别人谈刘小枫，或者干脆就是和朋友一起聊电视剧、电影的记录。这样文章里一下子多了好几个层面的意思，显的层面是观点之间的互补或驳难，隐的层面是谈话者自身的气质、知识结构和生活背景，谈话的时机和场合，以及作为谈话氛围的清风朗月和炊烟灯火。经过这一系列的试探、摸索，黄德海的文章有了些气韵流动的味道。很多文章不是对话体的，却隐含着对话模式，问题在作家作品和批评者之间来回往还，一步步走向深入，再添上眼前时代和过往文学史的背景，像一幅素描，既有正面的细致勾勒，又加之以光与影的衬托，也就在纸面上生动起来。

讲一个故事，写一段文字，意在言外，说的是这个意思，又指向另一个更大的意思，庄子把这称为"寓言"。"寓言十九，藉外论之"，人和事都有自己的光晕，要清晰描摹这光晕的幅度，往往需要曲尽其妙。黄德海的对话文体已经有了寓言的意思，接下来更进一步，也就有了从具体人事那里显现更深层意味的能力。前面讲的《咔嗒》，接下来要说的《斯蒂芬·张的学习时代》和《若将飞而未翔》，都是这方面的例子。黄德海写过两篇有关张五常问学道路的文章，正好给我们提供了一个对比的机会，一篇是《白发狂客张五常》，一篇是《斯蒂芬·张的学习时代》。两篇文章内容差别不大，意味却有很大不同。前者基本上是张五常求学阶梯的回顾，写发心之初的忧患和惊喜，初学时期的"一年而野"，再到"离经辨志""博学亲师"，最后终于在经济学领域知类通达，学有所立，"温故而知新，可以为师矣"，在"大学之道"上走好了最初的几步。文章把这个复杂而精妙的历程梳理得整整有条，中规中矩。后者是寓言，张五常成了斯蒂芬·张，身上凝聚着无数向学的身影，人类精神领域里的创获被比作天空中相互勾连的小镇，文章写斯蒂芬·张接近一个小镇的机缘、困惑和惊喜，写大地上的苦难和神奇，写小镇上的研读和修习，写大地人间和天空小镇的相合相离，有天地氤氲的磅礴气息。

《若将飞而未翔》则顺着阿城谈岁差、天极，说巫师、孔子，说有史以来人们向往神、渴求自由状态的努力。那么文学在这些努力里有一个怎样的位置呢？讲到《九歌·东皇太一》，阿城说："当诗歌文学来解，浪费了……文学搞来搞去，古典传统现代先锋，始终受限于意味，意味是文学的主心骨。你们说这个东皇太一，只是一种意味吗？"大多数文学作品只是用幻象提示风土和人心交织成世间万态，及其可能的局限，就是像一只飞而未翔的鸟，"乍离俗世，即将往更高更远处去，却又没有完全离开的'若将飞而未翔'状态"。这只鸟能不能"培风背，负青天"，翔而远举呢？阿城和黄德海都没有明说，只是暗示了修行的漫漫长路。

有一次闲聊，说到酒桌上调笑，黄德海说，应该看到这些调笑背后的真实能量，如此才可能超越它们，切实地应付和安顿它们。这样真诚地容纳万家灯火，在日升日落间努力做更好、更有力量的自己，记下来会是更好的文学吗？不大清楚，但是一步一个脚印地走下去，不就是自己通向更好生活的路吗？在这条路上，人们领受艰难险阻的磨砺，也见证生命的美丽和神奇。

郭君臣